Sebastian Moll

DAS WÜRFELHAUS

Mein Vater und
die Architektur der
Verdrängung

Insel Verlag

Klimaneutral
Druckprodukt
ClimatePartner.com/14438-2110-1001

Erste Auflage 2024
Originalausgabe

Umschlaggestaltung: Anzinger und Rasp, München
Satz: Greiner & Reichel, Köln
Druck: GGP Media GmbH, Pößneck
Printed in Germany
ISBN 978-3-458-64453-8

www.insel-verlag.de

DAS
WÜRFELHAUS

1
DAS ZIMMER

Der Frühling des Jahres 2009 war ungewöhnlich schön, so jedenfalls will es die Erinnerung. Die Tage waren mild, die Luft klar, und über der Reihenhaus-Siedlung im Süden von Frankfurt lag der schwere Duft von Forsythien und Hyazinthen.

Das Labyrinth schmaler Gehwege zwischen den sorgsam gepflegten Gärten der Siedlung war satt überwuchert, und wenn ich in diesem Frühling mit den Stimmen spielender Kinder im Ohr hier entlanglief, überkam mich ein wohliges Gefühl der Geborgenheit.

An diesen Tagen erschien die Siedlung als all das, als was ihre Planer sich zu Beginn der 1960er Jahre gewünscht hatten: ein grünes Familienidyll mit der rechten Mischung aus Privatsphäre und nachbarschaftlicher Begegnung. Die grünen Parzellen, je individuell angelegt, verhinderten mitnichten, wie es die Kritiker seinerzeit befürchtet hatten, den nachbarschaftlichen Kontakt. Das Gespräch über den Zaun war Alltag, und Kinder spielten gemeinsam in den Gärten und Sandkästen.

Es stiegen Bilder in mir auf von verträumten Sommertagen, in denen wir uns auf dem Heimweg von der Schule in der Zeit und in dem Wegegewirr verloren, bis unsere Eltern Suchtrupps bilden mussten. Oder von durchlesenen Tagen unter dem Schatten des großen Ahorns hinter unserem Haus. Oder von langen Streifzügen durch die Wälder rund um die Siedlung, bei denen wir uns vorstellten, wir seien Trapper in den Weiten der Appalachen am Ende des 18. Jahrhunderts.

Es war sicher kein Zufall, dass mein Gedächtnis gerade jetzt die Siedlung in ein Idyll verwandelte, jene Siedlung, zu der ich fünfundzwanzig Jahre lang mit aller Kraft versucht hatte eine größtmögliche Distanz aufzubauen. Es war eine Flucht, die mich über Frankfurt am Main nach New York, dann über München und erneut nach New York geführt hatte. Ich wollte weg – weg aus dem Kleinbürgermief der westdeutschen Vorstadt, weg von der vermeintlich wohlgeordneten Existenz zwischen den gleichförmigen Reihenhäusern und vor allem weg von dem, was diese scheinbare Aufgeräumtheit dann schließlich doch nur dürftig zu übertünchen vermochte.

Doch jetzt, da die Auflösung des Hagebuttenwegs Nummer 41 anstand, wurde mein Blick frei für das, was meine Eltern sich erhofft und erträumt hatten, als sie im Jahr 1963 die Grundmauern eines der streng kubischen, zickzackförmig angeordneten Einfamilienhäuser in den sandigen Boden des hessischen Waldes gesetzt hatten.

Um 1960 herum, als die Gemeinde Langen die Gartenstadt Oberlinden in Rekordzeit aus dem Boden stampfte, waren meine Eltern ein Vorzeigepaar des deutschen Wirtschaftswunders. Mein Vater, 1927 als Sohn eines niederbayerischen Holzhändlers geboren, war nach seinem Wirtschaftsstudium in Frankfurt am Main jung in die Führungsetage der Nassauischen Heimstätte, eine der größten Frankfurter Wohnungsbaugesellschaften, aufgestiegen. Meine Mutter, Jahrgang 1930, Tochter eines Frankfurter Justizangestellten, war Redakteurin bei einem Wiesbadener Fachverlag.

Die Familiengründung des jungen Paares hatte sich ein wenig länger hinausgezögert. Der Wohnraum im zerstörten Nachkriegsfrankfurt, das zugleich als wirtschaftliches Zentrum der jungen Bundesrepublik einen enormen Zuzug zu verkraften hatte, war knapp. Meine Eltern konnten froh sein, nach der Heirat 1955 im Frankfurter Ostend eine kleine Zweizimmerwohnung beziehen zu können.

Außerdem wollte das junge Paar, dessen Jugend der Krieg und das Nazi-Regime aufgefressen hatten, leben. Es wurden Nächte in Jimmy's Bar an der Messe durchgetanzt. Man ging ins Kino, um begierig französische und amerikanische Filme anzuschauen. Und man fuhr, wie so viele Deutsche in den 1950er Jahren, mit dem neuen Käfer in den Urlaub nach Italien.

Natürlich hätten meine Eltern als Doppelverdiener auch in die ausgesuchteren Vororte im Taunus ziehen können, wenn es allein um das Häuschen im Grünen gegangen wäre. Doch mein Vater wollte keine Villa, er wählte ganz bewusst ein normiertes Reihenhaus in einer jener Siedlungen, die ab Beginn der 1950er Jahre in immer weiteren Kreisen die Frankfurter Innenstadt umringten und in das Umland wucherten.

Die Bewerbung bei einer Frankfurter Wohnungsbaugenossenschaft war für den jungen Diplom-Kaufmann Heinz Moll keine rein pragmatische Entscheidung gewesen. Er hätte auch, in Frankfurt naheliegend, in das Finanzgeschäft einsteigen können, doch er wollte am Wiederaufbau der Stadt teilhaben. Er wollte die Zukunft mitgestalten.

Dabei war er, als nach 45 überzeugter Sozialdemokrat, von jenem »realistischen städtebaulichen Idealismus« getragen, den der Leiter des Stadtplanungsamtes Herbert Boehm im Jahr 1953 für Frankfurt beanspruchte. Boehm, 1949 in sein Amt eingesetzt, war nach dem Krieg aus Polen nach Frankfurt zurückgekehrt, wo er bereits Ende der 1920er Jahre als Dienststellenleiter unter dem berühmten Stadtbaurat Ernst May einen Generalbebauungsplan für die Stadt mitverantwortet hatte.

Er war die Blaupause für das »Neue Frankfurt«, dieser Generalbebauungsplan, jene Utopie der durch und durch modernen Stadt, deren Verwirklichung zuerst die Weltwirtschaftskrise und dann die Nazis verhinderten. Immerhin hatte May, der nie nach Frankfurt zurückkehrte, bis dahin deutliche Spuren in der Stadt hinterlassen.

Sie sind heute Pilgerstätten für Architektur-Connaisseurs, die original May-Siedlungen rund um Frankfurt, an der Nidda entlang in Praunheim, Westhausen, in der Römerstadt und am Riederwald. Die den vorfabrizierten, gänzlich rationalen Häusern zugehörige Frankfurter Küche von Margarethe Schütte-Lihotzky ist ein Prunkstück der Designsammlung des Museum of Modern Art in New York. Für May-Häuser, die einst dem Kleinbürgertum erschwingliche Lebensqualität bringen sollten, werden von Gutverdienenden, nicht zuletzt um Kennerschaft und Geschmack zu demonstrieren, Rekordpreise bezahlt.

Gemäß der Charta von Athen, dem Abschlussdokument der Congrès Internationaux d'Architecture Moderne, das May im Jahr 1933 mitverfasst hatte, sollte die neue Stadt die chaotische, mittelalterliche europäische Stadt entzerren und entrümpeln. Der Stadtkern, aus dem, wie in Frankfurt, das Bürgertum schon im 19. Jahrhundert geflohen war und der zunehmend verelendete, sollte in ein rein kommerzielles Verwaltungszentrum umgewandelt werden. Für die Arbeiter- und die Mittelschicht sollten rund um den Kern herum bezahlbare Quartiere mit hohem Lebensstandard entstehen. Licht, Luft und Grün waren die Gestaltungsprinzipien der Anlagen, Fertigbauweise und moderne Praktikabilität in den Häusern. »Hier sollen unsere Kinder zu gesunden und lebensfrohen Staatsbürgern heranwachsen«, hatte Ernst May gesagt.

Natürlich war der Rückgriff auf die Ideale des Neuen Frankfurt nach dem Krieg ideologisch nicht unproblematisch. Frankfurt machte, wie vielleicht keine andere deutsche Stadt, ernst mit der »Stunde Null«. Man tat so, als könne man einfach am Jahr 1933, dem Jahr der Athener Charta, wieder anknüpfen und so tun, als sei dazwischen nichts gewesen. Das neue Neue Frankfurt sollte eine durch und durch geschichts- und erinnerungslose Bauwelt darstellen.

Alexander Mitscherlich, der damals an der philosophischen Fakultät in Frankfurt lehrte und im Selbstversuch in einem Sozialbauturm in Frankfurt-Sossenheim wohnte, beschäftigte sich schon 1965, zwei Jahre vor dem gemeinsam mit seiner Frau Margarete verfassten Traktat über die Unfähigkeit der Deutschen zu trauern, mit dieser Frankfurter Anstrengung, die jüngere Geschichte auszuradieren. In seinem Pamphlet *Die Unwirtlichkeit unserer Städte* spricht er von Stadtlandschaften, die mit aller Macht die quälenden Traumata und Schuldgefühle, die der Zusammenbruch des Dritten Reichs ausgelöst hatte, zu vermeiden suchen.

»Eine Gesellschaft, die ihre ›Wiedergutmachung‹ – was gleich mit seelischer Genesung ist – dadurch betreibt, dass sie so tut, als hätte es keine Katastrophe gegeben«, heißt es da, »erwacht in ihren Gliedern sicher unterschiedlich schnell aus ihren Wunschträumen und Verleugnungen, aber sie erwacht. Dabei wird sich herausstellen, dass der Wiederaufbau, den wir erlebt und zugelassen haben, noch eine peinliche Nachphase der kollektiven Psychose des Nationalsozialismus ist, die zur Zerstörung unserer edelsten Stadtsubstanz geführt hat.«

Das Verdrängte hatte sich freilich bereits zwei Jahre vor der Veröffentlichung des Buches, im Jahr 1963, in Frankfurt sein Recht gesucht. Der Auschwitz-Prozess im Bürgerhaus an der Frankenallee zwang die Wirtschaftswunder-Gesellschaft dazu, sich mit ihrer Vergangenheit auseinanderzusetzen, die sie so angestrengt zu ignorieren versucht hatte. Auf wirklich ernsthaften Widerstand stieß das städtebauliche Verdrängungsprojekt allerdings erst, als im Jahr 1987 am Börneplatz – der erst neun Jahre zuvor wieder den Namen des jüdischen Publizisten und 48er-Revolutionärs zurückerhalten hatte – beim Bau eines städtischen Verwaltungsgebäudes die Grundmauern des jüdischen Ghettos ausgegraben wurden. Nur nach schweren Protesten zeigte sich die Stadt dazu bereit, diese letzten Überreste jüdischen Lebens in der Innenstadt von Frankfurt nicht einfach wegzubetonieren.

Als die Kämpfe um den Börneplatz abgeklungen waren, gestand im Jahr 1992 der einstige Planungsdezernent der Stadt, Hans Kampffmeyer, ein: »Wer sich nach Krieg, Drittem Reich, Unterdrückung und Holocaust darauf einließ, die neue Freiheit als neue Herausforderung und Chance für sich, für seine Stadt, für eine demokratische Gesellschaft zu sehen und zu nutzen, nahm sie als schwere, allerdings vielfach faszinierende Aufgabe auf sich [...] Haben wir für die Stadtentwicklung Verantwortlichen [...] ahnungslos und unsensibel Straßenzüge geplant und Bauvorhaben unternommen? Ich fürchte, das Studium der Magistrats-Akten wird genau das ergeben. Wir sahen die Stadt Frankfurt vor 1933, insbesondere ihre große ›Weimarer Zeit‹: Ludwig Landmann, Ernst May, Mannheim, Horkheimer, Adorno. An sie knüpften wir an.«

Die Langener Siedlung meiner Eltern hatte freilich nur wenig an Geschichte, die man hätte ausradieren können. Sie wurde in ein gerodetes Waldstück gebaut, das die Stadt Langen der Nachbargemeinde Egelsbach abgekauft hatte.

Historisch war hier lediglich das angrenzende Schloss Wolfsgarten, ein barockes Jagdschloss der Landgrafen zu Hessen. Es lag versteckt im Wald, auf der anderen Seite jener Ringstraße um die Siedlung, die wir als Kinder eigentlich nie überqueren sollten, weshalb wir es natürlich umso lieber taten. Dort umschlichen wir oft die hohe, dichte Hecke und versuchten Blicke auf den prächtigen Garten und das dreihundert Jahre alte geheimnisvolle Herrenhaus zu erhaschen.

Das Schloss war ein beliebtes Thema der Klatschspalten, als wir hier aufwuchsen, weil der englische Prinz Philip häufig zu Besuch kam. Er hatte gute Erinnerungen an das Waldschloss. Schon als kleiner Junge durfte Philip die Sommer hier mit seiner Mutter, der gebürtigen Darmstädterin Alice von Battenberg, verbringen.

In späteren Jahren fanden die Besuche jedoch zunehmend inkognito statt. Das Bild des jungen Prinzen bei der Beerdigung seiner Schwester und seines Schwagers nach einem Flugzeugabsturz im Jahr 1937 hatte in London für Ungemach gesorgt. Die Trauergemeinde war durchsetzt von SA- und SS-Uniformen.

Spätestens nach 1939 wurde es für Angehörige der britischen Monarchie deshalb heikel, den Kontakt zur deutschen Verwandtschaft allzu offen zu pflegen. Doch gerade darum war es für uns immer ein Spiel, zu spekulieren, ob und wann vielleicht eine abgedunkelte Limousine mit dem Prinzen die Egelsbacher Landstraße heruntergefahren kommen würde.

Wenn ich aus meiner Wahlheimat New York kam und im Taxi vom Flughafen nach Langen saß, musste ich manchmal an den Prinzen denken. Meine Besuche in der Siedlung, glaubte ich, waren denen von Philip gar nicht so unähnlich. Aus der großen weiten Welt kommend, ein wenig verhohlen und mit Scham besetzt, auf der Suche nach einem vermeintlichen Kindheitsidyll, nach einem Ruhepol, nach einem Ort der Überschaubarkeit und Sorglosigkeit.

Von dem Jagdschloss abgesehen, war die Siedlung jedoch betont ahistorisch. Die organisch geschwungenen, den Adern eines Blattes nachempfundenen Straßen hatten Namen wie Hagebuttenweg, Farnweg und Anemonenweg. Nur die Berliner Allee, am Eingang mit einem steinernen Bären markiert, sollte vage daran erinnern, dass Deutschland noch immer ein geteiltes Land war.

Ansonsten erinnerte an den Krieg und die Welt außerhalb der Gartenstadt nur noch die Sudetensiedlung, die an das Ernst May zitierende Ensemble von Reihenhäusern angrenzte und deren Straßen Namen wie Schweriner Straße und Dresdner Straße trugen. In dreistöckigen Mehrfamilienhäusern mit großen Gärten kamen hier heimatvertriebene Bauern unter, die, ihren Lebensgewohnheiten entsprechend, kleinteilige Landwirtschaft betreiben durften. Aus meiner Kindheit erinnere ich mich noch an die Gemüsegärten mit Hühnern und Kaninchenställen. Im Jahr 2009 waren sie akkurat gemähten Rasenflächen mit Campingsitzgruppen und Grillgelegenheiten gewichen.

Unser Haus spiegelte die Geschichtslosigkeit der Siedlung perfekt wider. Bereits die geometrische Würfelform signalisierte strenge Rationalität, die auch das bleiche Hellrosa der Fassade nur bedingt zu brechen vermochte. Der Grundriss des Erdgeschosses war seinerseits enorm praktisch. Durch den Vorgarten in das Haus eintretend, erreichte man durch ein kleines Vestibül das geräumige Wohnzimmer, das beinahe das gesamte Parterre einnahm. Nach hinten öffnete es sich zum Garten, in der Mitte war es durch einen kleinen Wanddurchbruch unmittelbar mit der für die Zeit hochmodernen Küche verbunden.

Das Wohnzimmer selbst hatte mein Vater in eine Art Studio für modernes Design verwandelt. Ich sage mein Vater, weil ich mir sicher bin, dass er bei der Einrichtung das Sagen hatte. Das gesamte Haus war sein Projekt gewesen, in das meine Mutter nur zögerlich einwilligte. Sie verließ die Stadt, in der sie aufgewachsen war, nur ungern, jene Stadt, deren Zerstörung und Wiederaufbau sie aus allererster Hand erlebt hatte und mit der sie beinahe körperlich verbunden war. Frankfurt war ein Teil von ihr, und sie fühlte sich in der Vorstadt bis zu ihrem Tod 2009 wie amputiert.

Die Vision des neuen Neuen Wohnens, der mein Vater sich beruflich und privat verschrieben hatte, blieb ihr jedenfalls fremd. Einige der besten Stücke seiner Sammlung, wie ein Eames-Sessel etwa, mottete sie nach dem Tod meines Vaters ein. Der kalifornische Designer Charles Eames war ihr kein Begriff. Ebenso wenig dürfte ihr Dieter Rams etwas gesagt haben, dessen Regale die gesamte Längsseite des Wohnzimmers zierten. Für sie waren die in die Wand gehängten Module, die den Frankfurter Gestalter weltberühmt gemacht hatten, wohl einfach nur praktisch und stabil.

Diese Wand auszusortieren war für mich der einfachste Teil der Haushaltsauflösung in jenem Frühling. Es gab hier kaum etwas, das mich sonderlich aufgewühlt hätte. Die Literatur, die hier präsentiert wurde, war, wie die Möbel, eine Demonstration modernen Geschmacks. Neben amerikanischen Klassikern des 20. Jahrhunderts von Jack London und John Dos Passos bis hin zu Norman Mailer und Sinclair Lewis stand eine Standardauswahl deutscher Nachkriegsliteratur – Günter Grass, Walter Kempowski, Heinrich Böll.

Mit dem Plattenregal, in dessen Mitte eine Kompaktstereoanlage der Marke Wega aus den 1970er Jahren überlebt hatte, verhielt es sich ähnlich. Dort fand sich eine für einen deutschen Nachkriegshaushalt ansehnliche Sammlung an Jazzalben, von Glenn Millers Big Band Sound über Frank Sinatra und Mahalia Jackson bis hin zu Bop-Klassikern wie Dave Brubeck und Charlie Parker.

Auf etwas Tieferes im Gefühlsleben meines Vaters deutete lediglich die Ecke mit Shanties hin. Es war ein Überrest jener Seefahrerromantik, die er lebenslang mit sich trug und die nicht zuletzt sein Schicksal während des Dritten Reichs bestimmte. Wäre mein Vater zum Kriegsende älter als siebzehn gewesen, dann wäre er sicherlich als Offizier der Marine in die Kriegsgefangenschaft gegangen, vielleicht als Kommandant eines Zerstörers oder gar als einer jener verwegenen U-Boot-Fahrer, die er als Hitlerjunge romantisierte.

Die Bücher und Platten waren für mich leicht zu sortieren. Bände, die mir selbst etwas bedeuteten oder deren Lektüre mich als Jugendlicher mit meinem Vater verbanden, behielt ich. Eine Biografie von Dschingis Khan etwa, über dessen Verwegenheit als junger Krieger mein Vater und ich Männerbande knüpften. Oder eine als Abenteuerroman verpackte Erzählung über das Leben des nordamerikanischen Shawnee-Häuptlings Tecumseh, der, ganz ähnlich wie Dschingis Khan, die Stämme seines Volkes einte und sie in den Kampf gegen die amerikanischen Kolonialisten führte. Mit diesen Büchern träumte ich mich als Zehnjähriger in die Rolle des jungen Kriegerprinzen hinein, der sich anschickt, die Welt zu erobern.

Vom Rest konnte ich mich leicht trennen. Nichts dabei fühlte sich nach einem Verrat an dem Verstorbenen an. Die Rams-Regale behielt ich selbstverständlich. Sie zieren heute, gemeinsam mit dem Eames-Sessel, mein Wohnzimmer in New York.

Das einzige Stück des Wohnzimmers, das aus dem stilistischen Rahmen fiel, war der große Esstisch, der den vorderen Teil des Raumes einnahm. Die lange Holztafel, an der acht Personen Platz fanden, stammte mitsamt den Stühlen direkt aus der Werkstatt meines Großvaters, des niederbayrischen Sägewerkers, der gewiss nichts mit modernem Design am Hut hatte.

An diesem Tisch fand ein Großteil des Familienlebens statt, insbesondere an den Wochenenden. Auf dem hinteren Teil stapelten sich nicht selten meine Schulbücher, die zwischen den Mahlzeiten hervorgezogen wurden. Mein Vater saß dann am Kopf, ich direkt neben ihm, während er mich dabei beaufsichtigte, wie ich meine Aufgaben erledigte.

Oder besser gesagt, er erledigte sie häufig für mich. Wie einmal in der achten Klasse, als ich eine Hausarbeit über den Film zu Joachim Fests Hitler-Biografie zu schreiben hatte. Mein Vater schrieb sie mit einem Kugelschreiber auf einem Din-A4-Block vor, ich übertrug sie dann penibel mit einem Füllfederhalter der Marke Geha auf einzeilig liniertes Papier.

Aus der Hausarbeit wurde ein 130 Seiten starkes Konvolut, das bei der Haushaltsauflösung 2009 in einem Kellerregal wieder zum Vorschein kam. Es war durchsetzt mit fotokopierten und säuberlich ausgeschnittenen Fotos, einige davon aus Fests Buch, einige davon offensichtlich aus Nazi-Büchern, komplett mit Fraktur-Bildunterschriften wie dieser: »1929 – Ruhelos stürmt der Führer von Versammlung zu Versammlung. Sein Wort reißt Jagende vorwärts, macht Zweifelnde gläubig. In übermenschlicher Arbeit zwingt ein Wille das Schicksal. Deutschland steht auf.«

In der von meinem Vater vorgeschriebenen Einleitung war

zu lesen: »Hitler hat für ein Jahrzehnt die Weltgeschichte bestimmt. Umso erstaunlicher erscheint die Tatsache, dass seit seinem Tod vor Fest niemand den Versuch unternommen hat, eine breite Öffentlichkeit über diesen Mann und sein Wirken zusammenhängend zu informieren, schon gar nicht die deutsche Öffentlichkeit. Diese deutsche Öffentlichkeit hatte ihn zum Teil selber erlebt und hatte ihn noch in Erinnerung, wie er ihnen damals erschienen war (Autobahn, Beseitigung der Arbeitslosigkeit, Ruhe und Ordnung – wenn nur das mit den Juden nicht passiert wäre). Alles, was ihnen an Film geboten wurde, musste lächerlich auf sie wirken und sie konnten sich seine Verbrechen und seinen Erfolg noch immer nicht erklären.«

Das waren natürlich nicht die Worte eines Dreizehnjährigen und auch meine Lehrer damals waren offenbar stutzig geworden. »Äußerst informativ und aufschlussreich«, steht mit rosarotem Edding auf die Rückseite geschrieben. »Kann ich die Arbeit noch ein paar Tage behalten?« Zweifellos wird es im Kollegium eine Diskussion gegeben haben, was mit diesem Werk anzustellen sei. Ich bekam schließlich eine Eins dafür, die mir jedoch ebenso wenig bedeutete wie der Aufsatz selbst. Beides hatte nur wenig mit mir zu tun.

Die 130 Seiten waren genau das, was die Einleitung versprach: Ein Erklärungsversuch für die gelungene Verführung Deutschlands durch die Augen von Fest. Natürlich sollte diese Aufarbeitungsarbeit nur sekundär bewirken, dass ich etwas über das Dritte Reich lerne. Ich war lediglich ein Vehikel für die Arbeit, die mein Vater an der eigenen Vergangenheit zu leisten versuchte.

Vielleicht war das Szenario aber sogar noch finsterer. Mein Niederschreiben, die beinahe monastische Praxis des Transkribierens seiner Gedanken dazu, warum er sich als Junge hatte verführen lassen, sollten diese Gedanken validieren. Ich war eine Verlängerung seiner selbst und gleichzeitig eine Instanz, die er in sich selbst nicht finden konnte. Es war nicht das einzige und nicht das letzte Mal, dass die Grenzen zwischen meinem Vater und mir verwischten.

Später, als ich in der gymnasialen Oberstufe angekommen war und meine Wochenenden zunehmend von Schwimmwettbewerben beansprucht waren, wurden diese Sitzungen immer seltener. Ich hatte in den Schwimmbädern Hessens und später der ganzen Bundesrepublik eine Welt gefunden, die mir gehörte und in der ich ich selbst sein konnte – unabhängig von der Gedanken- und Gefühlswelt des Vaters. Mein Vater verschwand hingegen ganz aus dem Wohnzimmer und verbrachte zunehmend Zeit in einem kleinen Kellerraum, den er als seinen Rückzugsort für sich in Anspruch genommen hatte.

Das Zimmer war das letzte, das ich in Angriff nahm, als ich das Würfelhaus von oben bis unten durchging, um zu entscheiden, was mit jedem einzelnen Ding zu geschehen hat. Es war der Endpunkt einer schier endlosen Trauerarbeit, bei der ich mich monatelang unter Schmerzen damit beschäftigte, welches Stück einer nun unwiderruflich verloren gehenden Welt ich mitnehmen möchte in meine Zukunft und was nun mit dem Reihenhaus endgültig aus meinem Leben verschwinden sollte.

Ich mochte dieses Zimmer noch nie, schon der leicht modrige Geruch, der dem Raum entstieg, verursachte mir Übelkeit. Es ist ein Reflex, der sich bei mir bis heute einstellt, wenn ich daran denke.

Das Zimmer bestand aus nicht viel mehr als aus zwei Regalen, einem Sessel und einem Sofa, doch die Literatur in diesen Regalen war eine andere als jene in der Etage darüber. Da stand zum einen das, was wir in der alten Bundesrepublik als Aufarbeitungsliteratur kennengelernt haben. Das ging von Eugen Kogon über die Mitscherlichs und Hannah Arendt bis hin zu den Memoiren des Auschwitz-Kommandanten Hess.

Komplementär dazu gab es jedoch auch eine ganze Wand voller Weltkriegs-Bildbände. Es waren dieselben Bände, aus denen die Illustrationen zu meiner Hitler-Hausarbeit stammten, Fotobücher mit Kodachrome-Farbbildern des Krieges in Russland, in Frankreich und in Ägypten, Verklärungen der Schlachten von Flandern über Nordafrika bis nach Russland und Dokumente des Grauens zugleich.

Zwischen diesen Werken fand ich im Jahr 2009 auch mehrere Jahrgänge der Illustrierten *Das Dritte Reich – Zeitgeschichte in Wort und Bild*, einer in den 60er und 70er Jahren überaus erfolgreichen Zeitschrift. Herausgeber war John Jahr, Mitbegründer des Gruner + Jahr Verlages und NSDAP-Mitglied seit 1933. Unter dem Deckmantel der historischen Aufklärung wurden hier die Heldentaten der deutschen Wehrmacht gefeiert, der Leser wurde in eine Zeit zurückversetzt, in der er ohne die Bürde der Schuld und der Scham an den Endsieg und die Größe und Herrlichkeit der deutschen Wehrmacht glauben konnte. Die Titelseiten hatten Schlagzeilen wie »Über den Don«, illustriert vom Foto eines entschlossen vorstürmenden deutschen Landsers. Ein anderes Cover trug den Titel »Der Angriff – Sieg im Westen«, ein weiteres zeigte Herman Göring, die Bildunterschrift lautete »Wer Jude ist, bestimme ich«. In derselben Ausgabe fand sich ein Text mit der Überschrift: »Nürnberger Gesetze – Blut und Ehre.« Auf der Rückseite wurde ein komplettes LP-Set mit den Reden des Führers angeboten.

Als Punkt hinter der III im Schriftzug »Das III. Reich« war in der Anzeige ein kleines Hakenkreuz versteckt, gerade klein genug, um keine Verfassungsschützer auf den Plan zu rufen. Sie liefen gut, diese Hefte damals, mein Vater war nicht der Einzige, der dann und wann in den Keller ging, um heimlich in die Zeit vor dem Zusammenbruch des Dritten Reiches zurückzureisen. Rund 450 000 Exemplare wurden verkauft, auch wenn das Münchner Institut für Zeitgeschichte sich beschwerte, der Verlag ordne »zeitgeschichtliche Aufklärung seinem Geschäftsinteresse unter« und betreibe »verantwortungslose Verlagsspekulation.«

Ich erinnere mich daran, als Kind in solchen Heften geblättert zu haben, ohne den ideologischen Zusammenhang wirklich zu verstehen. Eingeprägt haben sich nicht zuletzt Fotos ausgebrannter Panzer mitsamt verkohlten Landser-Leichen, die mir das Grauen des Krieges vielleicht viel zu jung, viel zu tief in die Glieder fahren ließen. Wenn die Fest-Hausarbeit mich an der Anstrengung meines Vaters partizipieren ließ, seine Hitler-Faszination als Jungnazi zu begreifen, ließen mich diese Fotos an seinem Kriegstrauma teilhaben.

Ganz in der Ecke befand sich dann noch eine kleine Sammlung an Erotika. Die Memoiren von Josefine Mutzenbacher und Xaviera Hollander gab es da sowie einen Stapel von Sexheften, Produkte der vermeintlichen sexuellen Befreiung im Westdeutschland der 1970er Jahre, die allzu rasch in Voyeurismus und Pornographie gekippt war. Darunter hing, an einer gemaserten Holzwand, eine kleine Galerie mit gerahmten Portraits von Liebhaberinnen aus seiner Jugend. Odette aus dem Elsass, Friedl vom Bodensee, beides ausnehmend hübsche junge Frauen mit wallendem hellbraunem Haar und einem sinnlichen, dem Fotografen geltenden Lächeln.

Mein Vater zog sich in dieses Zimmer zurück, um den verschiedenen Anteilen seines konfusen und aufgewühlten Geistes- und Gefühlslebens Raum zu geben, die hier, im Gegensatz zum wohlkuratierten Regal des Obergeschosses, unzensiert sichtbar wurden. Auf eine beinahe unheimliche Art hatte mein Vater das Haus zur Stein gewordenen Manifestation seines Innenlebens gemacht. Oben lag der Raum für die bewussten, kontrollierten Anteile seiner Psyche und seines Intellekts. Unten der für die unterbewussten, ungezügelten, unsortierten. Dort fand sich zum einen die komplizierte und gepeinigte Kriegsfaszination des Luftwaffenhelfers und Marinekadetten, der als Sechzehnjähriger in den letzten Kriegsmonaten noch an der Ostsee gegen die Rote Armee kämpfen musste. Zum anderen war da der brave Sozialdemokrat, der sich nach dem Krieg dem mühsamen Unterfangen widmete, den Bruch in der Biographie nach 1945 zu bewältigen; der versuchte, durch eine manische Beschäftigung mit dem Dritten Reich irgendwie diese prägenden Jahre in sein Nachkriegs-Ich zu integrieren und mit seiner bundesrepublikanischen Realität zu versöhnen.

Und dann war da schließlich die provokative Zurschaustellung seiner sexuellen Fantasien und Sehnsüchte. Sie war schwer zu ertragen, diese Ecke, auch im Jahr 2009, schwerer noch als die Schmuddelhefte mit Nazipropaganda aus dem Hause Jahr. Mein Vater wollte uns, meiner Mutter und mir, offenbar diese Seite von sich zeigen, gerade weil er gewusst haben muss, dass wir das nicht sehen wollten. Das Regal war ein Akt des Exhibitionismus und des Sadismus zugleich und noch vierundzwanzig Jahre nach dem Tod meines Vaters, ließ es in mir überwältigende und verwirrende Gefühle aufsteigen.

2
KLAUS

Sonntagnachmittag. Hochsommer. Es schüttet in der Reihenhaus-Siedlung im Süden von Frankfurt, ein satter Sommerregen, der in Sekunden die Haare schwer auf die Stirn klebt, wenn man vor die Tür tritt. Das Jahr – vielleicht 1973, dem, wie man sagt, besten Jahr aller Zeiten der deutschen Fußball-Nationalelf, mit dem Dream-Team Netzer, Müller, Beckenbauer. Und auch den Frankfurtern Grabowski und Hölzenbein.

Die Polster sind hastig von den Gartenmöbeln der Siedlung abgezogen und ins Trockene gerettet worden. Niemand ist draußen auf den Terrassen, auf denen sich sonst um diese Zeit die Kaffeekränzchen durch den Tag ziehen, während die Kinder auf sorgsam gepflegten Grünflächen unter Aufsicht herumtollen dürfen.

Nur mein Vater und ich sind da. Wir rennen nackt das kaum dreißig Meter lange Rasenhandtuch hinter dem Reihenhaus auf und ab, einem glitschig gewordenen Lederfußball hinterher. Rutschen über die Grasnarbe, lachen, jauchzen, berauscht von dem Gefühl, dass wir uns ein Vergnügen gönnen, das die braven Nachbarn, die sicherlich hinter Gardinen stehen und sich das Maul zerreißen, niemals erleben werden.

Solche kleinen Grenzüberschreitungen waren ganz nach dem Geschmack meines Vaters, Ausbrüche aus dem selbstgewählten Kleinbürgerleben der Reihenhaus-Siedlung. Eruptionen einer Lebendigkeit, die sich nicht von der strengen Geometrie der Wohnanlage einzwängen lässt.

Es waren solche Momente ungezähmter Körperlichkeit, in denen ich mich meinem Vater am nächsten fühlte. Wir waren Komplizen in der Grenzüberschreitung, verbunden durch eine geheime sinnliche Erlebniswelt, die andere nicht einmal erahnen konnten; die bravere Nachbarn in Aufruhr versetzte, weil sie ihnen das enge Korsett ihrer Rituale vor Augen führte. Und die deshalb umso mehr Lust bereitete.

Die Jahre meiner vorpubertären Jugend waren voll von solchen Erlebnissen. Momente der Vereinigung in roher Körperlichkeit. Groß und überwältigend mussten sie immer sein, voll Abenteuer und Freiheit für den Sohn, der sich dabei doch immer des starken Vaters sicher sein konnte.

Wenn ich etwa bei einer Wanderung jenseits der ausgezeichneten Pfade einen Baumstamm umklammerte und nicht mehr vor noch zurück konnte, weil der mit feuchtem Laub überzogene Waldboden zu rutschig und der Abhang zu steil war und der Vater mich einfach am Gürtel packte und den Berg hinauftrug.

Oder als ich noch gar nicht richtig schwimmen konnte und der Vater mich trotzdem in einem aufblasbaren, zum Floß umfunktionierten Kleinbecken in die Mitte eines Bergsees zog. Furchtlos sprang ich in den See und ließ mich vom Vater fangen und wieder auf das Floß setzen. Wieder und wieder und wieder.

Sie kehrten später nie zurück, diese Glücksmomente der Vater-Sohn-Verschmelzung. Mit der Pubertät erfüllte ich zunehmend meine Sehnsucht nach dem Ausloten körperlicher Grenzen im Sportverein, in der Kameradschaft Gleichaltriger. Und mein Vater fand ohne diese Erlebnisse wohl nur noch selten aus den Tiefen von Depression und Isolation heraus. Jedenfalls nicht im Kreis der Familie.

Ich fand nie mehr eine Verbindung zu meinem Vater, die letzten zwanzig Jahre seines Lebens waren geprägt von Sprachlosigkeit zwischen uns. Die Erinnerung an das Glück der jugendlichen Verschmelzung wurde verschüttet vom Schmerz eines gegenseitigen Ablösungsprozesses, der nie ein wirkliches Ende fand. So wurde es, solange er lebte, für mich ganz unvorstellbar, dass wir uns einmal so nahe gewesen waren.

Erst viel, viel später, in jenem Sommer, in dem ich das Würfelhaus auszumisten hatte, drang eine vage Erinnerung an jene

Glücksgefühle erneut in mein Bewusstsein. Bilder des Vaters jener Tage kamen zurück, eines Mannes mit überbordender Kraft und Vitalität, aber gleichzeitig mit einer Fähigkeit zur Zärtlichkeit. Auslöser war ein kleines Fotoalbum aus mittlerweile brüchiger brauner Pappe, das mir beim Durchforsten des elterlichen Nachlasses in die Hände fiel.

Das querformatige Album enthielt Aufnahmen aus der Jugend meines Vaters, einer Zeit, von der ich aus Erzählungen nur eine bruchstückhafte Vorstellung hatte. So wusste ich, dass die Familie im Elsass gelebt hatte, nicht zuletzt, weil wir in meiner Kindheit einige Male dort Urlaub gemacht hatten, um die Stätten der Jugend meines Vaters aufzusuchen. Und ich wusste, dass es einen Jugendfreund namens Klaus gegeben hatte, der im Gefühlsleben meines Vaters eine bedeutende Rolle gespielt hatte. So bedeutend, dass Klaus mein Zweitname wurde. Ich wusste nur, dass er im Krieg gestorben war.

Dass ich nie eine größere Neugier entwickelt hatte, wer Klaus eigentlich war, hing sicherlich mit der Entfremdung zwischen meinem Vater und mir zusammen. Das Gefühlsleben meines Vaters war mir nicht nur egal, es war mehr als das. Es war bedrohlich und unheimlich, so sehr, dass ich es, so gut es ging, zu meiden suchte.

Nun sprang es mir jedoch aus jenem kleinen braunen Pappalbum unausweichlich entgegen. Auf einer Seite in der Mitte des Albums zog mich eine Aufnahme in ihren Bann.

Beschriftet war sie lediglich mit der Jahreszahl 1943, Details über den Ort und die abgebildeten Personen fehlten. Darauf zu sehen sind zwei junge Männer, beinahe Knaben noch, in HJ-Uniform. Der vordere, mein Vater, sitzt auf einer Parkbank, die Beine verschränkt und warm in die Linse des unbekannten Fotografen lachend.

Es war ein Lachen, das mir überaus vertraut vorkam. Da war mein Vater, so gelöst und froh, wie ich ihn nur von den Eskapaden in den Wäldern rund um unsere Wohnsiedlung kannte. Über eine Zeitspanne von sechsundsechzig Jahren hinweg lachte er mich da an, aus einer Ära, in der es mich noch nicht gegeben hatte, und doch war er mir so präsent wie in meinen Kindheitstagen.

Der Junge hinter ihm, dessen Uniform im Kontrast zu der braunen meines Vaters schwarz war, schaut hingegen ernst und verkniffen in die Kamera. Die Arme sind verschränkt, der Blick hat nichts von der Unbeschwertheit, die mein Vater auf dem Bild an den Tag legt. Es ist, als trage er die Schwere der Zeit auf den Schultern, als wisse er um die kurz bevorstehende Apokalypse und seinen eigenen, nahenden Tod und schaue alldem entschlossen und schicksalsergeben entgegen.

Das Bild warf Fragen auf, Fragen, die sich nicht wieder verdrängen ließen. Wie viel von dem Glück etwa, das mein Vater bei unseren Abenteuern empfand, stammte daher, dass sie ihn an jene Zeit erinnerten, an die Zeit, bevor das Dritte Reich in Flammen aufging und die großdeutsche Welt des ideologisch durchtrainierten Hitlerjungen des Jahrgangs 27 noch in Ordnung war? Welche Rolle spielte dabei Klaus, der etwas ältere Freund und Kamerad, der ihm so nahe war, dass er seinen Sohn nach ihm benannte? Und was hatte das alles mit mir zu tun? War ich in irgendeiner Form der Stellvertreter von Klaus? Sollte ich dieses Glück, wenn auch nur flüchtig, zurückbringen?

Mein Vater und Klaus müssen sich irgendwann in den Jahren 1940/1941 in der Hitlerjugend im Elsass kennengelernt haben. Die genauen Umstände, wie die Familie meines Vaters nach dem Einmarsch der Nazis im Juni 1940 ins Elsass gelangte, sind mir nicht überliefert. Anfragen bei elsässischen Archiven blieben unbeantwortet. Aber man kann es sich zusammenreimen.

Der Großvater Jakob Moll, Weltkriegsveteran aus Niederbayern und gelernter Holzkaufmann, hatte im Lauf der 20er und 30er Jahre mehrere Anstellungen als Betriebsleiter in Holz verarbeitenden Unternehmen im süddeutschen Raum inne, zuletzt im württembergischen Aulendorf. Mit der Annexion von Elsass-Lothringen, das, anders als der Rest von Frankreich, formal nicht bloß besetzt wurde, taten sich jedoch für Männer wie meinen Großvater Gelegenheiten auf.

Wer als Volksdeutscher bereit war, mit der Familie über den Rhein zu ziehen und neu anzufangen, der konnte es im Elsass zu etwas bringen. Die Germanisierung des Elsass ging nach 1940 im Stechschritt voran. Volksfeindliche Elsässer, also französische Patrioten, Juden, Widerständler, wurden von ihren Positionen enthoben, vertrieben oder Schlimmeres. Der Karikaturist Tomi Ungerer, der, wie mein Vater, seine Jugend unter den Nazis im Elsass verbrachte, schildert, wie innerhalb eines Jahres ein Drittel der Bevölkerung von Colmar verschwand. Mehr als 45 000 Elsässer wurden »umgesiedelt«. »Läden, Möbel, Wohnungen wurden beschlagnahmt.« Mit Holzbetrieben dürfte es kaum anders gewesen sein.

So kam mein Vater mit knapp vierzehn Jahren auf das Gymnasium der einstigen freien Reichsstadt Schlettstadt am Ostrand der Vogesen. Ungerer erinnert sich daran, wie dort schon ab 1941 das Curriculum vollkommen umgekrempelt wurde, auch durch kostenlose neue Schulbücher mit Titeln wie »Lesestoff für den Völkischen Unterricht im Elsass«. Das Sprechen von Französisch oder des alemannischen Dialektes war streng untersagt.

Im Geschichtsunterricht bekamen die Jugendlichen, wie sich Ungerer belustigt erinnert, beigebracht, »dass unsere Vorfahren nicht die Gallier, sondern die Germanen waren, dass Karl der Große kein Wort Französisch gesprochen hatte und dass die Franken und die Burgunder zusammen mit den Vandalen aus dem Osten gekommen waren, um Frankreich zu kolonisieren«.

Die deutschen Jungs von der anderen Rheinseite, zu denen mein Vater gehörte, fand Ungerer derweil »Anständig. Punkt.«.

Die Jungvolk-Uniformen, die sie manchmal in der Schule trugen, fanden die Elsässer Jungs cool, auch wenn sie das nicht offen zugeben wollten. Der Dolch der Hitlerjugend, in dessen Klinge die Worte »Blut und Ehre« eingraviert waren, weckte bei allen Mitschülern Begehrlichkeiten.

Der Dolch, oder damals »Fahrtenmesser« genannt, war Symbol der Lager- und Wanderromantik der Hitlerjugend, der sich damals wohl auch die ansonsten nur mäßig völkisch geneigten Elsässer Jungen nicht entziehen konnten. Eine Werbeanzeige für den HJ-Dolch aus der Zeit beginnt so: »Wenn das Feuer glutentfacht Wache hält in dunkler Nacht und nach alter Landsknechtsweise Hitlerjugend sitzt im Kreise, froh beginnt das Lagerleben, um Gemeinschaftssinn zu heben.« Die Anzeige endet mit einem Kaufbefehl direkt aus Berlin: »Jungnazis! Euer Führer möchte, dass Ihr das Fahrtenmesser tragt.«

Die Naziwerber wussten, was sie taten. Der Dolch war von Beginn an als Fetisch des freien Abenteuerlebens in der HJ gedacht. Er war Begleiter bei all diesen Erlebnissen und stete Erinnerung an sie zugleich. Wer ihn trug, der konnte jederzeit das intensive Gemeinschaftserlebnis der Fahrten und die Sehnsucht danach heraufbeschwören, wenn er sich nur an die Hüfte fasste.

Die Propaganda wirkte bei meinem Vater bis weit nach dem Krieg fort. Auch bei unseren Wanderungen war immer ein Dolch dabei. Als ich in jenem Alter war, in dem mein Vater seinerzeit im Elsass lebte, besaß ich eine ganze Sammlung an Dolchen. Unterwegs im Wald vermochte mein Vater damit kunstvoll aus Baumrinde kleine Boote zu schnitzen, die wir dann in Bächen auf große Fahrt gehen ließen. Und auch ich trug sie oft am Gürtel, um ein Stück unserer Abenteuer mit in den Alltag zu nehmen. In der Schule freilich waren sie nicht mehr erlaubt.

Die Ausflüge müssen für meinen Vater jene wildromantischen HJ-Wanderungen und Lager haben wiederauferstehen lassen, bei denen er in den Jahren zwischen 1941 und 1943 die enge Verbindung mit Klaus geknüpft hat. Und für völkisch durchgebildete Hitlerjungen der Jahrgänge 25-27 hätte es eine bessere Kulisse als das Elsass kaum geben können.

So liegt nur zehn Kilometer außerhalb von Selestat, damals Schlettstadt, auf einer 750 Meter hohen Anhöhe über dem Rheintal die Hohkönigsburg, die in meiner Kindheit bei jedem Familienausflug in das Elsass auf dem Besuchsprogramm stand. Für drahtige junge Burschen wie Klaus und meinen Vater war die romantische Ritterfestung, von der aus man bis weit in den Schwarzwald blicken konnte, ein schier unwiderstehliches Ziel für einen Tagesausflug, bei dem man sich bis tief in das Mittelalter hineinträumen konnte.

Oben angelangt, durchflutete die Kameraden dann das Gefühl ewiger deutscher Macht und Größe. Die alte Stauferburg, die Bismarck 1870 wieder heim ins Reich geholt hatte und die Wilhelm II. zur Demonstration preußischer Hegemonie über das Rheintal aufwändig rekonstruieren ließ, war nun endgültig wieder fest in deutscher Hand. Und daran würde sich die nächsten tausend Jahre auch nichts mehr ändern.

Alles muss groß gewesen sein an diesen Momenten. Überwältigende Gefühle der Grenzenlosigkeit von pubertierenden Jungen, denen alles zu Füßen liegt: Die Welt, die Zukunft, das Leben.

So groß waren diese Gefühle, dass die Heranwachsenden sie in Gedichtform zu bringen suchten. Ich fand sie in jenem Sommer des Ausräumens im Jahr 2009 in einer braunen Kladde, auf der ominös »Unerledigt« geschrieben stand. Sie waren teils handschriftlich, teils mit Schreibmaschine aufgeschrieben, sämtlich auf dem Briefpapier der »Fürstlich Fürstenbergischen Waldungen, Werk Hüfingen«. Dort hatte mein Großvater nach dem Krieg Anstellung gefunden.

In welcher Form auch immer mein Vater die Gedichte über den Krieg gerettet hatte, er versuchte zweifellos damals, irgendwann in den Jahren 1946 bis 1948, durch das Übertragen der Texte mit dem Tod des Jugendfreundes und dem Ende der gesamten Welt, die ihn mit ihm verbunden hatte, irgendeine Form von Frieden zu machen. Der seelisch und körperlich vom Krieg gezeichnete junge Mann suchte den verlorenen Kontakt zu dem Vierzehnjährigen, den damals im Elsass umgetrieben hatte, wie die Grenze zwischen Freundschaft, Liebe und Kameradschaft zu ziehen war. Er versuchte Gefühle und Begriffe zu ordnen, die ihn ebenso überwältigten wie verwirrten. Einmal heißt es:

Ein Freund, der liebt Dich, wie Du ihn liebst.
Er hielt zu Dir, was Du immer triebst.
Er hält zu Dir, nie bist Du allein,
Ein Freund drum, sei ein hohes Ziel,
In Deinem Leben und ist viel,
Willst einem Freund stets, Freund Du sein.

Die Lyrik meines jugendlichen Vaters liest sich wie eine Ode an das große romantische Glück der Freundschaft, die schon in den Briefwechseln zwischen Schiller und Goethe mit der romantischen Liebe um den höchsten Rang der zwischenmenschlichen Beziehungen konkurriert. Und in einem anderen Gedicht scheint sich mein Vater tatsächlich entschieden zu haben, welche von beiden Beziehungsformen höher und edler ist. In einem Text mit dem Titel »Einst wird sie werden mein Kamerad« huldigt er seiner Liebelei Odette, einem elsässischen Mädchen, von dem er schwärmt. Dabei ist klar, dass, was immer zwischen den beiden gewesen sein mag, es nie an das heranreichen konnte, was er für seinen Freund und Kameraden Klaus empfunden hat.

Es war anrührend, von dieser tief empfundenen Jungenfreundschaft zu lesen, auch und gerade, wenn man in die Zeilen homoerotische Zwischentöne hineinliest. Die Vorstellung der beiden Gerade-noch-Knaben, die in inniger Verbindung zueinander die Wälder der Vogesen durchstreifen und dabei vielleicht Hölderlin, Goethe und Schiller deklamieren, hat etwas Beglückendes. Sie erscheint wie ein perfektes Idyll, kurz bevor der Weltenbrand die Freundschaft und die noch unschuldigen Seelen der beiden in den Abgrund reißt.

Doch natürlich war auch schon dieses Idyll von dem Bevorstehenden durchsetzt. Die große romantische Empfindsamkeit und die soldatische Ausbildung der Hitlerjungen ist nur scheinbar ein Widerspruch. Victor Klemperer war nicht der Erste und nicht der Letzte, der den Zusammenhang zwischen deutscher Romantik und dem Nationalsozialismus behauptete, der sich nach Ansicht einiger bis in den Fanatismus der RAF hinzog.

Ob die Romantik und der Idealismus der Urgrund des Nationalsozialismus waren, mag und kann ich nicht beurteilen. Aber es steht fest, dass die Nazis wussten, dass sie an den großen deutschen Dichtern nicht vorbeikommen. So stellten sie allerlei Verrenkungen an, um Goethe völkisch zu vereinnahmen. Schon 1937 hielt Reichsjugendführer Baldur von Schirach in Weimar eine Rede, die Goebbels später mit den Worten lobte, Goethe sei darin ein für alle Mal des Begriffs des Weltbürgers und liberalen Poeten entkleidet worden.

Den humanistischen Goethe suchte Schirach als Leitbild der nationalsozialistischen Jugend umzudeuten: »Denn was hätte Goethe mit uns zu schaffen, Goethe, der Weltbürger, der liberale Prophet des sogenannten Fortschritts? [...] Ein so zum Götzen abstrakten Ästhetentums und demokratisch liberaler Vaterlandslosigkeit verfälschter Goethe ist freilich nicht mit den marschierenden Kolonnen der Jugend des Dritten Reiches zu vereinen. Welcher Widersinn [...] eine Jugendbewegung, die das revolutionäre Erziehungsprinzip der Selbstführung der Jugend, der Uniformierung aller und der Gemeinschaftserziehung vertritt, mit einer Persönlichkeit zu verbinden, die nach mancher

Vorstellung das Ideal einer durchaus individualistischen Bildung verkörpert. [...] In den Wahlverwandtschaften begegnete mir einst das seltsame Wort: ›Männer sollten von Jugend an Uniform tragen, weil sie sich gewöhnen sollten, sich unter ihresgleichen zu verlieren, in Masse zu gehorchen und ins Ganze zu arbeiten.‹ Es wurde mir damals schlagartig offenbar, dass Goethe in einer Zeit, da Deutschland aus drei Dutzend Staaten bestand, die innere Schau einer einheitlichen Idealen deutschen Nationalerziehung besaß.«

Die volksdeutsche Jugend, das war für den RJF Programm, sollte sich selbst erziehen. Die alten Bildungsinstitutionen Elternhaus und Schule waren von der Nazi-Pädagogik formal zwar noch immer der Hitlerjugend gleichgestellt, aber bis zum Jahr 1943 waren sie längst kastriert oder gleichgeschaltet worden. Auch wenn es selten vorkam, die Hitlerjugend wurde bekanntermaßen dazu ermutigt, nicht gesinnungsreine Eltern zu denunzieren. Die Schule und der HJ-Dienst verschwammen derweil immer mehr ineinander, so lange, bis sie kaum mehr zu unterscheiden waren.

In seinem Buch *Generation Gleichschritt* schildert Werner Klose, wie der Druck auf die Lehrer wuchs, die Schüler immer häufiger für den HJ-Dienst freizustellen. Gleichzeitig hatten die Lehrer zunehmend im Nationalsozialistischen Lehrerbund aktiv mitzuwirken. Es galt an weltanschaulichen Schulungen teilzunehmen, Wehrsport und Wandertage zu veranstalten, Volkstumsarbeit und Schullandheim zu organisieren. Zu kurz kam dabei der traditionelle Unterricht.

Vor allem aber wurde die Riege der noch klassisch ausgebildeten, möglicherweise in der Weimarer Zeit verhafteten Pauker so schnell wie möglich ausgedünnt. In einem beschleunigten Verfahren konnten HJ-Führer bereits mit achtzehn oder neunzehn ihre Lehrerzulassung erhalten. Bis zum Jahr 1943 war die Lehrerschaft dann zum Großteil uniformiert.

Die Jungs der Jahrgänge 25 bis 27, die allerspätestens seit 1936 in Hitlerjugendverbänden organisiert gewesen sein müssen, hatten jedenfalls bis 1943 ganz gewiss die Botschaft internalisiert, dass sie keiner Autorität zu gehorchen brauchten. Den ödipalen Vatermord hatte der Führer an ihrer statt selbst besorgt und sich an die Stelle der leiblichen Eltern gesetzt.

Meine Großeltern konnten dem nur mehr oder weniger hilflos zusehen. Was sie dabei gedacht und gefühlt haben, ist schwer zu erahnen. Bekannt ist mir lediglich, dass sie sich in den 20er Jahren in der Sozialistischen Arbeiterjugend kennengelernt hatten, und so ist anzunehmen, dass sie den Aufstieg der Nazis eher bedenkenvoll betrachteten. Meinem Großvater, der im ersten Weltkrieg als neunzehn Jahre alter bayerischer Pionier die überaus grausamen Isonzoschlachten an der Grenze zwischen Norditalien und Slowenien miterlebt hatte, dürfte zudem die Aussicht, dass sein Sohn in den Krieg ziehen muss, größte Sorge bereitet haben.

Auf einem Foto Ende des Jahres 44 ist mein Großvater in einer Volkssturmuniform zu sehen, in die Hitler den nunmehr 47-Jährigen in den letzten Kriegstagen noch gesteckt hatte. Er ist kreidebleich und ernst, während sein Sohn, mein Vater, mit pomadig zurückgekämmtem Haar, seine brandneue Wehrmachtsuniform voller Stolz präsentiert, vor Eifer platzend, sich in den Kampf um den Endsieg zu stürzen.

Die Weisheit der Alten beiseitezuschieben, dazu glaubte die junge Elite des Führers das Mandat von ganz oben zu haben. Unermüdlich war ihnen in den prägenden Jahren eingebläut worden, dass sie die Zukunft verkörpern, einen noch nie da gewesenen Menschentyp, rein, tugendhaft und hart und dazu berufen, das deutsche Volk in seine strahlende Zukunft zu führen.

So besangen die Hitlerjungen Klaus Alef und Heinz Moll in ihrem Rausch der Entgrenzung auch euphorisch Nietzsche, den Erfinder des »Übermenschen«, dessen Schwester Elisabeth zum inneren Kreis um Hitler gehörte und dessen Spazierstock der Führer persönlich benutzte. Vier Gedichte schrieb mein Vater damals auch zu Nietzsche, sämtlich glühende Bekundungen der tiefen Bewunderung für den Denker, von dem Nazi-Ideologe Alfred Bäumler behauptete, er bilde die geistige Grundlage des neuen deutschen Staates:

Du, der höchsten Geistesfürsten
König, du, nach deiner Stimme dürsten wir,
Die wir dich lieben, deiner Worte
Tiefste Kraft, gleich einem Horte
In uns bergen, uns im Glanze
Deiner Sonne wärmen.

Die nationalsozialistische Lesart Nietzsches war wie maßgeschneidert für diese Generation. Der Übermensch, der nicht von Gott geschaffen ist, sondern sich selbst gebiert, war gewissermaßen der Prototyp für Jungen wie meinen Vater und seinen Freund Klaus. Dass sie sich mit Nietzsche im Tornister anschicken konnten, losgelöst von christlich-bürgerlicher Moral und demokratisch-pluralistischer Gleichmacherei die Welt zu unterwerfen, passte ebenso zu ihrem jugendlichen Übermut wie die Gewissheit der geistigen und körperlichen Überlegenheit samt dem daraus legitimierten Eroberungsdrang.

So müssen sie sich zum Zeitpunkt der Aufnahme im Park von Selestat gesehen haben. Als Avantgarde nicht nur des deutschen Volkes, sondern der Menschheit. Als Prototyp einer neuen Gattung, die sich anschickt, die Welt zu unterwerfen.

In der Kladde, die 2009 in der Frankfurter Vorstadt zum Vorschein kam, befand sich zwischen den schwärmerischen Gedichten unter anderem auch ein dreiseitiges Traktat, das mein Vater wie die anderen Texte irgendwann in den Jahren 1946-1948 per Schreibmaschine auf das Briefpapier der Fürstlich

Fürstenbergischen Waldungen übertragen hatte. Die Überschrift lautet nur »Junge!«. Gezeichnet war das Papier von Klaus. Wie eine gespenstische Stimme hallte diese Abschrift selbst 2009 noch aus dem Soldatengrab, mahnte lange nach dem Untergang noch dazu, Nietzsches Ruf zum Übermenschentum zu folgen.

Der Text beginnt gleich mit einer Verklärung des Heldentodes. »Deutsch sein, das heißt für eine einmal als richtig erkannte Idee alles einzusetzen.«

In der Klaus'schen Anleitung zum Fanatismus folgt eine ausgiebige Lobpreisung der jungmännlichen Härte. Dort sind Sätze zu lesen, wie »Wenn Du härter als das Harte bist, das dich nieder zu ringen sucht, dann bist Du deutsch.« Darauf folgt ein erneuter Exkurs über die Kameradschaft: »Auch in der Freundschaft, Junge, sei ein Deutscher.« Und am Ende dann fordert Klaus meinen Vater zum Gehorsam gegenüber dem Führer auf.

Als ich 2009 die Kladde mit den Gedichten und sowie die Kriegstagebücher meines Vaters aus einem Schrank im hessischen Reihenhaus barg, begnügte ich mich zunächst damit, sie zu überfliegen und zu archivieren. Das braune Papier der Fürstlich Fürstenbergischen Waldungen wurde gescannt, in Klarsichthüllen gesteckt und in Ordner abgelegt. Die Texte, alle in Sütterlin geschrieben, ließ ich von einem Transkriptionsdienst übertragen. Das gesamte digitalisierte Konvolut landete dann in der Cloud.

Bis ich mich wirklich darin vertiefen konnte, dauerte es Jahre. Irgendwo in diesen Texten lag ein Schlüssel zum Verhältnis zwischen meinem Vater und mir, das wusste ich. Bis ich wirklich dazu bereit war, die Dynamik des Dreiecks zwischen Klaus, meinem Vater und mir genau zu betrachten, brauchte ich mehr Raum, mehr Zeit.

Die Fragen, die ich an die Texte hatte, schwelten im Hintergrund. Immer wieder mal tauchten sie auf wie aus dem Nichts, versetzten mich kurzzeitig in einen Zustand der Panik, nur um dann unbeantwortet wieder zu verschwinden. Warum hatte es zwischen meinem Vater und mir nur die vorpubertäre Verschmelzung und dann die Sprachlosigkeit gegeben und nie etwas dazwischen? Warum schwankte der körperliche Kontakt zwischen uns beiden zwischen dem zärtlichen und dem übertrieben rauen, zwischen Hände haltenden Spaziergängen und spielerisch gemeinten, nicht selten die Grenze ins Brutale überschreitenden Boxkämpfen? Was hatte das alles mit meinen Schwierigkeiten zu tun, stabile Beziehungen zu führen, und vor allem, was hatte das mit Klaus zu tun?

Einer der Auslöser dafür, sich dem allen endlich zu stellen, war die Neuauflage von Klaus Theweleits *Männerphantasien* im Jahr 2019. Nachdem das Standardwerk zur faschistischen Männlichkeitskonstruktion, das in den 60er und 70er Jahren in keinem linken Bücherschrank fehlen durfte, rund dreißig Jahre lang in Vergessenheit geraten war, erlangte es im Angesicht von Figuren wie Trump, Berlusconi, Orbán, Putin und anderen Gesellen plötzlich wieder Aktualität.

Das erste Gespräch darüber führte ich mit der amerikanischen Schriftstellerin Siri Hustvedt. In einem Interview zu Donald Trump in ihrem Wohnzimmer in Brooklyn wies Hustvedt auf Trumps Bemerkungen gegenüber einer TV-Journalistin hin, sie blute aus den verschiedensten Körperöffnungen, und schlug den Bogen zu Theweleits Theorie von der Angst des faschistischen Mannes vor dem Weiblichen, dem Fließenden, das seine angestrengten Versuche, sein fragiles Selbst zusammenzuhalten, massiv bedrohe.

So versenkte ich mich parallel in das brandneue, rosafarben eingebundene intellektuelle Collagenwerk von Theweleit und auch endlich in die auf meiner Cloud lagernden Briefe und Gedichte meines Vaters.

Dabei wagte ich freilich kaum zu hoffen, dass Theweleit eine wirklich anwendbare Theorie zu bieten habe, die mir die Persönlichkeitsstruktur meines Vaters würde offenbaren können. Schon die zeitgenössischen Rezensenten hatten auf die methodische Eigenwilligkeit von Theweleit hingewiesen, auf seine theoretische wie empirische Bricolage, auf die wackelige Basis seiner psychoanalytischen Schlussfolgerungen. Die Kritiker der Neuauflage sahen derweil, wie sehr Theweleit in seiner Zeit verhaftet war, nicht zuletzt in den feministischen Diskursen der 70er Jahre, die mittlerweile längst überholt waren, wohl auch, weil die Frauen selbst in diesen Diskursen nur als Opfer auftauchten. Und doch gestand man dem Buch zu, »dass ein besserer Ersatz noch nicht zu erkennen ist«, wie der Historiker Sven Reichardt bemerkte.

Eine der Errungenschaften Theweleits etwa, welche die 70er Jahre bis in die Ära von Donald Trump überdauerte, war die Anwendung der Entwicklungspsychologie von Margaret Mahler auf den faschistischen Mann. Die von Theweleit daraus entwickelte und in den 70er Jahren zu einer universellen Theorie des Patriarchats ausgeweitete These geht in etwa so:

Der kleine Junge, dem in einem entscheidenden Entwicklungsstadium nicht ausreichend körperliche Wärme und Zuneigung zuteil wird oder dem in dieser Zeit gar körperliche Gewalt widerfährt, kommt über ein entscheidendes psychologisches Entwicklungsstadium ein Leben lang nicht hinaus. Er verharrt in einem Zustand der unabgeschlossenen »Ich-Bildung«, Theweleit nennt sie auch die »Nicht-zu-Ende-Geborenen.«

Zur »Individuation« so Theweleit, gehöre, »dass das Kind sich nur aus der unumgänglichen Symbiose, die sein erstes Lebensjahr bestimmt, durch eine lustvolle Besetzung seiner Peripherie bis zum sicheren Gefühl, ein von der Mutter und von anderen unterschiedenes Selbst zu sein, heraus differenziert hat.«

Die faschistischen Männer beziehungsweise, allgemeiner, die unerbittlich autoritär erzogenen der Generation meines Vaters und wer weiß wie vieler Generationen zuvor erreichen nie einen Zustand, in dem sie ihrer selbst gewiss sind. Daraus folgen eine ganze Reihe an Pathologien im Erwachsenenleben. Um die unsicheren inneren Grenzen zwischen sich und der Welt, zwischen sich und anderen zu ersetzen, eignen sich die soldatisch-faschistischen Männer muskulöse Körperpanzer an. Das Primat der körperlichen Fitness in der nationalsozialistischen Erziehung, die Betonung von Härte gegen sich und andere ist unschwer daraus abzuleiten.

Ein anderer Mechanismus, mit dem die Nicht-ganz-Geborenen ihre schwachen Selbstgrenzen kompensieren, ist die eiserne Disziplin. Die Idee, dass »Arbeit frei« mache, leitet Theweleit ganz direkt daraus ab und berichtet, dass Rudolf Höß aus genau diesem Grund die Umwandlung von Auschwitz in ein Vernichtungslager gar nicht recht war. Der eigentliche Sinn des Lagers war für den Kommandanten damit verfehlt.

Schließlich deduziert Theweleit aus seiner Theorie den Hass des Nicht-fertig-Geborenen auf eben alles Weibliche, Fließende, den Siri Hustvedt bei Trump beobachtet hatte. Die Furcht davor, von der Mutter wieder einverleibt zu werden, lässt den faschistischen Mann zum Sadisten werden. Der Mann ohne Grenzen erfährt laut Theweleit im lustvollen sexuellen Kontakt beispielsweise eine profunde Angst, von der Mutter verschlungen zu werden, »dass alles Fleisch blutiger, feuchter Brei ist, in dem man vergeht; dass er blutig geboren wurde und da niemals herauskam«. Die Antwort des faschistischen Mannes darauf ist der Schuss oder der Gewehrkolben, mit dem er sich abrupt als Überlebender aus dem blutigen Matsch heraus differenziert.

Die Kehrseite dieser Aggression gegen alles Weibliche ist freilich die Entsexualisierung der angebeteten Frau, der Mutter und der geliebten Gattin, die zu körperlosen Idealen werden und somit ihre Bedrohlichkeit verlieren. Theweleit macht hier den etwas abgegriffenen Dualismus Heilige/Hure auf, in den der verhärtete Mann die weibliche Welt aufteilt.

Mein Namensgeber unterstreicht in seinem Traktat »Junge!« auf beinahe unheimlich präzise Art diese Einstellung zum Weiblichen. »Der Körper eines Mädels sei Dir unantastbar heilig in Zorn und Zuneigung«, schreibt er. Die Beziehung zu einer Frau, die einer bedeutsamen emotionalen Bindung würdig ist, hat, ähnlich der romantischen Idee der Freundschaft, körperlos zu bleiben.

Um die Gefühlswelt von Klaus und Heinz um das Jahr 1943 herum zu verstehen, war es für mich indes zunächst einmal interessanter, zu lesen, was Theweleit unter der Rubrik »Allerlei Einzelnes, das mit dem Ich des Nicht-zu-Ende-Geborenen zu tun hat« zu sagen hat. In einem kurzen Abriss zum Thema »Faschismus und Familie« schreibt Theweleit: »Der Vater als Instanz bedeutet ihm nichts. Die Mutter als Person bedeutet ihm nichts. Die Familiengrenzen sprengend, steht es molaren Einheiten gegenüber, dem anderen, seinem Land, dem Universum, die er sich einzuverleiben versucht. Seinem psychischen Bau nach ist dies Wesen anti-familialistisch.«

In der Tat spielen die Eltern in den Gedichten, Aufzeichnungen und Briefen aus der »Unerledigt«-Kladde keine Rolle. Die Bezugswelt des vierzehnjährigen Hitlerjungen waren der Kamerad, das Reich, der Führer, der Krieg. Der junge Held, ganz nietzscheanischer Übermensch, kommt nirgendwoher, er hat sich durch Disziplin und Härte selbst erschaffen, um die Welt in ein neues Zeitalter zu führen.

Theweleit nennt diese Selbsterschaffungsphantasie des faschistischen Mannes »direkte Filiation«: »Die Elternlinie, die menschliche Herkunftslinie wird ausgeschaltet – ich bin Gottes Sohn, meine Mutter ist die Natur. Es ist die Filiation der Macht, die sich über alle gesellschaftlichen Mächte hinwegsetzt. Sie gebiert ein großes Ich, so groß, dass es mit den Grenzen der Welt identisch werden kann.«

So schwebten noch im Sommer des Jahres 1943 Heinz und Klaus über den Zinnen der Hohkönigsburg, den Wäldern der Vogesen und der Rheinebene wie eine Superheldengestalt aus zwei Körpern und einer verschmolzenen Seele. Jeder Tag war eine Ekstase der eigenen Grenzenlosigkeit, vermengt mit der vermeintlichen Weltgröße des Führers und der deutschen Macht.

Doch all das sollte sich bald ändern. Im Herbst 1943 wird mein Vater in ein Wehrertüchtigungslager geschickt. Am 12. Dezember 43 meldet er sich dann, »mit 12 Kameraden und einer Pappschachtel«, zum Dienst als Luftwaffenhelfer. Der ältere Klaus dürfte zu diesem Zeitpunkt schon längst am Rhein im Einsatz gewesen sein, um britische Bomberverbände abzuwehren. Das Phantasma deutscher Größe und der eigenen Grenzenlosigkeit sollte einem harten Realitätscheck unterworfen werden.

3
ERIKA

Von dem Tag an, an dem meine Mutter starb, war mir klar, dass ich das Würfelhaus nicht behalten würde. Ich redete mir ein, dass es viel zu kompliziert sei, von New York aus eine Vermietung zu organisieren, und außerdem wollte ich mich nicht mit dem Albtraum einer dringend notwendigen Sanierung belasten. Die tiefere Wahrheit war jedoch, dass es sich nie wie ein Zuhause angefühlt hat, in der Art, wie Familiensitze im Leben jeder neuen Generation ein seelischer Anker bleiben, auch wenn sie schon lange nicht mehr dort leben.

Wenn es einen solchen Anker in meinem Leben gibt, einen geografischen Ursprung, auf den sich alle späteren Bewegungen beziehen, dann ist es die Stadt Frankfurt. Damit konnte auch New York nie konkurrieren, auch wenn ich zu dieser Stadt und ihren Menschen in den dreißig Jahren unserer gemeinsamen Geschichte eine innige Beziehung aufgebaut hatte. Aber New York bleibt eigenartig temporär, ein Provisorium, was bis zu einem gewissen Grad in der Natur einer Metropole liegt, in welche die Menschen strömen, um etwas aus sich zu machen, aber nie, um Wurzeln zu schlagen.

So behielt ich auch nach der Trennung von dem Haus die Gewohnheit jährlicher Besuche in Frankfurt bei, wie um mich zu versichern, dass ich irgendwoher komme und irgendwo hingehöre. Die völlige Hingabe an New York erscheint bis heute zu riskant. Um mich gänzlich dem Abenteuer meines Lebens zu überlassen, fehlt die innere Selbstgewissheit, ein Handicap, das ich, wie mir die wachsende Literatur über meine Generation, die Kinder der Flakhelfer, bestätigt, mit vielen deutschen Boomern teile.

Mein Versuch der Selbstversicherung äußert sich nun seit vielen Jahren in rituellen Spaziergängen durch das Frankfurter

Nordend. Mehr als wahrscheinlich irgendwo sonst stellt sich hier ein Gefühl des Ursprungs ein, einer Verbindung, die geerdetere Menschen vielleicht mit dem komplizierten Begriff Heimat belegen würden. Hier gab es Orte und Gebäude, die zu mir sprechende Erinnerungen trugen, Erinnerungen meiner Familie, Erinnerungen an das, was sie gemeinsam mit der ganzen Stadt erlebt und durchlitten hatten und was mir, schon bevor ich Worte dafür hatte, in Fleisch und Blut übergegangen war.

Die Rundgänge beginnen meist an der Friedberger Landstraße, heute einer vierspurigen Ausfahrtstraße aus der Stadt in Richtung Norden. Der Verkehr brummt hier lärmend Tag und Nacht durch, die Fassaden der älteren Häuser sind grau vor Ruß. Ein kleines Mädchen, wie meine Mutter, die hier ihre ersten vierzehn Lebensjahre verbrachte, hätte es schwer, allein auf die andere Straßenseite zu gelangen, zumal in der Mitte eine Straßenbahnlinie verläuft.

In der Erinnerung meiner Mutter war die Friedberger Mitte der 30er Jahre zwar auch schon eine Ausfahrtstraße, aber der Automobilverkehr der Zeit war noch deutlich weniger erdrückend als heute. »Es war eine schöne Straße mit breiten Trottoirs und hohen Bäumen am Straßenrand, die weit über die Balkone im dritten Stock unseres Hauses hinauswuchsen und im Sommer Schatten spendeten«, schildert sie in ihren Memoiren, die sie in den letzten Jahren ihres Lebens niedergeschrieben hat.

Die Aufzeichnungen sind von chronistischer Akribie. Als es um ihr fünfundsiebzigstes Lebensjahr herum anfing, mit der Gesundheit meiner Mutter bergab zu gehen, machte sie es sich zur Aufgabe, alles aufzuschreiben, was ihre Erinnerung hergab. Meine Mutter wollte, dass ich einmal das gesammelte Wissen um unsere Familie, für das ich mich bis dahin nicht sonderlich interessiert hatte, besitze, wohl ahnend, dass ich mit zunehmendem Alter eine Neugier darauf entwickeln würde.

Zum anderen steckt in den Notizen aber auch die Sehnsucht, zu jener Welt Kontakt aufzunehmen, die von der geordneten Welt der Vorstadtsiedlung, in der sie zu Beginn der 2000er Jahre, nach dem Tod meines Vaters, in zunehmende Isolation verfiel, unerreichbar weit entfernt zu sein schien. Dabei schwang für sie, ebenso wie später für mich als Leser stets die Frage mit, wer sie eigentlich gewesen ist, vor dem Zeitenbruch 1945, der doch in den Biografien ihrer Generation einen radikalen Wechsel des Daseinsgrunds und des Bezugnehmens zur Welt darstellt. Einem Bruch, den zu reflektieren nie die Zeit war, bis das Haus leer und es um sie herum still geworden war. Da tauchen dann wieder die Räume ihre Kindheit in der Erinnerung auf, die Zimmer der Friedberger Landstraße und die Menschen und Ereignisse, die sie mit ihnen verband.

Zu dem Konvolut, das mir in Form von quadratischen Macintosh Floppy Disks in die Hände fiel und mit einigem Aufwand auf modernere Datenträger überspielt werden musste, gehörte unter anderem ein Aufsatz mit dem Titel »Hat uns der Teufel geritten?«. Darin beschreibt sie, wie sie mit ihren blauen Augen und blonden Zöpfen dem arischen Klischee entsprechend von ihrer Jungmädelschaft zur Scharführerin und Wimpelträgerin ausgewählt wurde. Die Position beinhaltete, dem Reichsjugendführer Arthur Axmann bei seinem Besuch in Frankfurt einen Blumenstraß zu überreichen. Doch ihre Mutter, meine Großmutter, teilte den Stolz auf ihre Auszeichnung keineswegs und stellte den Wimpel abschätzig in die Badewanne. Meine Mutter beschwerte sich bei ihrer Vorgesetzten, ein Akt der Denunziation, für den sie sich noch mehr als sechzig Jahre später zutiefst schämte. Glücklicherweise blieb er folgenlos.

Es ist gewiss nicht zuletzt der Detailgenauigkeit der Memoiren meiner Mutter und ihrem literarischen Talent geschuldet, dass ich das Nordend für mich als einen Ursprung adaptiert habe, einen Ort, aus dem ich stamme, weil meine Familie dorther stammt. Das Haus, in dem meine Mutter aufwuchs, war die Friedberger Landstraße Nummer 191, ein vierstöckiges Mietshaus mit großen runden Balkonen zur Straße hin. Auf einem dieser Balkone verbrachte meine Mutter als kleines Mädchen viel Zeit. Hier konnte sie sich den Geschäften des Haushalts, dem endlosen Kochen, Waschen und Putzen in einer Zeit ohne elektrische Geräte, entziehen und lesen. Oder mit dem kleinen Jungen des Nachbarhauses über die Balkone hinweg Maikäfer austauschen. Oder das Treiben an der Straßenbahnendhaltestelle unmittelbar vor der Eingangstür beobachten. Das wurde insbesondere nach 1939 interessant. Keinen Kilometer nördlich der Haltestelle lagen damals die Kasernen des »Infanterie-Regiments Landgraf Friedrich I. von Hessen-Cassel Nr. 81«, im Frankfurter Volksmund auch die »81er« genannt. Tag für Tag stiegen jetzt junge Männer mit Pappschachteln und Koffern aus der Straßenbahn, um sich bei den 81ern zum Dienst zu melden. »Es wird Krieg geben«, prophezeite meine Großmutter damals trocken.

Bei meinem letzten Besuch an der Friedberger stand das Haus leer, die Fenster waren von innen verklebt, im Treppenhaus wurde gearbeitet. Die Gentrifizierung des Nordends, seit nunmehr dreißig Jahren Sehnsuchtsviertel gutverdienender junger Familien, war bis an den nördlichen Rand des Kiezes gekrochen und hatte trotz Verkehrslärms die Lage begehrenswert gemacht. Das Haus, an dessen Klingeln noch vor Jahren ausschließlich türkische und arabische Namen geklebt hatten, hatte einen Käufer gefunden, der hoffen durfte, durch eine Sanierung eine besserverdienende Klientel anzuziehen. In das Nebenhaus, das während der Kindheit meiner Mutter eine Apfelweinschänke beherbergte, ist bereits eine »Kreativ-Agentur« eingezogen.

Nach Norden hin, vorbei am alten Hauptfriedhof, breiten sich heute rechts und links der Friedberger, neben einem Baumarkt und einem Gartencenter, moderne Wohnanlagen aus. Sie ersetzten zu Beginn der 90er Jahre Baracken des US-Militärs, die einstige 81er Kaserne war nach dem Krieg in einen zentralen US-Stützpunkt umgewandelt worden. Die letzte Erinnerung daran ist heute die US-Botschaft, die aus der Stadtmitte hierhinaus an den Stadtrand verbannt wurde und – anders als die Vorgängereinrichtung in der Sismayerstraße im Westend – abgeschottet ist wie eine Militäranlage.

Die Wohnung in der Friedberger war der ganze Stolz meiner Großmutter, die ich nie kennenlernen durfte. Auf Fotos aus jener Zeit erscheint sie als stämmige, groß gewachsene Frau mit derben, beinahe bäuerlichen Gesichtszügen. Dem entgegen wirkt jedoch die sorgsam ausgewählte Garderobe, die sicherlich auch der Tatsache geschuldet ist, dass die meisten Bilder an Sonntagen oder zu besonderen Anlässen entstanden. Da gibt es feine Strickkombinationen mit Schnallenschuhen, dazu Perlenketten und zu einer modischen Kurzhaarfrisur im 20er-Jahre-Look auftoupiertes Haar.

Das Drei-Zimmer-Apartment bedeutete für die Familie das Ankommen im Bürgertum. Entsprechend sorgsam hatte meine Großmutter den Haushalt ausgestattet. Meine Mutter erinnert sich an ein Vestibül mit Korbmöbeln, in dem man Gäste empfangen konnte, ohne sie in den eigentlichen Wohnbereich einlassen zu müssen. Von da aus ging es zur einen Seite in die Küche, zur anderen Seite in das Wohnzimmer. Dort hing über dem Esstisch eine Hängelampe mit grünen Perlen und Fransen, in der Ecke, neben einem Kachelofen, stand ein Bücherschrank mit Prachtausgaben der deutschen Klassik. Weiterhin gab es eine Sitzgarnitur mit Rauchtisch, eine Standuhr, einen Radioapparat und – als Symbol der bürgerlichen Ambitionen meiner Großmutter – ein Klavier, an dem meine Mutter täglich eine Stunde zu üben hatte.

Hinzu kamen die beiden Schlafzimmer, das elterliche Gemach mit Nachttischchen aus lackiertem Holz und Lampen mit Seidenschirmen, einer Frisiertoilette sowie einem angeschlossenen Frankfurter Bad. Das andere Schlafzimmer teilte sich meine Mutter mit ihrer Großmutter. Aus diesem Zimmer erinnerte sie ganz besonders eine Wanduhr mit reich verziertem Perpendikel und einem beruhigend friedlichen Geläut.

Wenn sich meine Großmutter versichern wollte, wie groß der soziale Sprung war, den der Bezug dieser Wohnung im Jahr 1935 bedeutete, musste sie nur von ihrem Balkon aus über die Friedberger Landstraße hinweg schauen. Dort blickte sie auf die Klinkerfassade der Nummer 212, einer klassischen Mietskaserne von der Wende zum 20. Jahrhundert.

Der Bau gehörte der »AG für kleine Wohnungen«, einer Wohnungsbaugenossenschaft, bei der nach dem Krieg mein Vater temporär arbeitete. Die AG wurde um 1890 herum gegründet, um der rasant explodierenden Bevölkerung der Stadt Rechnung zu tragen und für die Handwerker und Arbeiter, die vom Land in die sich industrialisierende Metropole strömten, bezahlbaren Wohnraum zu schaffen. Das Bauland dafür stiftete der jüdische Bankier Georg Speyer.

Die 212 war die erste Wohnadresse meiner Mutter. In die zwei Zimmer dort drängten sich bei ihrer Geburt meine Großeltern sowie meine Urgroßmutter und die Tante meiner Mutter, die in unserem Haushalt als »Tante Änne« firmierte. Ich erinnere mich vor allem an ihre dicken Seidenkleider, unter denen ich mindestens drei Unterröcke vermutete. Sie machten Tante Änne in den 70er Jahren für mich zu einer Erscheinung aus einer lange untergegangenen Zeit.

Dass sich die Familie zum Ende der 20er Jahre in derart beengten Verhältnissen wiederfand, war ein typisches Schicksal der Zeit. Beide Familienteile waren zur Jahrhundertwende als Handwerker in die Stadt gekommen, um ihr Glück zu machen. Und beide hatten durch die Wirtschaftskrise schwere Rückschläge verkraften müssen.

Die Familie meines Großvaters stammte aus Nordhessen, der

Urgroßvater war ein Malermeister und Gastwirt aus Friedberg. Er eröffnete ebenfalls in der Friedberger Landstraße, keine dreihundert Meter von der Nummer 191 entfernt, eine Werkstatt, die er sehr erfolgreich führte. Doch nach seinem Tod konnte seine Frau in der Inflation die Werkstatt und das Haus nicht mehr halten. Zusammen mit ihren Söhnen, meinem Großvater und dessen Zwillingsbruder, zog sie in eine der frühen Frankfurter Sozialbausiedlungen am Stadtrand.

Der Familie der Großmutter erging es ähnlich. Ihr Vater, der aus der Gegend von Speyer kam und seine Frau auf der Walz in Württemberg kennengelernt hatte, unterhielt eine Schneiderwerkstatt in der Petterweilstraße, fußläufig keine Viertelstunde von der 191 entfernt. Als er vorzeitig starb, hinterließ er eine Witwe mit vier Kindern. Die Urgroßmutter ernährte die Familie während der Inflationsjahre mit Näherei in Heimarbeit, meine Großmutter und Tante Änne halfen als Teenager mit, indem sie Knöpfe annähten. Hauptkunde war das jüdische Kaufhaus Tietz auf der Zeil.

Den Ausbruch aus der Enge der Arbeiterwohnung in der 212, die immerhin für Kinder den Vorteil eines geräumigen Hinterhofs zum Seilhüpfen und Ballspielen hatte, erlaubte unserer Familie die Anstellung meines Großvaters am Frankfurter Amtsgericht, später dann am Landgericht. Etwa um die Geburt meiner Mutter im Jahr 1930 herum wurde Adam Iffland dort Notariatsangestellter. Für den Sohn einer verdienstlosen Handwerker-Witwe war dies eine beachtliche Karriere.

Der soziale Aufstieg erfüllte meinen Großvater mit weithin sichtbarem Stolz. Auf allen Familienfotos der Zeit ist er im dreiteiligen Anzug zu sehen, selbst zum Sonntagsspaziergang im Huthpark, wo meine Mutter auf der großen Wiese herumtollen durfte. Die korrekte Kleiderordnung behielt er bis an sein Lebensende bei. Noch als er uns im Würfelhaus besuchte, um auf mich aufzupassen, wenn meine Mutter im Büro war, hatte er stets Manschettenknöpfe, Krawatte und eine Weste nebst Einstecktuch angelegt.

Für meine Mutter war als kleines Kind der Beruf ihres Vaters Quelle eines ganz besonderen sonntäglichen Abenteuers. Es kam nicht selten vor, dass am Sonntag ein Gefangener dem Haftrichter vorgeführt werden musste, und wenn mein Großvater Bereitschaftsdienst hatte, durfte meine Mutter mit ihm ins Gericht. Sie fand das spannend dort, schrieb sie siebzig Jahre später in ihren Aufzeichnungen, wenn die Wachtmeister mit den Gefangenen vor dem Untersuchungsgefängnis in der Hammelsgasse vorfuhren oder die Richter in ihren Roben und mit Aktenstapeln unter den Armen durch die Gänge schwebten.

Das Untersuchungsgefängnis in der Hammelsgasse, die vom Hauptgebäude des Frankfurter Gerichts zur unteren Friedberger Landstraße hinführt, ist heute einem Verwaltungsbau aus Marmor und Glas gewichen. Eine Plakette an der Außenmauer erinnert jedoch daran, dass dieses Gefängnis für zahllose politisch oder religiös Verfolgte während des Naziregimes Durchgangsstation zu Folter, Zuchthaus oder Konzentrationslager war.

Ein Untersuchungsgefängnis gibt es heute in der Nähe des Frankfurter Gerichts nicht mehr. Das Polizeigefängnis in der benachbarten Klapperfeldstraße ist jedoch in seiner ganzen bedrückenden Trostlosigkeit erhalten. Eine Bürgerinitiative hat es nach der Schließung vor zwanzig Jahren übernommen und in eine Gedenkstätte verwandelt. Die winzigen Fenster der grauen Betonmauer sind nach wie vor mit Gitterstäben versehen, das Leid, das sich dahinter über Jahrzehnte abgespielt hat, ist noch immer greifbar.

An der Ecke zur Heiligkreuzgasse ist dort eine Mahntafel für den Kunststudenten Bernhard Becker angebracht. Becker wurde am 27. November 1937 von der Gestapo verhaftet. Als Pfarrjungscharführer hatte der Dreiundzwanzigjährige die ihm anvertrauten Jugendlichen dazu aufgerufen, der HJ und dem Jungvolk nicht beizutreten. Sein christlicher Glaube ließ ihm die bedingungslose Gefolgschaft für den Führer als Blasphemie erscheinen. Der zivile Haftrichter ließ ihn sofort wieder gehen, doch die Gestapo nahm ihn noch vor dem Gericht erneut fest.

Am 14. Dezember wurde Bernhard Becker dann tot in seiner Zelle aufgefunden. Er hatte Nägel geschluckt, die er aus der Bodenleiste seiner Zelle gezogen hatte. Mithäftlinge aus seiner Gruppe berichteten von mehrstündigen Verhören mit permanenten Faustschlägen, Ohrfeigen und Fußtritten. »Der Gerhard hat zuletzt kaum noch etwas sehen und hören können, so war er zugerichtet.« Zu seiner Beerdigung kamen tausend Menschen, es war einer der letzten größeren Akte des Protests in Frankfurt.

Man kann nicht wissen, ob mein Großvater gerade Dienst hatte, als Becker vorgeführt wurde. Fest steht, dass die Frankfurter Justiz im Jahr 1937 bereits weitgehend nazifiziert war. Jüdische Assessoren und Richter waren entlassen oder pensioniert worden, jüdische Anwälte durften nur noch jüdische Klienten vertreten. Ab dem Jahr 1938 wurden sie mit einem Berufsverbot belegt.

Bereits seit 1933 kamen in Frankfurt Sondergerichte zum Einsatz, deren einziges Ziel es war, das Regime zu stärken und zu etablieren. Unter weitgehender Ausschaltung rechtsstaatlicher Verfahren wurden Regimefeinde und Kritiker abgeurteilt, zunächst Sozialdemokraten und Kommunisten, später Angehörige suspekter religiöser Gruppen wie etwa der Zeugen Jehovas, Homosexuelle und ganz allgemein »Miesmacher und Meckerer«, also Personen, die sich öffentlich regierungskritisch äußerten.

So macht es mich beim Lesen der Aufzeichnungen ein wenig stutzig, wie meine Mutter die Erinnerung an die Gerichtsbesuche siebzig Jahre später so unverhohlen als Kindheitsabenteuer niederschrieb. Wollte sie ihre Kindheitsjahre vor dem Beginn des Bombenkriegs als unschuldig und glücklich bei sich behalten? Oder wollte sie das Andenken ihres Vaters, der in den Familienerzählungen immer als Inbegriff des Mitläufers geführt wurde, nicht beschädigen?

Solche Auslassungen ziehen sich wie Gespenster durch die Memoiren meiner Mutter. In all den detaillierten Schilderungen der häuslichen Verrichtungen, Samstagsspaziergänge, Kindergottesdienste und Turnstunden kann der Leser der Gegenwart nicht umhin, zu fragen, wie das Regime in den 30er Jahren das Leben in der Stadt geprägt hat und was meine Mutter, wiewohl ein kleines Mädchen, mitbekommen hat. Doch als Leser bin ich dazu verdammt, nur auf jene Fragen an die kleine Erika Antworten zu erhalten, die auch die fünfundsiebzig Jahre alte Erika an die Erinnerung stellen wollte.

So muss ich mich etwa mit der Erzählung bescheiden, der brave Justizangestellte Adam Iffland habe am Gericht nur seinen Notariatsdienst getan und ansonsten nichts mitbekommen. Bei seinem Entnazifizierungsverfahren im Jahr 1946 stand ihm die Gerichtstätigkeit unter den Nazis jedenfalls nicht im Weg. Ebenso wenig die Zugehörigkeit zur NSDAP, die er aus beruflichen Gründen als unvermeidlich geltend machte. Am 28. September 1947 wurde das Verfahren nach dem Gesetz zur Befreiung von Nationalsozialismus und Militarismus durch das hessische Staatsministerium für politische Befreiung gegen ihn eingestellt. Seiner Wiedereinstellung durch die Frankfurter Justiz stand nichts mehr im Weg.

In seinen Entnazifizierungspapieren brachte mein Großvater insbesondere seinen christlichen Glauben in Stellung. Seit 1921 ist dort zu lesen, gehörte er einer »Freikirchlichen Christlichen Versammlung« an, einer den angelsächsischen Baptisten nahe sektiererische Glaubensgemeinschaft, die, wie er betont, im Jahr 1937 von Himmler verboten und durch die Gestapo geschlossen wurde. Ein Versammlungsgenosse bescheinigte ihm, er habe »das Alte wie das Neue Testament als die Wahrheit bestätigt, so dass es unmöglich sei, dass er ein Feind der Juden sei;

noch ein Nazi, die doch von Jesus als Heiland der Welt nichts wissen wollten«.

Gemäß den Entnazifizierungspapieren meines Großvaters trat die Familie nach dem Verbot der Versammlungen der evangelischen Kirche St. Peter im Nordend bei, die sich im Kirchenkampf der Nazizeit zwischen den parteitreuen Deutschen Christen und den kritischen Bekennenden auf die Seite der Bekennenden gestellt hatte. Im Leben der Gemeinde, behauptet mein Großvater, sei er gar eine Art subversiver Aktivist gewesen. So habe er sich an einer Stellungnahme gegen das Propagandamachwerk *Der Mythus des 20. Jahrhunderts* beteiligt, das neben *Mein Kampf* als das wirkmächtigste ideologische Manifest des Nationalsozialismus gilt.

Laut den Aufzeichnungen meiner Mutter waren die christlichen Versammlungen der Brüdergemeinde mit dem Himmler-Verbot von 1937 jedoch nicht zu Ende. Statt im Versammlungssaal in der Hochstraße traf man sich nun zum Bibelstudium und zum gemeinsamen Beten in der Friedberger Landstraße 191. Meine Mutter durfte dann, gemeinsam mit ihrer Großmutter, »Wache schieben«, damit dem Gestapomann, der im ersten Stock wohnte, nichts auffiel. Auch das ein lustiges Kinderabenteuer im Dritten Reich.

Die tiefe Frömmigkeit meiner Familie trat mir beim Ausmisten des Würfelhauses entgegen, als ich in einem Wandschrank im »Home Office« meiner Mutter einen ganzen Stapel von Bibeln fand. Jedes Mitglied der Familie hatte ihre eigene und sie alle waren zerlesen, mit zahllosen Randnotizen, Zetteln und Eselsohren versehen. Das intensive Schriftstudium der baptistischen Brüder, das den Kern ihres Glaubens ausmachte, lag greifbar vor mir.

Den Glauben meiner Mutter hatte ich derweil bereits in den Wochen und Monaten zuvor intensiv erlebt. Der Mut, mit dem sie ihrer aller Wahrscheinlichkeit nach tödlichen Diagnose entgegensah, beeindruckte mich. Es war vielleicht das erste Mal in meinem Leben, dass mir die Kraft des Glaubens in überzeugender Form begegnete. Es hat mir eine tiefe Achtung vor einer solchen Haltung abgenötigt, auch wenn ich mich selbst wohl nie zu einer vergleichbaren Gewissheit werde durchringen können.

Die Nachkriegserzählung der Familie, dass der Glaube sie wenigstens vor nationalsozialistischem Fanatismus bewahrt hatte, erschien mir im Lichte dieses Erlebnisses durchaus plausibel. Auch wenn es die Familie nicht gerade zu Widerstandskämpfern machte. Das größte Risiko, das man einging, war ein Akt des zivilen Ungehorsams, den meine Urgroßmutter in der Friedberger Landstraße beging. Sie popelte die »Heil Hitler«-Schildchen, welche der Gestapomann aus dem ersten Stock an die Lichtschalter im Treppenhaus geklebt hatte, mit der Bemerkung wieder ab, Heil gebühre allein dem Namen des Herrn.

Meine Großmutter war in jenen Jahren, bevor der Bombenkrieg über Frankfurt hereinbrach, vollauf mit dem Führen des Haushalts in der Friedberger Landstraße beschäftigt. Da wurden Eintöpfe mit selbstverlesenen Bohnen oder Linsen gemacht, Bettwäsche in großen Kesseln in der Waschküche, die damals noch ihren Namen verdiente, gesäubert und dann im Hinterhof getrocknet und gebleicht, wenn das Wetter es zuließ, Marmeladen wurden eingekocht und für den Winter Früchte und Gemüse konserviert.

Mina Iffland tat diese Dinge mit dem Stolz und der Perfektion einer gelernten Hausfrau und das war sie tatsächlich. Gemeinsam mit ihrer Schwester besuchte sie nach dem Abschluss dessen, was man heute wohl als Realschule bezeichnen würde, die Haushaltsschule. Für Mädchen aus der Arbeiterschicht weiland wohl der gängigste Weg zu einer gesicherten Existenz. Entweder man heiratete oder man ging bei bürgerlichen Familien in Stellung. In jedem Fall waren die erworbenen Fähigkeiten nützlich.

Bevor meine Großmutter heiratete, fand sie bei dem jüdischen Frauenarzt Dr. Kutz im Westend Anstellung. Und weil sie ambitioniert war, war ihr bald das reine Aufräumen und Putzen der Praxis zu wenig. Sie absolvierte Fortbildungen, gefördert von ihrem Arbeitgeber, und avancierte bald zur unersetzlichen Sprechstundenhilfe. Am Samstag, wenn Dr. Kutz Sabbat hielt, erledigte sie Terminbuchungen, Buchhaltung und Versicherungsangelegenheiten, bereitete Rezepte vor und belegte Krankenhausbetten.

Tante Änne fand ihrerseits einen jüdischen Arbeitgeber. Sie trat ihren Dienst in der Villa Waldfried in Frankfurt-Niederrad an, dem Domizil des Industriellen Carl von Weinberg. Das heißt, streng genommen waren die von Weinbergs schon seit einiger Zeit nicht mehr jüdisch. Sie hatten sich protestantisch taufen lassen – ein Detail, das die Nazis jedoch später wenig interessierte.

Es war gewiss kein Zufall, dass die Kamb-Schwestern, so hießen Mina und Änne von Geburt, beide bei jüdisch oder jüdischstämmigen Familien unterkamen. 1933 lebten rund 26 000 Juden in Frankfurt. Ihre Präsenz im gesellschaftlichen und im geschäftlichen Leben der Stadt war seit der bürgerlichen Gleichstellung im Jahr 1864 längst gefestigt. In der Elite der Stadt waren sie im Vergleich zu ihrem numerischen Bevölkerungsanteil deutlich überrepräsentiert.

Und da sind sie wieder, die Gespenster im Text meiner Mutter. In ihren Notizen ist der gute Dr. Kutz einfach irgendwann nicht mehr da. Eine Neugier, was aus ihm geworden ist, kommt nirgendwo zum Ausdruck. Zu den von Weinbergs notiert sie immerhin, dass sie als wohl angesehene Frankfurter Bürger nicht glauben konnten, was in Deutschland vor sich geht. Carl von Weinberg ging deshalb viel zu spät ins Exil, sein Bruder Arthur gar nicht. Keiner von beiden überlebte den Krieg.

Auch sonst bleiben die Aufzeichnungen meiner Mutter gespenstisch stumm, wenn es um das Verschwinden des jüdischen

Lebens aus Frankfurt geht. Fragen, die ich gehabt hätte, ihr aber auch zu Lebzeiten nie gestellt habe, bleiben unbeantwortet. Die Frage etwa, ob sie die Übergriffe auf jüdische Geschäfte in Frankfurt gesehen hat, die seit 1933 an der Tagesordnung waren. Und was sie sich dabei gedacht oder wie ihre Eltern ihr das erklärt haben. Oder ob ihr aufgefallen ist, dass ihre jüdischen Schulkameradinnen Judensterne tragen mussten und schließlich nach und nach verschwanden. Ganz zu schweigen von der Pogromnacht 1938, als die vier Frankfurter Synagogen in Flammen aufgingen und wochenlang als rauchende Trümmer dastanden, bevor sie abgerissen wurden. Die große Hauptsynagoge am Börneplatz war immerhin ein ähnlich markantes Gebäude in unmittelbarer Nähe des Stadtzentrums wie das Rathaus oder die Paulskirche und die Familie muss bei den samstäglichen Spaziergängen in die Altstadt an den Trümmern und schließlich der gähnenden Leere des Platzes vorbeigekommen sein.

Die Tatsache, dass diese Fragen unbeantwortet blieben, hatte ganz gewiss etwas damit zu tun, dass ich mich mit Eifer darauf stürzte, als sich mir im Jahr 2021, zwölf Jahre nach dem Tod meiner Mutter, unverhofft die Gelegenheit bot, doch noch Antworten zu erhalten. Nachdem im Jahr 2017 der Goetheturm, ein beliebter hölzerner Aussichtsturm auf einer waldigen Anhöhe über der Stadt, abgebrannt war und als man über seine Wiedererrichtung debattierte, erinnerte man sich in Frankfurt an seinen jüdischen Stifter Gustav Gerst und begann sich zu fragen, was denn wohl aus ihm geworden sei. Bei der neuen Version des Turms, so der Wunsch der neuen Stadtoberen, sollte seiner gedacht werden.

Im Wissen, dass die Familie Gerst in New York gelandet war, recherchierte ich vor Ort und fand schnell heraus, dass Gustav und Ella Gerst nur wenige Straßenzüge von meiner Wohnung im nördlichen Manhattan gelebt hatten. Ich war so beglückt und erregt von dem Fund, der für mich alle möglichen Kreise zu schließen schien, dass ich weiterforschte.

Gustav Gerst und seine Frau Ella hatten es beinahe mittellos 1941 noch geschafft, aus Frankfurt zu entkommen. Aus der jüdischen Pension in der Bockenheimer Landstraße, in der sie nach der Enteignung ihrer Villa unterkamen, waren sie die Einzigen, die überlebten. Die beiden gelangten nach Göteborg, wohin die Familie von Ella Gersts Schwester geflohen war, und schließlich nach dem Krieg nach New York. Dort lebten sie in beengten Verhältnissen am Riverside Drive, bis Gerst 1948 schwer krank verstarb. Ella Gerst lebte bis zum Jahr 1974 in einer kleinen Wohnung am Central Park von Reparationen sowie der Unterstützung ihrer Familie.

Schließlich fand ich in Connecticut, keine zwei Autostunden von New York entfernt, den hochbetagten Neffen Gustav Gersts, der sich noch gut an glückliche Kindheitsstunden in Niederrad erinnern konnte. Bill Rudolf, so der Name des Neffen, willigte ein, eine Videobotschaft an seine einstige Heimatstadt zu richten, in der seine Familie seit Hunderten von Jahren gelebt hatte, und auch seine Kinder und Enkel gaben sich vorsichtig interessiert an den deutschen Wurzeln ihrer Familie.

Ich war derweil stolz, dass ich ein zartes Band zwischen Frankfurt und diesen von der Stadt Vertriebenen geknüpft hatte. Es kam mir wie ein kleiner Akt nicht so sehr der Wiedergutmachung als der Heilung vor. Ich hatte, so glaubte ich, auf eine gewisse Art diejenigen in Erinnerung gerufen, die sowohl aus der Erinnerung der Stadt als auch der meiner Mutter getilgt worden waren.

Im Nachhinein ist mir die ganze Aktion jedoch ein wenig peinlich. Die Dezernentin der Stadt Frankfurt und andere Redner waren bei der Wiedereinweihung des Turms sehr damit zufrieden, dass man nicht nur Gerst ehrte, sondern auch seinen Nachkommen ein direktes Zeichen senden konnte, dass sie nicht vergessen sind und dass die Tür offen steht. Bill Rudolf, der kurze Zeit später verstarb, schien dies mit einiger Befriedigung zur Kenntnis zu nehmen. Bei seinen Enkeln und Kindern war hingegen kein intensives Bedürfnis zu spüren, sich tiefer mit ihrer Frankfurter Herkunft zu beschäftigen oder die Verbindung gar zu intensivieren. Am Ende kam es mir doch eher so vor, als habe das alles vor allem dazu gedient, dass wir Deutschen uns ein wenig besser fühlen.

Für mich selbst konnte ich zumindest reklamieren, dass ich ein paar Stellen des verschwommenen Hintergrunds in den Aufzeichnungen meiner Mutter ein wenig hatte schärfen können. Denn zwischen Gustav Gerst und meiner Familie gab es eine direkte Verbindung.

Irgendwann in den späten 20er Jahren war Tante Änne als Bedienstete in den hundert Zimmer zählenden Hof der von Weinbergs am Rande des Frankfurter Stadtwalds gezogen. Den Ort zwischen der Pferderennbahn, die ich noch als Kind begeistert mit meinem Vater besuchte, und den weitläufigen Waldungen zwischen Frankfurt, Höchst und Darmstadt hatte von Weinberg seiner Pferdepassion wegen gewählt. Auf den endlosen Pfaden durch den Wald konnte er ausgiebig ausreiten und dem frönen, was er als Großindustrieller für einen angemessenen Lebensstil hielt.

Ein Grund dafür, dass von Weinberg im Frankfurter Stadtwald so wunderbar reiten konnte, war die Intervention seines Freundes und Nachbarn Gustav Gerst, die man sich gut Anfang der 30er Jahre gemeinsam hoch im Sattel im sonnendurchfluteten Morgendunst des Frankfurter Waldes vorstellen kann. Gerst, Geschäftsführer des Kaufhauses Tietz auf der Zeil und Schwiegersohn des Firmen-Mitinhabers Markus Tietz, hatte durch einen Coup dafür gesorgt, dass das Forstamt der Stadt Frankfurt ein Netzwerk an Reitwegen anlegte und pflegte. Gerst stiftete den Goetheturm und trug sich damit das Versprechen des Forstamtes ein, die Reitwege zu pflegen.

Sowohl von Gustav Gerst als auch von Carl von Weinberg finden sich heute wieder Spuren in Frankfurt. An der Stelle, an der die Villa Waldfried stand, gibt es einen Carl-von-Weinberg-Park und eine Büste des Erbauers des Herrenhauses, das während der Bombenangriffe auf Frankfurt im Jahr 1943 zerstört wurde. Seine ehemaligen Stallungen sind heute Wohnungen, zu denen noch immer ein Pferdestall gehört. Für Gustav Gerst wurde bei der Einweihung des wiedererrichteten Goetheturms eine Plakette angebracht. Vor seiner enteigneten Villa an der Niederräder Landstraße wurden im Jahr 2022 Stolpersteine verlegt.

Die von Weinbergs vermittelten derweil Tante Änne Mitte der 30er Jahre an ein Hotel in der Schweiz, wohl ahnend, dass es für sie in Frankfurt keine Zukunft geben würde. Schon kurz nach der Machtergreifung durch die Nazis wurde Carl von Weinberg dazu gezwungen, seine Ämter in der Wirtschaft niederzulegen. Dazu gehörte sein Posten im Aufsichtsrat der IG Farben, die er als Chemiefabrikant mitbegründet hatte – ausgerechnet jene deutsche Wirtschaftsorganisation, deren unmittelbare Beteiligung am Holocaust so unstrittig ist wie die keiner anderen. Sowohl die Carl-von-Weinberg-Straße als auch die Carl-von-Weinberg-Schule wurden umbenannt.

Im Jahr 1937 enteignete die Stadt Frankfurt die Villa Waldfried und erwarb die bedeutsame Kunstsammlung von Weinbergs, die mehr als 700 Werke umfasste. Die Stadt zahlte 750 000 Reichsmark, ein Schnäppchen, das der Nazi-Oberbürgermeister Friedrich Krebs mit den Worten kommentierte: »Es war erforderlich, hier schnell zuzugreifen. Die seltene Gelegenheit musste beim Schopfe gefasst werden. Das, was wir im Augenblick ausschlagen, bringt keine Ewigkeit zurück. Die Hauptsache ist, dass wir die Kunstsammlungen für Frankfurt gerettet hatten.«

Carl von Weinberg zog nach Italien zu seiner verheirateten Schwester, wo er 1943 starb. Die Tatsache, dass Tante Änne nach ihrer Zwischenstation im Hotelfach in Luzern temporär als Kammerzofe der italienischen Prinzessin Mafalda unterkam, mag auch etwas mit den Verbindungen von Weinbergs zum italienischen Königshaus zu tun gehabt haben. Aus dem Würfelhaus barg ich unter anderem eine Stola, von der Tante Änne stets stolz behauptete, die Prinzessin habe sie ihr geschenkt. Von Weinbergs Bruder Arthur, Träger des Eisernen Kreuzes im Ersten Weltkrieg und großzügiger Frankfurter Mäzen, weigerte sich hingegen, ins Exil zu gehen. Er wurde im Juni 1942 am Ammersee in Bayern verhaftet, wo er bei Mary Gräfin von Spreti Unterschlupf gefunden hatte. Er starb im KZ Theresienstadt.

In die Aufzeichnungen meiner Mutter findet derweil der Nationalsozialismus erst Eingang, als sie 1940 zum Jungmädeldienst berufen wird. Das öffentliche Leben der Stadt war zu diesem Zeitpunkt schon längst von Aufmärschen und Kundgebungen der Partei geprägt. So veranstaltete im September 1933 die hessische Hitlerjugend im Huthpark ein »Lager der 100 000«, zu dessen Abschluss in die Innenstadt marschiert wurde, um die zahlenmäßige Stärke zu demonstrieren und bei der Frankfurter Jugend, die noch nicht dienstverpflichtet war, zu werben. 1936 veranstaltete das Frankfurter Jungvolk zum selben Zweck ein Geländespiel mitten in der Stadt, das als »Tag der 12 000 Pimpfe« propagiert wurde. Die Abschlusskundgebung der Jungvolkführer auf dem Opernplatz sollte den Eindruck verstärken, dass die Stadt der Hitlerjugend gehörte.

Am Römerberg nahmen die Kundgebungen kein Ende, ob es nun eine Wimpelweihe der HJ war, der Gauparteitag der NSDAP oder die jährlichen Aufmärsche zu Hitlers Geburtstag. Hitler selbst besuchte mehrfach die in »Stadt des deutschen Handwerks« umgewidmete Handels- und Finanzstadt. Zum ersten Spatenstich der Reichsautobahn am Rebstockgelände etwa war er da und zu einer Kundgebung in der Festhalle im Jahr 1936. Dabei stieg er dann im Hotel Basler Hof am Wiesenhüttenplatz ab, bei dem mittlerweile, nach dem Umweg über Italien, Tante Änne als Haushälterin gelandet war. Wie ein Zelig des Dritten Reiches schien Änne magisch immer dort aufzutauchen, wo die Mächtigen sich gerade tummeln.

Das Unterrichtsmaterial in der Schule war bis zum Ende der 30er Jahre längst ideologisch geglättet. So bewies der Preuss'sche Große Weltatlas, dass Völker mit hoher Geburtenrate nach Expansion strebten. Aus der Bedrohung Deutschlands durch die Agrarvölker des Ostens ergab sich demzufolge der Schluss, dass die deutsche Mutter mehr gebären muss. Das Biologiebuch für die 10. Klasse wies nach, dass große Männer immer Nachgeborene aus kinderreichen Familien sind. Auch daraus ergab sich der Auftrag an die Mädchen, viele Nachkommen zu zeugen.

Doch in der Erinnerung meiner Mutter war es nicht so sehr die Formung zu einer fruchtbaren und treu dienenden deutschen Hausfrau und Mutter, die hängenblieb. Aus dem Jungmädeldienst erinnerte sie sich weniger an die Bastel- und Häkelstunden als an das Marschieren und Singen, das ihr zugegebenermaßen Spaß machte. Das Auswendiglernen der biografischen Daten des Führers hingegen weniger.

Die Rolle der fürsorglichen Soldatenbraut und Mutter als nationalsozialistisches Lebensziel schien beim Jungmädel Erika Iffland nicht so recht anzukommen. Vermutlich hatte sie damals schon den sozialen Ehrgeiz ihrer Mutter internalisiert. Sie war das einzige Kind einer eben erst der Handwerkerschicht entstiegenen Familie, und die Hoffnung auf den nächsten Schritt auf der sozialen Leiter ruhte auf ihr. Auf einen Mann sollte sie sich dabei offensichtlich nicht verlassen müssen. Schließlich musste ihre Großmutter auch alleine mit vier Kindern zurechtkommen. Ihre Tante hatte ihre eigene Karriere gemacht und ihre Mutter war eindeutig das bestimmende Familienoberhaupt.

Das Soldatische am Jungmädeldienst lag ihr da schon eher, obgleich es im Sinne der Erziehung zur deutschen Mutter im Grunde nur wenig sinnvoll war. Erkennbarer pädagogischer Zweck des Exerzierens war alleine, bei Aufmärschen optisch einen guten Eindruck zu machen. Ein wenig könnte allerdings auch schon die Ahnung mitgeschwungen haben, dass den Frauen an der Heimatfront schon sehr bald soldatische Qualitäten würden abverlangt werden. Das HJ-Lied, das beim Marschieren auf der Frankfurter Bertramswiese angestimmt wurde, sollte allzu bald mit unerbittlicher Realität zur Deckung kommen: »Wir marschieren für Hitler durch Nacht und Not .... Unsere Fahne führt uns in die Ewigkeit, unsere Fahne ist mehr als der Tod.«

Die Uniform hingegen, die weißen Söckchen, der blaue Rock, die weiße Bluse mit Halstuch und Lederknoten dürften für meine Mutter bereits im Alter von zehn Jahren ein Gräuel gewesen sein. Die Familienfotos aus den 20er Jahren weisen nach, dass meine Großeltern einen ausgeprägten Sinn für Schick und Eleganz hatten. Eine Sensibilität, die meine Mutter eindeutig geerbt hatte. Schon in der unmittelbaren Nachkriegszeit, als Studentin, trug sie den New Look mit ausgesprochener Lässigkeit. Später, als Geld da war, füllte sich ihr Kleiderschrank mit einer üppigen Auswahl an stilsicher ausgesuchten Kleidern und Kombinationen. Das eher bäuerlich züchtige Weiblichkeitsideal der HJ-Uniform entsprach auf keinen Fall ihrem Selbstverständnis. Meine Mutter war urban und elegant.

Am 4. Juni 1940 begann und endete dann unwiderruflich etwas im Leben meiner Mutter und ihrer Familie. Um 0.51 Uhr in der Nacht meldete die Luftschutzwarnstelle »Luftgefahr«. Englische Bomber waren im Anflug auf die Stadt. Um 1.20 Uhr folgte der eigentliche Alarm, um 1.40 lief bei der Luftschutzleitung die Meldung ein, dass in der Schmidtbornstraße in Frankfurt-Nied ein Dachbodenbrand entstanden sei. Um 2.05 kam die Meldung vom Einsturz des Hauses Schloßborner Straße 66. Um 3 Uhr gab es Entwarnung, in Nied waren fünf Menschen getötet worden, zehn verletzt. Drei Tage später, am 7. Juni, kamen fünf Mitglieder des Technischen Notdienstes am Rebstockgelände bei dem Versuch um, einen Langzeitzünder zu entschärfen.

Der Krieg war nach Frankfurt gekommen. Die großen verheerenden Bombenangriffe auf die Stadt sollten noch drei Jahre auf sich warten lassen. Bis die Nächte in den Luftschutzkellern für meine Mutter zur täglichen Routine werden würden, hatte sie noch Zeit. Sie sollte noch einmal einen Sommerurlaub in Oberbayern bei der rastlosen Tante Änne verbringen dürfen, die nun in einem Hotel in Ruhpolding gelandet war. Doch das Inferno dräute bleischwer am Horizont.

4
FRANKFURT IM NS

In unserer Familie kursierte, solange ich denken kann, der Mythos eines durch und durch liberalen Frankfurt, das eigentlich gegen seinen Willen in diese Nazisache reingeschlittert ist. Er war zweifellos eine der Grundlagen des sorgsam gepflegten Lokalpatriotismus meiner Mutter und ich hatte noch bis lange nach dem Verkauf des Würfelhauses im Grunde beide für mich übernommen: sowohl den Mythos als auch den sich darauf stützenden Lokalpatriotismus.

So erinnere ich mich, dass im Würfelhaus eine Schmuckausgabe des Frankfurter Dichterhelden und Freiheitskämpfers Friedrich Stoltze stets griffbereit im Regal stand. Wenn meine Mutter die Laune überkam, holte sie den Band hervor und las zu unser aller Freude in dem waschechten Altfrankfurterisch, das sie, ihres ansonsten lupenreinen Hochdeutsches zum Trotz, jederzeit parat hatte, eine seiner satirischen Szenenstücke, Balladen oder Gedichte vor.

Stoltze taugt hervorragend als Identifikationsfigur für Frankfurter, die ihre Heimatstadt als immer schon liberal sehen wollen. Deshalb wurde wohl auch in der 2019 rekonstruierten »neuen Altstadt« seine Büste an zentraler Stelle wieder aufgestellt. Direkt gegenüber beherbergt ein komplett neues Altstadthaus ein ihm eigens gewidmetes Museum.

Der Gastwirtssohn aus der Altstadt agitierte im Vormärz als unbeugsamer Freigeist unermüdlich gegen die Monarchie und für bürgerliche Rechte. In der Gastwirtschaft seines republikanischen Vaters unweit des heutigen Museums hatte er bereits als kleiner Junge die revolutionären Reden der Kundschaft aufgesogen sowie Razzien der Kaiserlichen miterlebt, mit fünfzehn nahm ihn sein Vater mit zum Hambacher Fest.

Nachdem im Jahr 1848 die Reichsverfassung gescheitert war,

schloss er sich als Freischärler den Aufständischen in der Pfalz an und schrieb dabei ein Heftchen mit »Freiheitsliedern«, die so anrührende wie pathetische Zeilen enthielten:

»Ich fühl's in tiefstem Herzensgrund / Einst bricht ein Tag herein, / Wo von den Alpen bis zum Sund, / Ein freies Volk wird sein!«

Die Revolution war zwar gescheitert, der Geist aber ungebrochen und die freie Reichsstadt ließ ihn nach seiner Rückkehr aus der Pfalz weiterhin nach Herzenslust seine nicht selten obrigkeitsverhöhnenden Schriften publizieren. So lange, bis die Übernahme Frankfurts durch Preußen dem Schabernack ein Ende bereitete und Stoltze vorübergehend sogar ins Exil nach Stuttgart zwang.

Der Lieblingstext meiner Mutter, bei dessen Vortrag die ganze Familie stets in unbändiges Gelächter ausbrach, war ganz zweifellos »Der Stoppezieher«. Die Satire erzählt die Begebenheit einer Festveranstaltung der »Frankforter Urschitze-Gesellschaft« aus dem Anlass des Besuchs des kaiserlichen Reichsverwesers in der Stadt im Jahre 1849, also noch unter dem unmittelbaren Eindruck der gescheiterten Revolution.

Dem Festakt wohnten neben den Schützen auch die Regierenden der Stadt bei. Doch der Herr Reichsverweser zollte den Honoratioren der Stadt nicht den allerhöchsten Respekt. Er ließ auf sich warten. »Un es is zwaa Uhr warn, un is drei Uhr warn un, wer net kam, war der Herr Reichsverweser. – Un alle Urschitze hatte Hunger wie die Löwe, un Dorscht wie die Fisch ...«

Schließlich beginnt die Gesellschaft mit dem Mahl, doch als man gerade begonnen hatte, die kalte Krebssuppe zu schlürfen, erschien der Herr Reichsverweser in seinem kaiserlichen Livree. Die Gesellschaft samt Schützengesellschafts-Vorsteher und Bürgermeister stürzt dem Erzherzog entgegen, Servietten noch um den Hals, und überschlägt sich mit Ehrerbietungen. Doch als der Hocherlaucht ein Pokal mit Wein vom stadteigenen Weingut gereicht werden soll, stellt sich heraus, dass niemand in der Gesellschaft über einen Korkenzieher verfügt.

Es entspinnt sich eine panikhafte Suche nach einem »Stoppezieher«, aus der die Farce ihre Komik gewinnt. »Un bald is dorch die ganze Urschitzegesellschaft e Geflister gange un aaner hat immer de annern gefragt: ›Hawwe Sie vielleicht en Stoppezieher bei sich?‹ – So gar kaaner von de Musikante hat en Stoppezieher bei sich gehaat. Un es hat sich e groß un allgemaa haamlich Wehklage nach em e Stoppezieher erhowe.«

Schließlich weiß sich der schwitzende Vorsitzende des Schützenvereins nicht mehr zu helfen und versucht den Flaschenhals einfach an einem Baum abzuschlagen, wobei die ganze Flasche zu Bruch geht und sich der edle Tropfen über den Waldboden ergießt. Der Reichverweser nimmt's gelassen. »Bemühen Sie sich nicht weiter, meine Herren, ich nehme es als empfangen an. Mögen Sie, wie diese Flaschen, die Feinde Deutschlands zersplittern.«

In unserer Familie reichte oft die beliebige Öffnung einer Wein- oder Sektflasche, um die Stoltze-Satire zu evozieren und somit manchen Konflikt zu entschärfen. Was nie thematisiert wurde, war freilich, woraus die Geschichte eigentlich ihren Humor bezieht. Stoltze nimmt nur kurz nach der gescheiterten Revolution das Duckmäusertum des Frankfurter Bürgertums aufs Korn, das sich überschlägt, dem alten, neuen Machthaber zu gefallen. So hoffte man die eigene Rebellion wieder vergessen zu machen sowie etwa die Tatsache, dass Frankfurt zugestimmt hatte, dem preußischen König die Kaiserkrone anzudienen. Der hatte sie freilich ausgeschlagen, weil er sich weigerte, von jemand anderem als von Gott legitimiert zu sein.

Die Posse ging mir wieder durch den Sinn, als ich im Spätsommer des Jahres 2023 nach Frankfurt gereist war und mich mit dem Gedanken trug, über kurz oder lang wieder ganz in die Heimat zurückzukehren. Ich hatte eine Wohnung am Rande der Altstadt angemietet, in einem der wenigen Gebäude, die der Bombenkrieg nicht zerstört hatte. Zwei Häuser weiter stand direkt am Main das Hotel Schopenhauer an ebenjener Stelle, an der der Berliner Philosoph sein Frankfurter Wahl-Exil verlebt hatte. Und auch wenn Schopenhauer Monarchist war, so hatte er doch das liberale Milieu des Vormärz-Frankfurts von Stoltze, dessen literarischem Vorbild Ludwig Börne sowie dessen Freund und Mentor, dem Verleger Leopold Sonnemann, genossen.

Wie um den Mythos der Liberalität, der immer mein Verhältnis zur Stadt, so wie das meiner Familie geprägt hatte, zu überprüfen, pilgerte ich in jener Zeit zum wiederholten Male zur Paulskirche, dem Ort der Nationalversammlung von 1848 und dem Symbol einer vermeintlich tief verankerten deutschen Demokratietradition.

Die Haupthalle der Paulskirche ist seit deren Wiederaufbau im Jahr 1948 von karger Schlichtheit geprägt. Die Bestuhlung der Rotunda, einer parlamentarischen eher als einer kirchlichen Sitzordnung nachempfunden, läuft auf eine leicht erhobene »Sprechstelle« zu, deren Ausgestaltung in Muschelkalk ein wenig an das marmorne Sprecherpult der UNO-Vollversammlung erinnert. Bis auf die Orgel über dem Sprecherpult sind die Wände kahl, zentrales Gestaltungselement ist das Licht, das aus einer Deckenöffnung, auf die eine spiralförmige Holzkonstruktion hinführt, den Raum durchflutet. Um dies zu ermöglichen, wurde 1948 auf einen Wiederaufbau des zerbombten Giebeldachs verzichtet. In den Saal gelangt man aus einem düster beklemmenden Eingangsbereich über eine schmale Treppe, deren Besteigung den Weg des deutschen Volks von der Finsternis des Nationalsozialismus in das Licht der Demokratie symbolisieren sollte.

Nur Monate vor meinem Besuch hatte an der »Sprechstelle« Frank-Walter Steinmeier gestanden und seine Rede zum 175sten Geburtstag der deutschen Demokratie gehalten. Ob sich

Steinmeier an jenem Rednerpult, an dem schon Thomas Mann, Martin Buber und John F. Kennedy über ihre Hoffnung für die deutsche Demokratie gesprochen hatten, an dem Zustand der Paulskirche gestört hat, kann man nicht wissen. Sicher ist jedoch, dass es dem berichtenden Feuilletonredakteur der *Frankfurter Allgemeinen Zeitung* peinlich war, wie sich die Kirche zum Andenken an 1848 der Welt präsentierte. Es war ihm jedenfalls wichtig, in seinem Artikel darauf hinzuweisen, dass die Fahnen verblichen und der Putz ergraut sind und in den Hängelampen zahlreiche Leuchten defekt seien.

Darüber, dass die Paulskirche einer Generalüberholung bedarf, ist man sich in Frankfurt seit Jahren einig. Worüber man sich freilich uneins ist, ist, wie diese Überholung aussehen soll. Eine stimmgewaltige Gruppe um den Politikwissenschaftler Herfried Münkler, Mitglied der »Expertenkommission« des Bundestages zu Errichtung einer Gedenkstätte zur deutschen Demokratie, fordert etwa, dass das Ergebnis des hastigen Wiederaufbaus der Kirche im Jahr 1948 dringend revidiert werden müsse.

Die Revisionisten finden, dass es diesem Ort an »Aura« fehle. Man möchte die Gestalt der Kirche im Zustand von 1848 wieder herstellen oder zumindest das Feeling jener Zeit. Mit welchen Mitteln das geschehen soll, bleibt weitestgehend vage. Fest steht, dass die Empore rund um die Halle wieder errichtet werden soll, von gotischen Ornamenten, die es auch damals nicht gab, ist ebenfalls die Rede. Einige der Revisionisten fordern gar die Verhüllung der Orgel mit dem Gemälde Germania.

Die Architekten des Wiederaufbaus im Jahr 1948, alles ausgewiesene Modernisten, hatten sich indes dezidiert gegen eine historisierende Rekonstruktion gewendet. Gewiss, die Paulskirche sollte wieder demokratischer Versammlungsort werden und somit an die Tradition von 1848 anknüpfen. Oberbürgermeister Walter Kolb trieb den Bau mit Priorität voran, damit er zum hundertsten Jubiläum der Versammlung fertig würde, und trug sich deswegen massive Kritik ein. Die zerstörte Stadt habe schließlich andere Sorgen. »Wenn die Kirche dann fertig ist, ziehe ich mit meinem Sohn in die Sakristei«, unkte eine ausgebombte Frau.

Aber der Neubau sollte nun mal den Augenblick festhalten und somit in Zukunft daran erinnern, woher die noch zu entstehende deutsche Nachkriegsdemokratie denn kommt. Rudolf Schwarz, Leiter des Architektenteams, stand unter dem tiefen Eindruck der Ruine: »Die große Ruine war weitaus herrlicher als das frühere Bauwerk, ein riesiges Rund aus nackten, ausgeglühten Steinen von einer beinahe römischen Gewaltsamkeit.« Diese Raumerfahrung wollte Schwarz mithilfe der kahlen Rotunda rekonstruieren und somit auch versuchen, die Erfahrung des Zivilisationszusammenbruchs zu konservieren.

Somit erinnerte die Paulskirche von 1948 sowohl an das demokratische Erbe als auch an die Apokalypse des Zweiten Weltkriegs und der Naziherrschaft. Eigentlich ein städtebaulicher Geniestreich. Doch die Kritiker fanden daran dennoch reichlich auszusetzen. Münkler beanstandet, dass man für die Gedenkstätte Paulskirche einen »Beipackzettel« brauche, um die Verbindung zwischen dem kargen, schlicht gehaltenen Raum und dem Heroismus der demokratischen Kämpfer des Vormärz herzustellen.

Doch es ist nicht nur die vermeintliche Intellektualität des Baus, an dem die Revisionisten sich stoßen. Die einstige Staatsministerin für Kultur und Medien Monika Grütters etwa kam zu dem Urteil, die Paulskirche in ihrer jetzigen Form sei »ein erinnerungspolitisches Desaster«. In ihr komme die »radikale Bußhaltung der Nachkriegszeit zum Ausdruck«. Und davon habe man nun eben genug.

In die Architekturdebatte um Revision und Rekonstruktion der Paulskirche mischte Steinmeier sich nicht ein, auch nicht, als er vor verbleichenden Fahnen und grauem Putz am 18. Mai 2023 zu seiner Rede anhob. Allerdings gab er sich auch keine große Mühe, auf die Wiedereröffnung der Paulskirche 1948 Bezug zu nehmen. Seine ganze Aufmerksamkeit galt dem Jahr 1848.

Steinmeier redete von Bürgermut und Revolution. Er lobte die Inklusivität der Abgeordneten damals, die sich, ganz zeitgemäß, gegen soziale Ungleichheit und etwa für die Gleichstellung der deutschen Juden einsetzten. Und er erinnerte daran, dass 1848 nicht nur ein deutsches, sondern vor allem auch ein europäisches Datum gewesen sei.

Erst am Ende zitiert er den Abgeordneten Georg Friedrich Kolb aus der Pfalz mit den Worten: »Wie viele neue Anstrengungen, Opfer und Leiden wird es das deutsche Volk noch kosten, bis es jenes hohe Ziel erringt, das doch endlich wieder ins Auge gefasst werden wird: im Innern frei und glücklich; nach außen nicht bloß gefürchtet, sondern ein Hort der nationalen Verbrüderung zu sein!«

»Ja, der Paulskirchen-Abgeordnete Kolb hatte recht«, schließt Steinmeier. »Die Geschichte unserer Demokratie ist keine gradlinige Erfolgsgeschichte. Ihre Schattenseiten verdrängen wir nicht und dürfen es nicht tun. Aber wir erinnern uns auch an gute Zeiten und mutige Vorbilder; heute an die Revolutionäre von 1848 und die Abgeordneten der ersten deutschen Nationalversammlung.«

Der historiographische Coup der Rede fiel in jenem Frühling des Jahres 2023 kaum jemandem auf. Steinmeier hatte die deutsche Geschichte lässig als eine lineare Entwicklung hin zu Freiheitlichkeit und Demokratie gezeichnet und sie dabei in eine gesamteuropäische Progression eingeordnet. Das Dritte Reich war ein Unfall, ein Ausrutscher, aber die Scharte ist wieder ausgewetzt.

Frankfurt wurde im Frühjahr 2023 erneut in das Zentrum jener Geschichtsschreibung gerückt. Begleitend zum Jubiläum gab die Frankfurter Historische Kommission eine zweibändige

Aufsatzsammlung zur Frankfurter Geschichte heraus, welche die liberale Tradition der Stadt stark zu machen sucht. Da wird der freie Geist der freien Reichsstadt im Mittelalter gepriesen sowie die vermeintlich frühe Integration des jüdischen Bürgertums. Ein Narrativ, das einer nur etwas genaueren Betrachtung kaum standhält.

Man muss von der Paulskirche aus nur an den Main hinunter und ein kleines Stück am Fluss entlang zum alten Rothschild-palais spazieren, um ein komplizierteres Bild des Verhältnisses der Stadt zu seinen jüdischen Bürgern zu erhalten. Obwohl Juden die Stadt Frankfurt prägten wie keine andere deutsche Stadt, das wird in der Dauerausstellung des im Palais beheimateten Jüdischen Museums deutlich, war ihr Kampf um Gleichstellung langwierig und steinig.

So löste sich das jüdische Ghetto im Grunde nur zufällig auf. Nachdem die alte Judengasse 1796 durch napoleonischen Beschuss stark in Mitleidenschaft gezogen worden war, ließ sich die Ghettoisierung der Frankfurter Bürger aus rein pragmatischen Gründen nicht mehr aufrechterhalten. So konnte nicht zuletzt der Baron Rothschild seine Villa am Main bauen. Die Hoffnung auf bürgerliche Gleichstellung unter französischer Herrschaft scheiterte jedoch am erbitterten Widerstand des Frankfurter Bürgertums. 1824 erhielt man dann den Status der »israelitischen Bürger«. Damit die Gemeinde nicht allzu schnell anwuchs, erlaubte man nur fünfzehn Eheschließungen pro Jahr. Die volle bürgerliche Gleichstellung kam erst im Jahr 1864. Der enorme wirtschaftliche und gesellschaftliche Erfolg der Frankfurter Juden, in Person der Familien Rothschild und Speyer etwa oder des Essayisten und radikaldemokratischen Aktivisten Ludwig Börne, fand eher trotz des Widerstands des Frankfurter Bürgertums als durch dessen Wohlwollen und Billigung statt.

Das Narrativ des Nationalsozialismus als Betriebsunfall einer ansonsten gradlinig der Freiheit und Gleichheit entgegenschreitenden Gesellschaft, das in Frankfurt und in unserer Familie gepflegt wurde, erhält von diesem Blickwinkel aus gesehen massive Risse. Risse, an denen nur Monate vor dem Paulskirchenjubiläum eine Ausstellung mit aller Kraft zerrte und die schöne Geschichte gründlich ramponierte.

Unter dem provokativen Titel »Eine Stadt macht mit« dokumentierte die Ausstellung detailliert genau das: Frankfurt musste nicht zum Nationalsozialismus gezwungen werden. Heldentum und Widerstand blieben die Ausnahme.

Neben dem »neuen Frankfurt« der 20er Jahre unter dem jüdischen Oberbürgermeister Ludwig Landmann, das sich modern und weltoffen gerierte, so dokumentierte die Schau, war das republikfeindliche, antidemokratische Sentiment in der Stadt durch die Weimarer Zeit hindurch überaus ausgeprägt. Man polemisierte leidenschaftlich gegen Kulturbolschewismus und Modernisierungen, wie etwa die Ideen des ebenfalls jüdischen Stadtbaurats Ernst May. Bereits 1929 bekam der nationale Block aus NSDAP, DNVP, DVP und Zentrum 36 Prozent der Stimmen in Frankfurt. 1933 wählten 47,9 Prozent der Frankfurter die Nazis.

Zu der Zeit, meine Mutter war drei Jahre alt, war die Innenstadt ganz ohne Zwang mit Hakenkreuzfahnen geflaggt. Bilder aus der Altstadt zeigten ein rotweißes Farbenmeer über den Gassen. Die Nazifizierung und Arisierung der Institutionen, von der Justiz bis hin zu den Sportvereinen, wurde entweder stumm oder nicht selten enthusiastisch mitgetragen. Den Novemberpogromen des Jahres 1938 sah die Bevölkerung weitestgehend gleichgültig und tatenlos zu. Frankfurts Liberalität war wie ein Kartenhaus in sich zusammengestürzt.

Meine Mutter hatte all dies als kleines Mädchen miterlebt. Es ist anzunehmen, dass es am elterlichen Abendbrottisch Gespräche darüber gab, die ihr wenigstens in der Rückschau hätten Grund zur Reflexion geben können. Oder hat man seinerzeit einfach nicht darüber gesprochen, dass jüdische Mitbürger auf offener Straße attackiert wurden? Dass nach der Pogromnacht dreitausend jüdische Männer von der Gestapo in der Frankfurter Festhalle zur Deportation zusammengetrieben wurden? Oder dass ab dem Jahr 1941 in aller Öffentlichkeit die ersten Züge vom Ostbahnhof direkt nach Auschwitz mit Frankfurter Juden vollgeladen wurden?

In den Aufzeichnungen meiner Mutter findet sich von alldem nichts, auch nicht als Frage an ihre eigene Erinnerung. Die vielleicht überlebensnotwendige Mär von der konstitutiven Liberalität der Stadt, die es ja bei ihrer Geburt schon nicht mehr gab, hielt sich hartnäckig.

An einem milden Herbstabend stehe ich mit einer Gruppe von einem knappen Dutzend Frankfurtern in der Lahnstraße, mitten im Gallusviertel. Es dämmert in dem alten Arbeiterviertel zwischen den Gleisen des Hauptbahnhofs und des Güterbahnhofs, das sich, der Legende nach, den Spitznamen Kamerun eintrug, weil hier so viele Arbeiter mit verrußten oder ölverschmierten Gesichtern auf der Straße zu sehen waren. Nur einen Straßenzug entfernt dräut das ehemalige Fabrikgebäude der Adlerwerke über dem Viertel, ein denkmalgeschützter Koloss aus rotem Backstein, der seit der Gründerzeit den gesamten Block zwischen Weilburger und Helmut-Walcha-Straße einnimmt.

Unser Stadtteilrundgang wird geleitet von Thomas Altemeyer, einem jungen Historiker mit zu einem Zopf gebundenen langen Haaren. Altemeyer ist Leiter der Gedenkstätte KZ-Adlerwerke, einem mittelgroßen Raum im Erdgeschoss der ehemaligen Motorrad- und Schreibmaschinenfabrik. Vom August 1944 bis zum Ende des Krieges unterhielten die Adlerwerke im vierten Stock eines hinteren Fabrikbaus ein Konzentrationslager. Mit Hilfe von Insassen der KZs Buchenwald, Auschwitz und Dachau wurde hier die Kriegsproduktion aufrechterhalten. 528 der mehr als

1600 Arbeiter kamen dabei wegen mangelnder Ernährung und schierer Brutalität ums Leben.

Als ich zur Schule ging und selbst später, an der Universität, war zwischen all der abstrakten Lektüre über die Ursachen des Dritten Reichs und den Holocaust niemals die Rede von einem KZ mitten in der Stadt Frankfurt. Das wusste damals auch niemand, nur durch ein Schüler-Projekt der Paul-Hindemith-Schule im Gallus Anfang der 90er Jahre wurde dieses grausame Stück Geschichte zutage gefördert. Eine Gedenkstätte gibt es hier erst seit dem Jahr 2022, fünfundsiebzig Jahre nachdem die letzten Insassen des KZs auf einen Todesmarsch durch die Stadt Frankfurt bis zum nordhessischen Ort Hünfeld geschickt wurden, von wo aus die wenigen Überlebenden in Güterwägen in Richtung Buchenwald fuhren.

Wer damals von der Frankfurter Bevölkerung etwas hat wissen können, ist eine der zentralen Fragen, die Altemeyer umtreibt. Deshalb bleibt er an der Lahnstraße 32 vor einer Gedenktafel an einem Wohnhaus in der ruhigen, von Bäumen gesäumten Straße stehen, über die sich langsam die Dämmerung legt. Auf der Tafel wird an die beiden KZ-Häftlinge Adam Golub und Georgij Lebedenko erinnert.

Am 14. März 1945, genau zwei Wochen vor dem Einmarsch der Alliierten in Frankfurt, waren Golub und Lebedenko aus dem KZ Adlerwerke entkommen und hatten hier, im Kohlekeller der Lahnstraße 32, Zuflucht gefunden. Doch die Sicherheit währte nicht lange. Anwohner alarmierten sofort die Polizei, die SS rückte innerhalb von Minuten an. Die beiden Männer wurden auf offener Straße erschossen. Lebedenkos Leiche blieb zur Abschreckung stundenlang auf offener Straße liegen.

Altemeyer hegt nicht die geringsten Zweifel daran, dass die Menschen im Gallus von dem KZ gewusst haben. Die Wachmannschaften seien Abend für Abend in den Kneipen des Viertels unterwegs gewesen und hätten teils prahlerisch nach dem dritten oder vierten Bier begonnen, von ihrer Arbeit zu berichten. Die nächtlichen Leichentransporte zum Hauptfriedhof seien auch nicht gänzlich unbemerkt geblieben. Und die Häftlinge seien regelmäßig zur Reinigung und Desinfizierung zu einem öffentlichen Bad geleitet worden.

Das alles erzählt Altemeyer mit sarkastischem Anklang. Wirklich in Rage reden kann er sich, als er über den langen Weg zur Einrichtung einer Gedenkstätte berichtet. Es ist eine unappetitliche Saga der Verschleppung und der Obstruktion.

Da ist etwa die Geschichte des Betriebsrats Lothar Reininger, der in den damals noch im Gallus operierenden Adlerwerken das Thema zur Sprache bringen wollte. Reininger wurde mehrfach mit Kündigung gedroht. Als er zusammen mit Kollegen zum Hauptfriedhof gehen wollte, um im Namen des Betriebsrates an der Gedenktafel für die Opfer des KZs einen Kranz niederzulegen, wurde ihm gesagt, er brauche nicht zurückzukommen.

Dann war da die endlose Verschleppung des Themas durch den Frankfurter Magistrat. Beinahe fünfzehn Jahre dauerte es, bis die Stadt sich dazu durchringen konnte, das Gedenkstättenkonzept der Stiftung Claudy, des Politologen Friedrich Radenbach sowie eines guten Dutzends Bürgerinitiativen zu unterstützen. Zu den Argumenten gehörte, der Ort sei baulich nicht authentisch, der Raum zu klein, es gebe zu wenige Dokumente und Artefakte, bis hin zu der Behauptung, das Konzept einer Gedenkstätte selbst sei nicht zeitgemäß. Stattdessen, so der Vorschlag der CDU und der Grünen, solle mit jährlichen Kunstaktionen der Opfer gedacht werden.

Am meisten ärgert Altemeyer jedoch die Auseinandersetzung mit dem Dezernenten Tom Kœnigs, Grüner und späterer Vorsitzender des Menschenrechts-Ausschusses im Bundestag, dafür berühmt, dass er als Studentenbewegter in den 60er Jahren sein Erbe dem Vietcong gespendet hat. Als es darum ging, auf dem Gedenkstein für die KZ-Opfer am Hauptfriedhof die Dresdner

Bank als Hauptaktionär der Adlerwerke und Großfinancier des NS-Regimes zu nennen, drohte Kœnigs mit dem Entzug der Förderung. Unter keinen Umständen wollte man die Beziehung der Stadt zur Dresdner Bank gefährden.

Der Rundgang endet im Raum der Gedenkstätte, man schaut sich noch ein wenig um. Das Gespräch wandert nach und nach zur gerade vergangenen Landtagswahl, der Ort inspiriert die Assoziation. »Jetzt ruht die letzte Hoffnung für unsere Demokratie auf den Schultern der CDU«, sagt einer. Sein Gesprächspartner sieht darin keine große Hoffnung. »Die sind doch genauso schlimm.«

Die Verzagtheit der Rundgangsteilnehmer begleitet mich auf dem Nachhauseweg quer durch das Gallus, über die Mainzer Landstraße zur Frankenallee, an der Hellerhofsiedlung, der ältesten Ernst-May-Siedlung Frankfurts, vorbei in Richtung Güterplatz. Als ich hier als Student wohnte, fingen hinter den langgezogenen Siedlungsbauten mit ihren typischen Freigängen die Gleise an, heute stürmt hier das neue »Europaviertel« in den Himmel, eine Trabantenstadt für die globale Angestelltenkaste der Finanz- und Dienstleistungsmetropole. Frankfurt kommt mir fremd vor an diesem Abend, so fremd wie vielleicht noch nie.

5
HEINZ

Die Ostsee ist kein liebliches Meer, ihre Persönlichkeit ist stürmisch und wild, und als ich im Oktober 2023 an der Hafenmole von Sassnitz stand, entfaltete sie mir zuliebe ihre ganze dramatische Kraft. Ein paar Sonnenstrahlen drangen durch dunkle Wolkenknäuel und färbten die See smaragdgrün. Kurze heftige Güsse gingen auf den Hafen nieder, während die Wellen donnernd an die Rümpfe der angedockten Rundfahrtschiffe schlugen.

Der Greifswalder Romantiker Caspar David Friedrich hätte seine Freude an diesem Tag gehabt. Die Hilflosigkeit der kleinen Fischkutter, die gewöhnlich von Bord aus Kabeljaubrötchen verkauften und die jetzt schutzlos im Hafen hin- und hergeschaukelt wurden, verstärkte das Gefühl der Übermacht der Natur, die einen ebenso erschaudern wie demütig werden lassen konnte.

Das Schauspiel war wie für meine Zwecke inszeniert. Ich war angereist, um zu sehen, ob sich an diesem Ort etwas davon spüren lässt, was mein Vater an gleicher Stelle in den ersten Maitagen des Jahres 1945 empfunden haben muss. Zu jenem Zeitpunkt waren bloß anderthalb Jahre vergangen, seit er sich im Elsass euphorisch zu seinem Dienst als Luftwaffenhelfer gemeldet hatte, doch seine Welt war gründlich aus den Fugen geraten.

Das Deutsche Reich, von dem er noch 1943 glaubte, es würde bald die Welt umspannen, war auf einen schmalen Streifen zusammengeschrumpft. Die Städte Greifswald und Stralsund hatten sich nahezu widerstandslos der russischen Armee ergeben. Die Bürger und die verbleibenden Militärs hatten den Durchhalteparolen der NSDAP-Gau- und Kreisleiter und der Führerdirektive, dass sich keine deutsche Stadt kampflos ergeben dürfe, widerstanden und sich geweigert, ihre Städte einem sinnlosen

Todeskampf zu opfern. Im Westen hatten britische und kanadische Truppen die Elbe überquert, Lübeck und Wismar eingenommen und die deutschen Truppen auf Jütland isoliert. Bei Torgau an der Elbe hatte schon am 25. April der berühmte Handschlag zwischen sowjetischen und amerikanischen Soldaten stattgefunden.

An den Endsieg konnte zu diesem Zeitpunkt wohl niemand mehr glauben, der bei geistiger Gesundheit war. Auf der Insel Rügen drohten zwar noch einige versprengte SS- und fanatisierte HJ-Einheiten, bis zum Letzten als Werwölfe Widerstand zu leisten. Doch selbst der Reichsverteidigungskommissar für den Wehrbezirk II, Franz Schwede-Coburg, äußerte nach dem Selbstmord Hitlers in Berlin offen Zweifel. In einem Brief an Großadmiral Dönitz bat er dringend um eine klare Direktive, wie mit der Insel zu verfahren sei: »Sollte eine ausreichende Verstärkung der Verteidigungskraft der Insel nicht durchgeführt werden können, erbitte ich um klare Weisung, ob auch jetzt noch mit den geringen Mitteln die hartnäckige Verteidigung der Insel notwendig ist.«

So dokumentiert es Heinz Schön, der als Zahlmeister den Untergang der *Wilhelm Gustloff* vor Stolpmünde überlebt hatte und am 31. Januar 1945 mit 564 anderen Geretteten auf dem Torpedoboot *T 36* am Kai von Sassnitz anlegt. Schön, mit achtzehn Jahren gerade einmal ein Jahr älter als mein Vater, erinnert sich: »Ich konnte es nicht begreifen, dass ich überlebt hatte. Ich kniete mich nieder auf die steinhart gefrorene Erde, fasste sie an, strich mit der Hand darüber. ›Der hat den Verstand verloren‹, hörte ich einen der neben stehenden Marineoffiziere sagen. Er irrte. Ich war bei klarem Verstand. Ich versuchte in diesen Augenblicken nur, mein Überleben zu begreifen.«

Für Heinz Schön wurde die Versenkung der *Wilhelm Gustloff* durch drei russische Torpedos, bei der schätzungsweise neuntausend Flüchtende aus Pommern in der eisigen Ostsee ertranken, zu einer lebenslangen Besessenheit. Er begann nach dem Krieg alles über das Schiff und die Massenflucht aus Pommern über die Ostsee zusammenzutragen, was er finden konnte. Sein Bericht diente später Günter Grass als Grundlage für seine Novelle *Im Krebsgang*. Darin vertieft sich Grass, wie Schön im Jahr 26 geboren, in die Katastrophe als Synekdoche für das Morden und Sterben der letzten Kriegsmonate, das, losgelöst von jedem militärischen Nutzen, zum apokalyptischen Selbstzweck geworden war.

Mein Vater war durch die Wirren und Zufälle des Krieges in den letzten Tagen vor der Kapitulation ebenfalls in Sassnitz gelandet. Von ihm selbst hatte ich nie erfahren, wie und wo er das Kriegsende erlebt hat. Es gab vereinzelte Andeutungen über eine Marineausbildung, über Landgefechte mit den Russen, über Kriegsgefangenschaft. Einen zusammenhängenden Bericht seiner Erlebnisse bekam ich jedoch nie.

Dass die Kriegserfahrung tief in ihm vergraben weiter rumorte, trat allein zutage, wenn von der amerikanischen Air Base, keine fünfzehn Kilometer von unserem Vorstadthaus entfernt, wieder einmal große Truppentransporter nach Vietnam oder in den Nahen Osten starteten und die Motoren der fetten Maschinen unentwegt über unsere Siedlung hinwegbrummten. Für meinen Vater waren solche Nächte unerträglich, bis zum Sonnenaufgang wälzte er sich dann in den verschwitzten Betttüchern.

Aus seinen Papieren war ebenfalls wenig über die letzten Wochen des Dritten Reichs zu erfahren. Ich konnte aus dem Würfelhaus zwar ein sorgsam mit einer grünen Schleife verschnürtes Päckchen Feldpostbriefe bergen, sämtlich adressiert an eine Kindheitsfreundin, die er, obgleich sie nicht blutsverwandt war, mit »Mein liebes Schwesterlein« ansprach. Doch die Korrespondenz endete zu Beginn des Jahres 1945 und wurde erst im November jenes Jahres wieder aufgenommen, als alles zu Ende war.

Dort heißt es dann:

»Mein liebes Schwesterlein,

lange Zeit haben wir nichts voneinander gehört und noch länger haben wir uns nicht mehr gesehen. Es ist vieles geschehen, was keiner von uns beiden je gedacht hat. Es ist direkt wunderlich, dass die Welt noch schwebt, sich noch dreht, dass die Sonne noch scheint und die Sterne uns mit ihrem unendlich überlegenen und wirklichkeitsfernen Lächeln erfreuen. Ja, ich meine oft, alles ist nur ein böser Traum, der mit dem Aufwachen abbricht und alles ist wieder so, wie wir es wünschen. Aber die Wirklichkeit hat ihr Recht, es ist nun einmal so und nicht zu ändern.«

Dann kommt ein Schnelldurchlauf durch die Ereignisse, seitdem zu Beginn des Jahres 1945 die Korrespondenz abgerissen war.

»Mitte März ging mein Gesuch zur Marine abkommandiert zu werden durch. So kam ich nach Stralsund. Nach 10 Tagen war ich eingestellt und umgekleidet. Am ersten Sonntag, an dem ich mit meiner neuen schmucken Marineuniform ›an Land‹ ging stand der Russe vor der Stadt. Zurück zum Feldgrau und ran an den Feind, bis Ende April balgten wir uns mit dem Iwan in der Gegend Greifswald – Stralsund und setzten uns ab nach Altefähr auf Rügen. Rügen kapitulierte nach einigen Tagen. Mit 15 Mann konnte ich der Gefangenschaft entrinnen. In Sassnitz gingen wir an Bord eines Minensuchbootes und kamen gerade recht, um eine Lücke in der Schiffsmannschaft aufzufüllen. So waren wir nun echte Matrosen; zweimal fuhren wir nun nach Kopenhagen. Uns erreichte die Nachricht vom Tod unseres Führers. Der Krieg war verloren. Das stand damit fest. Bei unserer zweiten Ankunft in Kopenhagen fuhren uns englische Zerstörer entgegen und befahlen uns im Hinweis auf die eingetretene Waffenruhe auf der Reede zu ankern. Am 6. Mai gingen wir mit unseren Booten an Land um Proviant zu übernehmen. Am 7. Mai 1945 mussten wir an der Pier von Kopenhagen unsere Flagge und Kommandantenwimpel streichen. Wir hatten endgültig ausgespielt.«

Der soldatische Ton bleibt auch nach Monaten unverkennbar, genau wie Trauer und Schmach.

Zugleich ist mein Vater stolz darauf, dass er doch noch als echter Matrose zur See fahren durfte. Auch wenn die Fahrt auf einem mit Flüchtlingen und verwundeten Soldaten überladenen Minensucher wohl kaum den romantischen Vorstellungen entsprochen haben dürfte, die den pubertierenden Luftwaffenhelfer dazu bewogen hatte, sich zur Marine zu melden.

Um zu ermessen, wie es in dem siebzehn Jahre alten Matrosen Heinz Moll wohl tatsächlich ausgesehen haben mag, als er am überfüllten Hafen von Sassnitz saß und darauf wartete, ein zweites Mal auf die Ostsee auszulaufen, lohnt es sich, einen weiteren Seitenblick auf die Chronik von Heinz Schön zu werfen.

Dieser schildert eindringlich, wie es dort in diesen Tagen zuging. Als Mitte Januar die Großoffensive der Roten Armee auf Ostpreußen, Westpreußen und die Danziger Bucht begonnen hatte, verwandelte sich der kleine Fähr- und Fischereihafen des mondänen Ostseebades in ein höllisches Sammellager der Verzweifelten. Bis Ende Februar waren 60 000 Flüchtlinge und Verwundete in Sassnitz angekommen, das Vierfache der bisherigen Bevölkerung von Rügen. Die Stadt platzte aus allen Nähten. Bruno Feindt, Kapitän des Dampfers *Deutschland*, wie die *Gustloff* mit 10 000 Flüchtlingen beladen, beschreibt die Lage in der Chronik so: »Es gibt keinen Platz mehr in den Gebäuden, nicht einmal in den Fluren. Um die Flüchtlinge von der Straße zu bringen, sind mit Stroh ausgelegte Güterwagen, in denen sonst das Vieh transportiert wird, aufgestellt und als Flüchtlingsnotunterkünfte eingerichtet worden.« Personal für die Versorgung der Kranken und Verwundeten an Land stand ebenso wenig zur Verfügung.

So blieb Feindt mit seiner Ladung auf der Außenreede vor Sassnitz liegen, wo bereits die Dampfer *Hamburg*, *Der Deutsche*, *Robert Möhring*, das Frachtschiff *Sofia*, der Zerstörer *Z 28*, das

Torpedoboot *T 36*, das Flugsicherungsschiff *Hans Rolshoven*, der Tanker *Altengamme*, sowie mehrere U-Jäger, Fischkutter und Prähme lagen. Bestimmt 100 000 Flüchtlinge warteten verzweifelt darauf, an Land zu gelangen.

Die Zustände auf der *Deutschland* waren sicherlich nicht anders als jene auf den anderen Schiffen. Im Speisesaal, berichtet Kapitän Feindt, lagen sechshundert Verwundete, die in den hastig aufgelösten Lazaretten in Pommern noch nicht richtig behandelt worden waren. Es fehlte an Medikamenten und Verbandszeug, es stank nach Eiter und überlaufenden Toiletten, unter den alten Verbänden bildete sich Wurmbefall. Doch die verletzten Soldaten waren nicht die Einzigen, die ohne Hoffnung auf Erlösung ihrem Leid überlassen waren. Völlig erschöpfte und ausgehungerte Flüchtlinge dämmerten, wie Schön es schildert, schicksalsergeben ihrem Tod entgegen. Auf Deck stapelten sich derweil mehr als hundert Leichen, notdürftig mit einer Persenning zugedeckt.

Doch selbst wenn es den Entwurzelten gelang, nach qualvoll langen Tagen vor der Küste mithilfe eines der viel zu knappen kleineren Fahrzeuge an Land zu geraten, besserte sich ihre Lage kaum. Es führte nur ein einziger Schienenstrang auf die Insel Rügen und der war vollkommen überlastet. Schön berichtet, dass Ende Februar zweiundzwanzig Lazarettzüge Abfahrbereit auf ihr Signal warteten. Sassnitz war zu einer Falle geworden.

Zu allem Überfluss hatte die kleine Flotte vor dem Hafen von Sassnitz und im benachbarten Prorer Wiek die Aufmerksamkeit der Royal Air Force erregt. Für die Lancaster-Bomber waren die Schiffe ein so leichter Fang wie Fische in einem Fass. Und so stürzten sich am Abend des 6. März 1945 britische Kampfflieger auf das Ostseebad hinab, das es geschafft hatte, bis dahin vom Krieg weitgehend unberührt zu bleiben. Insgesamt versenkten die Briten siebzehn Schiffe, Hunderte Flüchtlinge und Schwerverletzte ertranken in Reichweite des vermeintlich rettenden Ufers.

Mein Vater sollte wenige Wochen später in Sassnitz ankommen, zu diesem Zeitpunkt lag er noch mit einigen Hundert auszubildenden Marineoffizieren in der Kaserne auf der Schwedenschanze, keine zwei Kilometer nördlich der Altstadt von Stralsund. Wie Sassnitz war Stralsund in diesen Tagen bereits völlig von Flüchtlingen aus dem Osten überlaufen. Für die Kaserne Schwedenschanze und die Marineschule auf der Insel Dänholm im Strelasund hatte das unmittelbare Folgen: Hunderte, wenn nicht Tausende Geflohener und Kriegsverletzter fanden hier Unterkunft, in unmittelbarer Bettnachbarschaft zu den jungen Rekruten.

Stralsund hatte bereits im Oktober 1944 schwere Luftangriffe durch die Briten erleiden müssen. Die russische Armee rückte von Osten rasant näher. Bis auf die Rekruten der Marineschulen waren praktisch keine wehrtauglichen Verteidiger mehr in der Stadt.

Trotzdem brannte mein Vater nach Jahren der paramilitärischen Vorbereitung darauf, sich endlich als echter Soldat bewähren zu dürfen. In seinem letzten Brief an sein »liebes Schwesterlein« vor seiner Verlegung nach Stralsund schwärmt er von Felix Dahns Roman *Ein Kampf um Rom*, den er, wie seit 1876 so viele junge deutsche Männer, in Stellung liegend, verschlungen haben dürfte. Sein Held ist der Gotenkönig Teja, »der sein Volk beim Opfer zum großen Entscheidungskampfe führt und durch seinen Tod die Achtung des Volkes erringt«.

So fantasiert sich mein Vater selbst als Märtyrer einer ebenso hoffnungslosen wie edlen Sache und bereitet sich darauf vor, den Heldentot zu sterben. Gegenüber seiner Jugendfreundin preist er ebenfalls das antisemitische Hetzwerk *Die Stimme der Ahnen* des Nazidichters Frithjof Fischer alias Wulf Sörensen. Sörensen, SS-Mitglied und Weltkriegsveteran, propagiert darin einen Vernichtungskampf der nordischen Rasse gegen alles Welsche und Hebräische, das die Reinheit und den Stolz der Arier seit Jahrhunderten zu schwächen droht. Den antisemitischen Grundtenor kommentiert mein Vater nicht, stattdessen ergeht er sich in Verehrung für die Figur des »Ekke«, eines gefallenen Kameraden Sörensens:

»Ich kann mir diesen Ekke nicht vorstellen, wie er betend und flehend, in die Knie gebrochen vor Jammer, einen Gott über den Wolken um Gnade und Hilfe anfleht. Aber so kann ich mir ihn vorstellen: halbaufrecht emporgeworfen die Handgranate mit einem Jauchzen in das Maschinengewehrnest schleudernd. Und im Schwung noch von der Kugel getroffen und niedersinkend mit dem letzten Gedanken: ... das Beste für Deutschland ...! Dieser Ekke nahm den bitteren Kelch mit stolzem Heldenlachen und trank ihn aus, in einem Zug, bis auf den Grund. Er hat nicht gefleht, der Kelch möchte an ihm vorübergehen. Er griff von selbst nach ihm, denn er weiß: Alles Notwendige ist gut!«

Bis er diesem irrsinnigen Todeskult huldigen durfte, musste sich mein Vater noch gedulden. Am 5. März wurde erst der Jahrgang 1926 zum aktiven Dienst berufen. Also hieß es weiterhin auf der Schwedenschanze Gewehrgriffe, Marschieren, Rudern und Seemannsknoten üben: Jener mechanische Drill aller Soldaten zu allen Zeiten, weniger dazu gedacht, den Ernstfall vorzubereiten, als den reflexhaften Gehorsam zu trainieren. Gleichzeitig galt es, die Verteidigung von Stralsund vorzubereiten: Vor den Toren der Stadt wurden Panzergräben ausgehoben und Panzersperren errichtet.

Mitte April sollte es dann so weit sein, nur Wochen nach dem Jahrgang 1926 wurden alle 1927 Geborenen mobilisiert, viele noch vor ihrem achtzehnten Geburtstag. Nun kam die ersehnte Gelegenheit, sich wie Teja zu bewähren und die Todesverachtung in den Dienst des bedrohten Volkes zu stellen.

Mein Vater schien besessen von der Idee des Heldentodes. Wie sein Freund Klaus. In einem letzten Feldpostbrief an meinen Vater, vermutlich von der Front in Belgien aus geschrieben, bittet er meinen Vater, sich aus seinem Zimmer eine Ausgabe des *Zarathustra* und ein Heft mit Gedichten mitzunehmen. Klaus hatte beschlossen, in diesem Krieg zu sterben, und mein Vater wollte es ihm nach Möglichkeit gleichtun.

Die nationalsozialistische Hirnwäsche hatte ganze Arbeit geleistet. So hatte mein Vater im Juli 1944, im Anschluss an das Stauffenberg-Attentat an sein »Schwesterlein« geschrieben:

»Jeder Deutsche sollte sich schämen, dass ausgerechnet seine Offiziere es waren, Männer, die sagen, Offiziersehre zu besitzen, sich zu solch einer Schande hergeben. Nur das ganze deutsche Volk kann das Ausmaß solcher Schande tilgen und durch Einsatz des Letzten, durch erringen eines Endsieges gegen alle Feinde und dessen feige Tücken. Tausende von Freiwilligen müssten diesem Mordversuch ein gewaltiges trotzdem, dennoch entgegenschleudern und mit größter Entschlossenheit zur Schlacht oder Schlachtbank schreiten. Alle Lauen und Verderbten müssten mitgerissen oder vernichtet werden.«

Bei der ersten Lektüre dieser Zeilen rund fünfundsechzig Jahre später überkam mich der Schock darüber, dass ich darin den Mann, der jede Woche ausgiebig den *Spiegel* las, der Willy Brandt für seinen Warschauer Kniefall bewunderte und der gegen die Wiederbewaffnung von Deutschland demonstriert hatte, nicht wiederzuerkennen vermochte. Doch beim zweiten Hinsehen hatte ich eine andere Reaktion. Ich fragte mich, ob diese Worte tatsächlich von meinem Vater stammten oder ob er aus einer Goebbelsrede zitierte. Statt des verbissenen Jungnazis stieg vor meinem Auge das Bild eines Pubertierenden auf, der sich mit markigen Reden aufplustert und seine Freundin zu beeindrucken sucht. Das Parolendreschen bekam etwas Lächerliches und gleichzeitig Anrührendes. Und sofort kam der Folgeschluss, dass es sich doch vielleicht bei vielen, wenn nicht den meisten, die bis heute solche Sprüche klopfen, so verhält.

Wesentlich näher kam er mir in Briefen wie jenem vom 28. Juni 44, als er seinem »Schwesterlein« von einem Heimaturlaub im Elsass berichtete, den er zu jenem Zeitpunkt noch von seiner Luftwaffenhelferstellung am Rhein aus zugeteilt bekommen hatte. Von einem Kinobesuch mit seiner angebeteten Odette, einem Elsässer Mädchen, ist da die Rede und davon, wie sie bei ihren Eltern eine köstliche Viertelstunde alleine im Hof herausschlagen konnte. Er erzählt, wie sie ihn zur Rückfahrt an den Rhein zum Bahnhof brachte und wie er seither an nichts anderes mehr zu denken vermochte. »Du glaubst in den ersten Tagen nach dem Urlaub mit beharrlichem Sinn daran, dass die Tage, die nun folgen, nur eine kurze Unterbrechung von dem sein werden, was die vergangenen waren. Die Kameraden sind fremd geworden. Du kommst Dir überflüssig vor und verwünschst Dich und Deine Pflicht.«

Die verdammte Pflicht hatte ihn bereits vor Stralsund auf das vorbereitet, was ihn nun erwartete. In seiner Stellung bei Kembs am Rhein hatte er täglichen Dienst am Geschütz zu leisten, um britische Bomberverbände im Anflug auf Freiburg, Karlsruhe, Mannheim und Stuttgart abzuwehren. Zu Beginn des Jahres 1944 gab es ein Mal pro Nacht Alarm, später dann vier bis fünf Mal. Und zur Mitte des Jahres kamen auch Tagesangriffe dazu, von Alarmbereitschaft von bis zu vier Stunden ist die Rede. In einem Brief prahlt er mit Abschüssen durch seinen Zug: »Vier Ringe zieren nun die Rohre der Kampfgruppe Kembs.«

Dazwischen, wie um dem Irrsinn Normalität abzugewinnen, Baden im Rhein. Und für die, die noch Schüler waren, wie mein Vater, Latein pauken.

Noch näher kam meinem Vater der Krieg, nachdem er zum Reichsarbeitsdienst berufen und zwanzig Kilometer rheinabwärts nach Eimeldingen versetzt wurde. Ende November 1944 waren auch die amerikanischen Truppen am Rhein angekommen. Schlettstadt und Straßburg hatten kapituliert, meine Großeltern hatte sich über die Grenze gerettet, was mein Vater zu diesem Zeitpunkt nicht wusste.

In den letzten Novembertagen geriet Eimeldingen dann unter Artillerie-Beschuss. Mein Vater schildert einen kopflosen Feldwebel, der in Panik gerät, weil er nicht weiß, was er mit dem Haufen unerfahrener und schlecht ausgerüsteter Teenager anfangen soll. Dann ein schrittweiser Rückzug, per Bahn und per Fahrrad über Ulm bis in die Nähe von Stuttgart unter dem Dauerfeuer englischer und amerikanischer Tiefflieger.

In den Briefen an sein »Schwesterlein« posiert mein Vater erneut als durchgestählter Krieger. Den Rückzug per Fahrrad bezeichnet er abgebrüht als »interessant«. Der Vorstellung des todessehnsüchtigen nordischen Kriegers, der sich einem MG-Nest entgegenstürzt, entsprach diese Erfahrung jedoch noch immer nicht. Die Bewährung, nach der er sich so sehnte, ließ weiter auf sich warten.

Vorerst ging es nach Füssen, wohin er sich abkommandieren ließ, weil er keine Heimatadresse mehr anzugeben wusste, Schlettstadt war von den Amerikanern befreit worden. Dort hieß es jetzt warten, ob seinem Gesuch, der Marine beizutreten, stattgegeben wird.

Es müssen quälende Nächte gewesen sein in einer streng riechenden Kasernenstube mit acht Doppelbetten voller Schüler, die meist nicht wussten, wo ihre Eltern sind und ob sie noch leben, und die alle darauf warteten, an irgendeine Front geschickt zu werden, um in einem aussichtslosen letzten Gefecht um das untergehende Reich ihr Leben zu lassen. Für meinen Vater gehörten diese Nächte zu den schönsten Kameradschaftserlebnissen.

»Nicht selten liegen wir abends im Bett. Einer deklamiert den *Faust* – kein Laut regt sich und die Gedanken knistern um die unendlich großen Gedanken des Buches der Deutschen von seinem größten Dichter zu erfassen. Ein winziges Teil des großen faustischen Denkens und Fühlens, den Drang nach ›Allem‹, nach dem Urquell der Natur, der ewigen Jugend in sich aufzunehmen. Alles berauscht sich an der Gewalt der Rede, an der Vielfalt der Worte und der Gedanken und der Krieg ist vergessen, die vielen unwichtigen Ereignisse des Tages und langsam schläft einer nach dem anderen ein und der letzte geht hin und löscht das Licht.«

So trösten sich die Todgeweihten in den Schlaf. Spenden sich gegenseitig Mut, indem sie ihr Schicksal zur deutschen Suche nach dem Absoluten verbrämen, nach dem Urgrund allen Seins, hinter dem die grausamen Realitäten des Diesseits verblassen. Suchen dem Sinnlosen Sinn zu verleihen.

Die Gelegenheit zum Märtyrertod blieb meinem Vater freilich verwehrt, sonst wäre ich heute nicht in der Lage, diese Zeilen zu schreiben. Auch in Stralsund, nach seiner Berufung zur Marine verpasste er die zweifelhafte Chance, sich in Stahlgewitter zu stürzen.

So wird am 16. April auf Befehl von Dönitz eine Gruppe von sechshundert Marineoffiziersanwärtern des Jahrgangs 1927 an die Front bei Schwedt verlegt, um sich der Roten Armee an der Oder entgegenzustemmen. Von vorneherein ein Himmelfahrtskommando, die schlecht ausgebildeten und dürftig ausgerüsteten Rekruten wurden von den Russen einfach überrollt. Ein Großteil von ihnen starb einen nicht sehr edlen, sinnlosen Tod, der Rest konnte sich in Richtung Westen absetzen, um sich den amerikanischen Truppen zu ergeben.

Mein Vater hatte nach seiner damaligen Ansicht Pech und gehörte nicht zu diesem Trupp. Und auch wenige Tage später war er nicht dabei, als zweihundertfünfzig Rekruten seines Jahrgangs nach Berlin abkommandiert wurden, um das letzte Gefecht um die Hauptstadt zu schlagen. Die Einheit kam nicht durch, ihr Zug wurde von Tieffliegern gestoppt. Auf dem Rückzug wurden sie in der Nähe des Malchiner Sees in ein Gefecht verwickelt, das viele von ihnen das Leben kostete. Der Rest ging bei Schwerin in britische Kriegsgefangenschaft.

Am 25. April verpasste mein Vater seine dritte Gelegenheit auf den Heldentod. Aus den Kadetten seines Jahrgangs wird eine Einheit zusammengestellt, die nach Berlin fliegen soll, um dort den Führerbunker zu verteidigen. Einer der Flieger kam durch, die achtundsechzig jungen Männer kamen sämtlich in den Straßen von Berlin um. Fünf Tage später beging Hitler Selbstmord.

Mein Vater gehörte derweil zu den etwa dreihundert Kadetten, die zurückblieben, um die Stadt Stralsund zu verteidigen. Wo genau er sich »mit dem Iwan gebalgt« haben will, ist schwer zu ermitteln. In der Zeit nach seiner Mobilisierung wird eigentlich nur von einem Gefecht südlich von Stralsund berichtet. Doch daran beteiligt waren vorwiegend Hitlerjungen und Flakhelfer, die drei russische Panzer vernichteten. Dafür mussten 48 Jugendliche und zwölf Hitlerjungen ihr Leben lassen, ein Szenarium, das stark an den Film *Die Brücke* von Bernhard Wicki erinnert, den mein Vater später, wie besessen, immer und immer wieder anschaute.

Wahrscheinlicher ist, dass er zu den etwa hundertfünfzig verbliebenen Kadetten gehörte, die am 30. April singend die Kaserne an der Schwedenschanze verließen. Die kampflose Räumung der Stadt Stralsund war zu diesem Zeitpunkt beschlossene Sache. Die noch von einem Rest an Vernunft geleiteten Militärs hatten sich, nicht zuletzt auf Drängen der Bevölkerung, gegen die NSDAP-Fanatiker durchgesetzt. So dürfte mein Vater einer von rund eintausendfünfhundert Marinesoldaten gewesen sein, die in der Nacht mit Kuttern über den Strelasund in das Örtchen Altefähr an der Südküste von Rügen gebracht wurden.

So traf mein Vater am 1. oder 2. Mai im vollkommen verstopften Hafen von Sassnitz ein. Noch immer harrten hier in Fischereihallen, in Hotels, in Güterwaggons und überall, wo es einen

Wetterschutz gab, Zehntausende von Flüchtlingen und Verwundeten aus. Nun stießen diejenigen dazu, die vom Festland aus Greifswald und Stralsund kamen.

Mein Vater wird zu diesem Zeitpunkt bei aller Fanatisierung begriffen haben, dass es mit einer großen Heldentat für das deutsche Volk wohl nichts mehr werden würde. Auch die kampflose Räumung der Insel Rügen war bereits beschlossen, die Inselkommandanten versuchten lediglich noch Zeit herauszuschinden, um so viele Soldaten und Flüchtlinge wie möglich über die Ostsee nach Dänemark zu bringen. Kapitulation gegenüber den Russen stand außer Frage, das einzige Ziel jetzt war es noch, die Truppen vor russischer Kriegsgefangenschaft und die Zivilisten vor dem barbarischen Zorn der Roten Armee zu retten.

Im Hafen von Sassnitz sammelte sich eine wachsende, bunt zusammengewürfelte Evakuierungsflotte aus Booten jeglicher Größe und Nutzungsart, während mein Vater vermutlich half, unter den Massen von Vertriebenen Ordnung zu schaffen und die Ausschiffung vorzubereiten. Wie ihm dabei wohl zumute war, konnte ich bei meinem Besuch in Sassnitz nur schwer erahnen. Der Blick auf die raue Ostsee, die schaukelnden Fischkutter, die unter Schirmen flanierenden Touristen, der Salzgeschmack im Mund – sie dienten kaum dazu, in mir Bilder aufsteigen zu lassen.

War er ebenso erleichtert wie beschämt, dass der Kelch des Heldentodes an ihm vorübergezogen war? Verstand er, dass das Dritte Reich, dem zu dienen er von Kindheit an erzogen worden war, nun in sich zusammenfiel? Machte sich in ihm bereits jene innere Leere breit, jener Unwille, noch an irgendetwas zu glauben, den viele Überlebende im Moment des Zusammenbruchs erfuhren? Oder nahm ihn noch das Naheliegende in Anspruch, mit voll beladenen Flüchtlingsschiffen über die Ostsee zu gelangen, von der man noch immer nicht wusste, ob sie tatsächlich sicher sei. Niemand wusste, wie die Russen darauf reagieren würden, dass die deutsche Führung die Räumung der Insel der Kapitulation vorgezogen hatte.

Wie sich herausstellte, waren viele der Flüchtlinge aus Pommern und Ostpreußen zu müde, um sich noch einmal auf ein Schiff zu begeben und in eine ungewisse Zukunft zu segeln. Nur wenige hundert gingen noch einmal an Bord. Die übrigen ergaben sich in welches Schicksal auch immer sie hier auf Rügen ereilen würde. Und so trug der bunte Konvoi aus Minensuchboten, Fischkuttern und Fährschiffen, der am 5. Mai in aller Frühe in Richtung Dänemark in See stach, in erster Linie Soldaten von der Insel, die nicht der russischen Armee in die Hände fallen wollten.

Wenn es stimmt, dass mein Vater die Fahrt nach Dänemark zwei Mal antrat, dann ist es wahrscheinlich, dass die zweite Überfahrt am Morgen des 7. Mai begann. In der Nacht zuvor hatte Dönitz in Flensburg die bedingungslose Kapitulation unterschrieben, die Kampfhandlungen sollten am 8. Mai um 23 Uhr beendet werden.

Es blieben knapp achtundvierzig Stunden, in denen jeder Kahn auf der Ostsee mobilisiert wurde, um die letzten Flüchtlinge vor den Russen zu retten. Ich sehe meinen Vater auf der Brücke seines Minensuchbootes stehen, seinen Karabiner um die Schulter gehängt, wie er hofft, dass an Bord keine Panik ausbricht, wie er bangt, ob nicht vielleicht noch ein Tiefflieger heransaust, und die Minuten der quälend langsamen Überfahrt auf rauer See in den Hafen von Kopenhagen zählt.

Die nächste Ostseeüberquerung führte meinen Vater in die entgegengesetzte Richtung. Nachdem er sich den Engländern mit seiner Besatzung in Kopenhagen ergeben hatte – wobei mein Vater, wie er später stolz berichtete, trotzig seine Leica ins Meer warf, damit sie nicht den Siegern in die Hand fällt –, wurden sie sofort umgeschifft. Es ging auf einen alten französischen Dampfer mit Kurs auf Kiel. Eine äußerst unangenehme Seereise, bei der es wegen heftigem Seegang und ebenso heftiger Schlagseite nur schleichend voranging. Fünf Tage dauerte die Überfahrt, während die deutschen Kriegsgefangenen dicht gedrängt auf Deck hockten und mit grassierender Seekrankheit zu kämpfen hatten.

Soldatisch knapp schildert mein Vater, wie es dann mit ihm weiterging. »In Kiel wurden wir auf Ladeprähme umgeladen und nach Heiligenhafen gebracht. Von dort aus marschierten wir nach Fehmarn in die Gefangenschaft. Eine 5-wöchige Hungerkur begann und endete in Lübeck im Lazarett. Hungertyphus und zeitweise 41 Fieber. Ich hatte genug.«

Das Elend dieser Zeit ist mit diesen knappen Zeilen nicht annähernd beschrieben. Die Insel Fehmarn gehörte zum sogenannten Sperrgebiet F, im Soldatenjargon auch »der Kral« genannt. In Ermangelung ausreichenden Personals für die Flut an Gefangenen hatten die englischen Truppen die Landkreise Oldenburg, Eutin und Plön zum offenen Kriegsgefangenenlager erklärt, das etwa 100 000 deutsche Soldaten nicht verlassen durften. Innerhalb dieses Gebiets wurden sie sich selbst überlassen. Alte Kommandostrukturen der Wehrmacht blieben bestehen, deutsche Offiziere und Unteroffiziere mussten sich um Behausung und Verpflegung kümmern.

Wer Glück hatte, kam damals in einer Scheune unter, die meisten Gefangenen gruben sich Erdlöcher in Waldstücken und überspannten sie mit Planen. Duschen und Waschen war unmöglich, aber das war für die deutschen Soldaten das geringste Problem. Anders der Hunger.

Die englischen Truppen gaben 300 Gramm Brot pro Tag und 250 Gramm Fleisch pro Woche aus. Zu viel zum Sterben, zu wenig zum Leben. Daneben wurden Brennnesseln und Wurzeln gekocht, man fing Eichhörnchen und versuchte Wild mit Fallen zu fangen. Auch von wilden Schlachtungen wurde erzählt.

Wer nie Hunger leiden musste, kann sich nur schwer vorstellen, wie die Leere im Magen die gesamte Existenz ausfüllt. Wie es unmöglich wird, irgendeinen Gedanken zu fassen. Und dann die Typhusinfektion, Fieberdelirium, vollkommene Erschöpfung.

Für eine Reflexion der eigenartig aus den Fugen geratenen Zeit, des Lochs im Kontinuum der Geschichte, in dem man sich befand, blieb da gewiss keine Kraft. Die kehrte vielleicht zurück, als mein Vater in einem Militärhospital in Lübeck behandelt und später in einer Wohngruppe wieder aufgepäppelt wurde. Vielleicht keimte dort langsam der Gedanke an eine mögliche Zukunft, an ein neues Leben. An einen Schulabschluss, vielleicht einen Beruf. An die Wiedervereinigung mit der Familie, mit Odette.

Ab Juni sahen die Briten keine Veranlassung mehr dazu, meinen Vater zurück in den Kral zu schicken und hinter Stacheldraht zu halten, die jungen Rekruten und die alten Volksstürmler, von denen man nicht befürchten musste, dass sie sich zu Guerilla-Truppen zusammenrotten, wurden so schnell wie möglich entlassen, um die britische Besatzung zu entlasten. So bekam mein Vater von der Entlassungsstelle Pelzerhaken am 24. Juli 1945 seine Papiere. Als Heimatadresse gab er die »Gärtnerei Fricke« in Aulendorf an, in jenem rechtsrheinischen Ort, in dem die Familie zuletzt vor dem Krieg gelebt hatte.

Dort kommt er nach einer abenteuerlichen Reise quer durch das zerstörte, besetzte und von heimatlos Herumirrenden übervölkerte Deutschland bei einer befreundeten Familie unter, die glaubt, die Eltern seien im Schwarzwaldstädtchen Hüfingen gelandet. Anfang August schreibt er einen Brief dorthin, den er, wie in diesen Zeiten üblich, einem Lokomotivführer mitgibt. »Habe die Gefangenschaft gut überstanden. Vor allem aber habe ich, was sehr wichtig ist, Lebenswillen und Unternehmensgeist hinübergerettet.« Gleichzeitig räumt er ein: »Die Zeit hat zu Gewaltiges gebracht, um spurlos vorbei gewandelt zu sein.«

Zehn Tage später holt sein Vater ihn ab. War man sich fremd geworden? Hatte der Fanatismus des Jüngeren ihn von seinem besonneneren Vater unwiederbringlich entfernt? Oder überwog die Freude darüber, dass man überlebt hatte und gemeinsam nach vorne schauen konnte? Die Aufzeichnungen geben keine Auskunft.

Zu Weihnachten 1945 schreibt er dann erneut seinem »Schwesterlein«. Er hat mittlerweile eine Lehre im selben Sägewerk angetreten, in dem sein Vater als technischer Leiter Anstellung gefunden hat. Doch zur Adventszeit kreisen die Gedanken um das, was verloren ist. Um Klaus, der noch immer vermisst wird. »Ich glaube nicht, dass er wiederkommt. Er starb, wie er lebte. Einsam, seinem Vaterland und sich selbst treu.« Seinen ersten Sohn, gelobt er dann, werde er nach dem verlorenen Freund benennen.

Und um Odette, der er immer wieder unerwiderte Briefe ins Elsass schickt. »Wenn ich sie nur einmal wiedersehen dürfte. Ich wüsste nicht, was ich täte.« An ihre Liebe will er dennoch weiterhin glauben. Für ihr Schweigen macht er alleine die Ächtung und die Repressalien verantwortlich, der französische Frauen mit Beziehungen zu Deutschen nach dem Krieg ausgesetzt waren. »Die Elsässer«, glaubt er, »leben in ständiger Angst vor der Denunziation.«

Sie hat sich meines Wissens nie mehr gemeldet, Odette. Die Sehnsucht meines Vaters starb nie ganz. Ihr Bild zierte noch die Wand seiner Kellerstube im Würfelhaus, als ich mich anschickte es zu verkaufen.

Vielleicht ist es ihr ähnlich ergangen, vielleicht trug sie die Schwärmerei für den gut ausschauenden, selbstbewussten Jungnazi ein Leben lang mit einer Mischung aus Scham und Sehnsucht mit sich herum. Als ich sie im Jahr 2010, mit über achtzig Jahren, an den Telefonapparat bekam, schien sie jedenfalls geneigt, sich mit mir zu treffen und über meinen Vater zu reden.

Doch bei meinem Rückruf bekam ich ihren Mann an den Apparat, der mir versicherte, dass sie kein Interesse daran habe, in der Vergangenheit zu wühlen.

Ich konnte daraus nur schließen, dass das Gespenst meines Vaters eines war, das diese Ehe immer wieder heimsuchte und das Odette lieber in der Flasche lassen wollte. Ich ließ es dabei bewenden.

6
BOMBENKIND

Ich muss etwa zehn Jahre alt gewesen sein, als in unserem Haushalt zum ersten Mal der Begriff Alkoholismus gefallen ist. Ich wurde in die Küche gerufen, weil es etwas Ernstes zu besprechen gab, und mein Vater offenbarte mir, dass meine Mutter krank sei und dass wir nun als Familie, inklusive mir, zusammenhalten müssen, um ihr zu helfen.

Er kam sich sicherlich sehr aufgeklärt vor, wenn er bereits Mitte der 70er Jahre Alkoholismus als Krankheit verstand und nicht, wie dies gewiss noch zehn oder zwanzig Jahre früher der Fall gewesen wäre, Alkoholmissbrauch als moralisches Versagen wertete. Gleichzeitig fasste er, wie es die suchttherapeutische Orthodoxie verlangt, Alkoholismus als Familienkrankheit, die uns alle angeht. Dennoch war damals, daran erinnere ich mich sehr klar, eindeutig, dass die Kranke allein meine Mutter sei.

Ich wusste zu der Zeit nicht so recht, was ich mit dieser Information anfangen sollte, außer, dass ich nun irgendwie eine Verantwortung mittragen müsste, damit es meiner Mutter besser geht. Was genau dabei meine Aufgabe sein sollte, blieb jedoch vage.

Bis dahin hatte ich dem Alkoholkonsum in unserem Haus keine weitere Beachtung geschenkt. Ich wusste wohl, dass es einen Schrank mit Cognac- und Whiskeyflaschen gab und dass sich daraus insbesondere am Wochenende auch fortlaufend bedient wurde. Aber erst im Rückblick wurde mir klar, dass es mehr war als bloß eine Konvention der Zeit, das Accessoire eines Lifestyles, zu dem auch die dauerbrennende Zigarette, das dazugehörige Feuerzeug der Marke Braun und der organisch geschwungene Bubble-Aschenbecher aus Muranoglas gehörte.

Irgendwann war die epochenübliche Selbstmedikation bei meiner Mutter jedoch aus dem Ruder gelaufen. Der Schnapsschrank wurde auch unter der Woche aufgesucht, es gab Ausfälle. Sie versäumte es, mich von der Schulbushaltestelle abzuholen, sie erschien nicht zur Arbeit. Sie verpasste den Ausstieg der Pendlerbahn und verirrte sich im Nahverkehrsnetz des Rhein-Main-Gebiets. Die Sucht begann, ihres und damit unser Leben aus der Bahn zu schleudern.

Es sollte sehr lange dauern, bis ich mich fragte, welche Gefühle sie ebenso wie mein Vater, der sich zwar kontrollierter, dennoch nicht weniger eindeutig betäubte, zu ertränken versuchte. Welche Zustände ihr so unerträglich waren, dass sie ohne chemische Dämpfer nicht auszuhalten waren.

Zum einen war ich natürlich erst einmal darauf bedacht, mich aus der familiären Situation zu extrahieren, um mir, so gut es ging, ein eigenes Leben zusammenzubauen. Die Eltern zu verstehen stand nicht an, ich konnte ihre Verhaltensweisen nur in ihren Auswirkungen auf mich sehen. Und die waren für meine Entwicklung wenig förderlich.

Zum anderen war es aber auch nicht üblich, die Generation meiner Eltern als traumatisiert zu begreifen. Das Diskurstabu über deutsches Leid reichte bis weit in unser Jahrtausend hinein. Der Bestseller der Journalistin Sabine Bode über die »Kriegskinder« artikulierte im Jahr 2014 erstmals pointiert, was bei unbefangener Betrachtung eigentlich schon lange hätte ins Auge springen müssen: dass diejenigen, die den Krieg und das Dritte Reich vor dem achtzehnten Lebensjahr erlebt haben, eine schwere emotionale Last mit in ihre Zukunft und in unsere Gegenwart zu schleppen hatten.

Dennoch ist etwa in den Unterlagen, die meine Mutter von den wiederholten Suchttherapien mitbrachte, niemals von ihren ersten fünfzehn Lebensjahren die Rede. Eine von ihr zu zeichnende »Lebenslinie« beginnt 1945. Die Zeit davor, ihre entwicklungspsychologisch eigentlich entscheidenden Jahre, hatte einfach nicht stattgefunden.

So hatte meine Mutter zeit ihres Lebens vermutlich keinen wirklichen Begriff davon, was mit ihr los ist. Das Wort Trauma fiel weder bei uns zu Hause noch in der Therapie. Über ihre Erlebnisse als junges Mädchen in den Straßen der infernalischen Stadt Frankfurt unter dem Dauerbeschuss amerikanischer und britischer Bomber habe ich sie nur selten sprechen hören.

Nur ein einziges Mal wurde ich Zeuge davon, wie das Trauma in ihr aufstieg. Als wir bei einem ihrer Besuche in New York ein enges Treppenhaus besteigen mussten, um zur Aussichtsplattform des Empire State Buildings zu gelangen, bekam meine Mutter eine plötzliche Panikattacke. Die Enge, gab sie zu, ließ in ihr Erinnerungen an die Beklemmung der Luftschutzkeller aufsteigen.

So ist meine Mutter vielleicht ein Musterbeispiel jener »Fähigkeit zur Selbstanästhesie«, die W. G. Sebald in seinen Vorlesungen zur Literatur des Luftkrieges einer Gesellschaft attestierte, die aus einem totalen Vernichtungskrieg scheinbar ohne jedes Anzeichen einer psychischen Beeinträchtigung hervorgegangen ist. Erst gegen Ende ihres Lebens, in den hinterlassenen Aufzeichnungen beginnt sie sich an jene Kindheitserlebnisse zu erinnern, die vorher zu schmerzhaft waren, um sie anzunehmen und sie in irgendeiner Form in die Wahrnehmung der Gegenwart zu integrieren.

»Wenn die Sirenen heulen, müssen wir in den Keller. Abends legst Du Deine Kleider zurecht, möglichst viele, damit Du was zum Anziehen hast, wenn nichts mehr übrigbleibt, Dein Köfferchen mit den Sachen, die Dir lieb und wert sind, und dann gehst Du schlafen. 10 Uhr abends: Voralarm. Das hört sich noch harmlos an, ein gleichbleibender Ton. ›Erika, aufstehen, Alarm.‹ ›Nein, ich will noch nicht. Warte doch bis es richtig Alarm gibt.‹ Dann das Geheul: Voll Alarm. Es ist wirklich schrecklich. Es geht durch Mark und Bein dieser auf und ab heulende Ton. Du raffst Dich auf, ziehst Dich an, im Halbdunklen natürlich, denn die Fenster sind alle verklebt, guckst, ob die Großmutter schon so weit ist, und dann ab, in den Keller.

Ein ausgebauter Luftschutzraum, wie es damals Vorschrift war mit Stühlen ringsum, mit der Badewanne voll Wasser, mit zwei Feldbetten für die Kinder und dem Mauerdurchbruch zum Nachbarhaus mit dem Hammer und dem Spaten davor, falls wir da noch raus können.

Da saßen wir nun. Jeder auf seinem Platz. Ganz still. Keine Aggressionen, nichts, nur Stille. Wir hörten die Geräusche: das entsetzliche Pfeifen vor den Einschlägen, die Einschläge, das Zittern des Kellerbodens, wenn was Größeres runterkam, die Klopfzeichen von nebenan, weil sie getroffen waren und wir sie herüberholen mussten. Wir waren irgendwie in unser Schicksal ergeben. Vielleicht haben wir es instinktiv gewusst, daß wir das alles angerichtet hatten.

Wenn wir es wieder einmal geschafft hatten, gab es eine kleine Feier: Einer hatte Kuchen gebacken, der andere hatte noch Bohnenkaffee, für die Kinder gab es Marmelade. Wir waren am Leben.

Ich erinnere mich an einen Vormittag in meiner Schule, dem Mädchen-Gymnasium Elisabethenschule in der Fürstenbergerstraße, Ecke Vogtstraße. Vormittagsalarm – Lachend und kichernd gingen wir in den Keller. Die Schule hatte einen extra stark ausgebauten Luftschutzkeller. Wir saßen da unten mit unseren Lehrern, machten ein bisschen Unterricht, Deutsch und Englisch, hörten und sahen nichts. Dann kam die Entwarnung. Mit meiner Freundin Rosemarie, die auch im Nordend wohnte, bin ich zunächst geschlendert. Es war nichts zu sehen. Dann an der Kreuzung Glauburg- und Rohrbachstraße fing es an: Die Straßenbahn war aus den Gleisen gesprungen und war völlig ausgebrannt, die Gleise ragten in die Luft. Es war, als ob die Welt stillstand. Rings um uns herum brannten die Häuser. Wir rannten wie die Verrückten. Glauburgstraße, Friedberger Landstraße, überall Trümmer und kein richtiges Leben mehr, nur verwirrte Menschen. Meine Mutter stand auf dem Balkon und winkte. Das Haus stand noch. Davon gekommen! Wir haben am Nachmittag ganz in Ruhe zusammen unsere Schularbeiten gemacht. Meine Mutter kochte Kakao, und wir hatten auch noch Plätzchen. Meine Großmutter sagte: Unser Gott beschützt uns.«

Ich habe diese Zeilen oft gelesen, seit meine Mutter sie mir kurz vor ihrem Tod vermacht hat. Natürlich berühren mich die Bilder des zwölf Jahre alten Mädchens, das in diese Geschehnisse geworfen wird und ihnen ohne Schutz ausgesetzt ist. Die noch lachend von der Schule nach Hause läuft und dann plötzlich in einem Inferno steht, wo verwirrte, unter Schock stehende Menschen umherirren und zweifellos, was sie in ihren Berichten ausspart, verkohlte Leichen auf den Straßen liegen oder in der ausgebrannten Straßenbahn klemmen. Die den Koffer mit ihren wertvollsten Dingen – einem Tagebuch vielleicht oder einer Puppe – neben dem Bett stehen hat und Nacht für Nacht in den Keller steigt, ohne zu wissen, ob sie dort lebend wieder herauskommt und ob es dann ihr Zuhause, um das ihre Mutter so gekämpft hatte und das sie mit so viel Liebe und Sorge pflegte, noch steht.

Noch stärker berührt mich jedoch der Gedanke daran, dass meine Mutter diese Erlebnisse über sechzig Jahre verkapselt in sich getragen hat und wie unendlich einsam sie sich damit gefühlt haben muss. Und dann überkommt mich ein tiefes Bedauern, dass sie mir niemals mit allen Gefühlen, die das Erlebte heraufbeschworen hätte, diese Geschichte hat erzählen können und ich sie dann hätte fest in die Arme schließen können. Doch körperliche Nähe fiel meiner Mutter ohnehin schwer, es gab eine starke Kraft in ihr, die sich dagegen sträubte.

Als die Bomben ab 1943 mit unbarmherziger Regelmäßigkeit nach Frankfurt kamen, war die Familie meiner Mutter schon lange männerlos. Mein Großvater wurde bereits im August 1939 ohne Ankündigung zur Wehrmacht eingezogen.

Von jenem Tag an übernahm meine Großmutter klaglos und resolut die Verantwortung für die Familie, die sie im Grunde ohnehin schon immer getragen hatte. Dagegen, dass der Mann nun weg war, konnte man sich ohnehin nicht stemmen, also wurde getan, was getan werden musste. Meine Großmutter würde nicht lange darüber wehklagen, dass der Mann im Krieg war. Sie hatte das alles schließlich schon einmal mitgemacht, als ihre beiden Brüder in den Ersten Weltkrieg ziehen mussten und sie erlebt hatte, wie ein Frauenhaushalt weitergehen muss. Und wie man trotz der Sorge um die Männer an der Front sein Leben weiterlebt. Nur eines tat sie, um für alle die Lage etwas tröstlicher zu gestalten. Meine Mutter zog von ihrem eigenen Bett zurück in das Ehebett ihrer Eltern, damit für sie und ihre Mutter die Nächte weniger einsam waren.

Wohin mein Großvater abkommandiert wurde, war in den ersten Wochen nicht bekannt. Doch dann kam die erleichternde Nachricht, dass er zu keinem Frontdienst herangezogen wurde. Als Gerichtsschreiber mit immerhin schon einundvierzig Jahren sah man seine beste Verwendung in einer Schreibstube. Gerade richtete sich das Oberkommando der Heeresgruppe C in einer Villa in der Forsthausstraße in Frankfurt-Niederrad ein und dort brauchte man Männer wie ihn. So saß mein Großvater, ohne dass die Familie es wusste, monatelang am anderen Ende der Stadt an einem Schreibtisch.

Nach der Besetzung Frankreichs kam mein Großvater dann mit dem Stab des Oberkommandos der Wehrmacht – nun nur noch Oberbefehlshaber West genannt – nach Paris, wo er den größten Teil des Krieges verleben durfte. Es wird anfänglich sogar so etwas wie eine schöne Zeit gewesen sein. Die deutschen Weststreitkräfte hatten bis zur Invasion 1944 nicht viel zu tun, das zivile Leben unter der deutschen Besatzung ging in Paris weiter und es gab zeitweilig sogar so etwas wie eine wenn auch angespannte, friedliche Koexistenz. Die Besatzer gingen in Restaurants, Kinos und Kabaretts, kauften Seidenstrümpfe, Wein und Bohnenkaffee für die Zuhausegebliebenen ein und fraternisierten mit der oft nicht übermäßig abgeneigten Bevölkerung, was das Zeug hielt. So lange, bis sich die Attentate der Résistance mehrten und die deutschen Besatzer begannen, mit wahllosen Exekutionen sogenannter »Geiseln« auf den Widerstand zu reagieren.

Die schwierigsten Momente hatte mein Großvater in seiner Schreibstube rund um das Stauffenberg-Attentat im Juli 1944. Sein Chef Günther von Kluge war nämlich eine der zentralen Figuren der Operation Walküre. Der Erfolg des Staatsstreichs gegen Hitler hing an ihm und mein Großvater muss im Stab im Pariser Hotel Raphael die Vorgänge des 20. Juli hautnah miterlebt haben.

Von Kluge war seit langem in die Stauffenberg-Pläne eingeweiht gewesen und war ihnen grundsätzlich zugeneigt. Man hatte gehört, wie er Hitler als »Schwein« bezeichnete, und dass er schon lange nicht mehr an den Endsieg glaubte, wusste man auch. Dennoch zauderte er, als Stauffenberg ihn mehrmals aus Berlin anrief. Von Kluge war nicht überzeugt davon, dass Hitler bei dem Attentat in der »Wolfsschanze« tatsächlich ums Leben gekommen war, er hatte widersprüchliche Meldungen bekommen. Und solange Hitler lebte, wollte er nicht riskieren, auf der falschen Seite zu stehen.

Ich möchte glauben, dass mein Großvater zugegen war, als Carl-Heinrich von Stülpnagel, der Militärbefehlshaber in Frankreich, an jenem Abend im Hotel Raphael erschien und von Kluge persönlich davon überzeugen wollte, nun das Richtige zu tun. Doch dieser winkte ab und lud zu Tisch, als wäre nichts passiert. Später in der Nacht setzte er Stülpnagel ab, entließ die verhafteten SS- und SD-Truppen und empfahl Stülpnagel, sich in Zivil aus dem Staub zu machen.

Mein Großvater, ganz gewiss von der Veranlagung her kein Held, wird Todesängste ausgestanden haben in jener Nacht. Er, der diskrete Übermittler von Botschaften, der stille Notar historischer Ereignisse. Glücklicherweise wusste sein Chef sich und seinen Stab elegant aus der Affäre zu ziehen. Die Verhaftung der SS- und der Gestapo-Truppen wurde als Übung getarnt, die SS-Leute spielten mit, um zu vertuschen, dass sie so leicht überrumpelt worden waren.

Kluge wurde abgesetzt und nach Hause beordert. Auf dem Weg zurück nach Deutschland nahm er sich das Leben. Mein Großvater zog sich derweil mit dem Stab des Oberkommandos unbeschadet bis hinter die Reichsgrenzen zurück und geriet bei Berchtesgaden, in der mythischen »Alpenfestung«, die doch nur eine Propagandaerfindung war, in amerikanische Kriegsgefangenschaft.

Zu Hause in Frankfurt waren es in einer bitter-ironischen Verkehrung die Frauen der Familie, welche die eigentliche Fronterfahrung machen mussten.

Seit dem Februar 1942 war die britische Strategie in Kraft, durch umfassendes Flächenbombardement die Moral der deutschen Zivilbevölkerung und insbesondere der in der Rüstungsproduktion beschäftigten Arbeiter zu brechen. In einem Flugblatt, das über deutschen Städten abgeworfen wurde, schrieb Luftmarschall Harris, Oberbefehlshaber der britischen Kampfflugzeuge, direkt an die deutsche Bevölkerung: »Selbstverständlich bomben wir lieber Eure Fabriken, Docks und Eisenbahnen: das trifft Hitlers Kriegsmaschine am schwersten. Aber die Arbeiter, die in diesen Werken beschäftigt sind, wohnen dicht um sie herum. Deshalb fallen unsere Bomben auf Eure Wohnhäuser und – auf Euch.«

W. G. Sebald sieht in seiner Analyse hinter dieser offiziellen Begründung etwas weitaus Finstereres. Er unterstellt Harris, genannt »Bomber Harris«, einen nackten Vernichtungswillen, eine Lust daran, den Feind in seinen Behausungen mitsamt seiner Kultur und Geschichte ein für alle Mal zu zerstören.

Für Sebald wird in dieser Form des totalen Vernichtungskriegs das eigentliche Wesen eines jeden Krieges unmissverständlich sichtbar. Tod und Zerstörung treten darin sowohl als Mittel als auch als Zweck in Erscheinung. Die Leichen und Trümmer, nicht der Endsieg, sind das eigentliche Ziel. Zudem zeigte sich im britischen Entschluss, die deutsche Zivilbevölkerung anzugreifen, die Logik des Krieges, die Walter Benjamin bereits beschrieben hatte. Die Bomben, die produziert waren, mussten auch verwendet werden. Die kapitalistische Produktion erreichte in der totalen Zerstörung ihre eigentliche Bestimmung.

Frankfurt bleibt bis in das Jahr 1943 noch weitestgehend von der Kampagne verschont. Im Juli 1942 kommen bei einem Tagesangriff von zwei Flugzeugen auf die Innenstadt sechs Menschen ums Leben. Doch ab dem Frühjahr 1943 macht Bomber Harris Ernst. Bei einem Angriff im April werden 50 Sprengbomben und 4500 Brandbomben über der Stadt abgeworfen. Danach kündigt Harris in einem weiteren Flugblatt an: »Was Ihr in dieser Nacht erlebt habt, waren nur die ersten Tropfen, die den kommenden Strom ankündigen. Noch waren sie klein. Aber immer wuchtiger, immer vernichtender wird's auf Euch herabprasseln, bis Ihr der Urgewalt des Orkans nicht mehr standhalten könnt.«

Und so kommt es. Im Oktober 1943 fliegen amerikanische und britische Bomber einen Großangriff. Ab 21 Uhr fliegen zwei Stunden lang rund 500 Flugzeuge über die Stadt und werfen ihre tödliche Ladung ab, während meine Mutter mit ihrer Mutter und der Großmutter in einem Keller der Friedberger Landstraße kauert. Die Altstadt liegt danach in Trümmern, durch den Osten der Stadt zieht sich eine breite Schneise der Vernichtung. 529 Menschen sterben, darunter 90 Kinder, die im Keller des Kinderkrankenhauses in der Gagernstraße eingeschlossen waren.

Ein Mädchen im Alter meiner Mutter aus Schwanheim wandert am nächsten Tag in die Innenstadt und schildert ihre

Eindrücke so: »Obwohl ich mir alles recht furchtbar ausgemalt hatte, war die Wirklichkeit noch viel schrecklicher. Als wir am Hauptbahnhof ankamen, strömten die Leute in ganzen Prozessionen an die Züge. Auf Leiterwagen hatten sie ihre Habseligkeiten aufgeladen. Wir wanderten weiter zur Hauptwache und gingen die Zeil entlang. Hier fing das Zerstörungswerk an der Konstablerwache an. Die ganze rechte Seite brannte noch, und die hohen Geschäftshäuser sind durch Spreng- und Minenbomben völlig zerstört. Auch die Altstadt hat viel abbekommen. In den kleinen Gäßchen sind die Häuser alle ineinander gestürzt. Besonders schlimm wurde das Viertel um den Zoo heim gesucht. Der Zoo ist ganz ausgebrannt. Die wilden Tiere sind in der Nacht durch die brennenden Käfige gebrochen und mußten von Soldaten mit Maschinengewehren erschossen werden.«

Die Schreie der Tiere in der infernalischen Nacht drangen sicher auch bis zum Haus meiner Mutter. Eigenartigerweise rührt mich das noch mehr an als all die Schilderungen von verschütteten oder in Kellern verbrannten Menschen. Es symbolisiert viel eindringlicher, wie nackt und schutzlos jegliche Kreatur dieser Katastrophe ausgeliefert war, die Sebald als Naturkatastrophe beschreibt. Es war eine Maschinerie der Zerstörung. Sie folgte einer autonomen Eigendynamik und war gegenüber der Schöpfung vollkommen gleichgültig.

Ab jetzt gönnte Harris Frankfurt keine Ruhe mehr. Es folgten weitere Großangriffe im November und im Dezember 1943 und schließlich im Januar 1944. An den Angriff vom 29. Januar, bei dem 900 Menschen starben, erinnert sich der Stabsintendant des Frankfurter Ersatz-Verpflegungsmagazins Emil Frischbier: »Leider haben drei meiner Mitarbeiter bei diesem Angriff schweres Leid erfahren. Alle drei verloren ihre Gattinnen. Die eine hing in Fleischfetzen zerstückelt an eine Hauswand geklebt, die andere findet man tags darauf unter Schutt und Trümmern seines zusammen gestürzten Hauses. Frau und Kind sind tot. Dem Wahnsinn nahe, nimmt der Mann sein totes Kind mit in irgendeine Notbehausung, wo er seufzend drei Tage und drei Nächte bei der Kleinen Totenwache hält. In der Gegend der Wittelsbacher Allee fiel in diesen Tagen ein Kindergarten den Spreng- und Phosphor-Bomben zum Opfer. Die Siebzehnjährige und einzige Tochter unserer Haushaltshilfe war dort als Kindergärtnerin tätig. Sie und weitere Angestellte nebst über 30 Kleinkindern konnten nur noch als bis zur Unkenntlichkeit verkohlte Leichen geborgen werden.«

Im Gymnasium meiner Mutter war zu diesem Zeitpunkt ein Notlazarett eingerichtet worden, in dem auch die Jungmädels ihren Dienst zu tun hatten. Statt Marschieren an der Bertramswiese hieß es nun den vollkommen überlasteten Sanitätern und Krankenschwestern bei der Versorgung Schwerverwundeter zur Hand zu gehen.

Zwei Tage nach dem Angriff erscheint in der *Rhein-Mainischen Zeitung* ein nachdrücklicher Aufruf an Eltern, ihre Kinder aufs Land zu verschicken. »Wir Väter und Mütter, die wir unsere Kinder um unserer Kinder und um unseres Volkes Willen evakuiert haben und sie fern von Sirenengeheul und Bombenpfeifen in Sicherheit wissen, wir fragen die anderen: Woher glaubt ihr das Recht zu nehmen, eure Kinder, euer Ein und Alles, fahrlässig zu gefährden? Oder habt Ihr, Mütter, Eure Kinder in Schmerzen geboren, damit sie nun von Bomben getötet werden, und das nur, weil ihr glaubtet, sie nicht von eurem Herzen reißen zu können?«

Anfang Februar gab meine Großmutter dem Druck nach und setzte meine Mutter in einen Zug an die Bergstraße, mit einem großen Koffer, wie meine Mutter sich erinnert, damit ihre Sachen nicht in Frankfurt untergehen. Sie wird bei einer großbürgerlichen Familie in Heppenheim einquartiert, die aus ihrem Missfallen an dem Arrangement keinen Hehl macht und meine Mutter spüren lässt, dass sie nur geduldet wird.

Meine Mutter genießt anfänglich die Auszeit vom Krieg. Am Wochenende wandert sie mit der Tochter des Hauses durch die Weinberge der romantischen Landschaft an der Rheinebene oder schlendert durch die Gassen der Altstadt von Heppenheim. Anfang März schreibt sie einen schwärmerischen Schulaufsatz über den Frühling an der Bergstraße. »Neugierig schauen die jungen, grünen Blättchen aus den schützenden Hüllen der Knospen hervor«, steht da in akkurater Schreibschrift auf angegilbtem kariertem Papier. »Die Vögel brauchen jetzt nicht mehr vor den Fenstern der Menschen um Futter zu bitten, sondern können sich wieder Würmchen und bald sogar Fliegen fangen. Bald wird diesen Vorboten der Frühling in seiner Pracht folgen. Wenn dann das zarte Rosa der Mandel- und Pfirsichblüten sich mit dem Weiß der Kirsch- und Birnblüten mischt, erleben wir an der Bergstrasse den schönsten Frühling in ganz Deutschland.«

Für einen Moment kann meine Mutter in dieses Idyll eintauchen und ausblenden, dass sechzig Kilometer nördlich die Welt untergeht, ihre Welt, ihre Stadt mit allem, was ihr vertraut ist und was ihr je Sicherheit und Orientierung gegeben hat. Und auch dass ihre Mutter und ihre Großmutter noch in dieser Hölle sitzen und tagtäglich mit dem Ende rechnen müssen.

Bei gelegentlichen Telefonanrufen versichert meine Großmutter meiner Mutter, dass alles in Ordnung sei und sie sich keine Sorgen machen müsse. Dass sie die Großmutter nach Oberbayern zu Tante Änne geschickt hatte, damit sie sich von den Bomben erholen kann, verschweigt sie.

Doch die Sorglosigkeit hielt nicht lange an. Als am 18. März 1944 die britischen Bomber ihren bislang massivsten Angriff auf Frankfurt flogen, saß meine Mutter mit ihren Gastgebern zusammen im Wohnzimmer in Heppenheim und hörte Radio. Im Minutentakt kamen die Meldungen, dass feindliche Bomberverbände im Anflug auf Frankfurt seien. Dann brach die Sendung des Funkhauses in Frankfurt ab und das Radio verstummte.

Dafür wurden in Heppenheim nun Polizei und Feuerwehr, Notärzte, der NS-Frauenbund und die Hitlerjugend mobilisiert. Es sei in der Nacht mit großen Flüchtlingsströmen aus Frankfurt zu rechnen. Meine Mutter legte ihre Jungvolk-Uniform an und ging zum Bahnhof, wo die ganze Nacht über erschöpfte und verstörte Menschen ankamen, manche im Nachtgewand, so wie sie eben aus ihren Häusern hatten fliehen können. Die Jungmädel nahmen sie in Empfang, gaben ihnen Decken, halfen ihnen ihre Sachen tragen und brachten sie in die Notunterkünfte.

Frankfurt ging in dieser und in den darauffolgenden Nächten unter. Sowohl am 18. als auch am 22. März flogen tausend Flugzeuge über die Stadt und warfen ihre tödliche Fracht ab. Allein am 18. waren es zehn große Luftminen, 208 Sprengbomben zu zehn Zentnern, 2108 Sprengbomben zu fünf Zentnern, 20 000 Flüssigkeitsbomben und 800 000 Stabbrandbomben. Mehr als 1300 Menschen starben in diesen beiden Nächten, etwa 175 000 wurden obdachlos. Die Feuerstürme rasten mit 60 Stundenkilometern durch die Gassen, Menschen, die aus Panik die Luftschutzkeller verlassen hatten, verglühten. In den Kellern findet man später von der Hitze aufgedunsene Leiber, die sich in der Mitte des Raumes aneinanderklammerten, um von den glühenden Wänden wegzukommen.

Fried Lübbecke, der sich nach dem Krieg als »Altstadtvater« leidenschaftlich für die Rekonstruktion des historischen Stadtkerns einsetzen sollte, war mit seiner Frau aus seinem Haus am Mainkai auf die alte Mainbrücke geflohen und betrachtete von dort aus das einmalige Spektakel des Untergangs seiner Stadt. Er hatte im Schopenhauerhaus, für das er Sorge trug, direkt am Fluss gelebt und aus der Wohnung des Philosophen ein Sofa und einen Stuhl gerettet. Beides stand nun absurd neben ihm auf der Brücke, während das Gebäude in Flammen aufging. Erstaunlicherweise entging ihm nicht die ästhetische Dimension des Geschehens: »Sichtbar frißt sich der Brand durch unsere Wohnung, von

Fenster zu Fenster, steigt jetzt die Treppe hinab, erscheint links am ersten Fenster des zweiten Stockes – schnell, schnell hindurch, alle Fenster leuchten, werfen lange Feuerzungen über den Main, wirbeln Kissen, Bücher, Teppiche brennend hinaus. Eine himmelhohe Feuerwolke treibt über den Dächern zum Main, getrieben vom Feuersturm. Der klingt wie ein tiefer, rauschender Orgelton. Es heult, kracht, knallt, knattert, pfeift, rasselt, knackt, wie wenn tausend Löwen Knochen zermalmen, brüllt und paukt – eine satanische Symphonie. So hell ist die mondlose Nacht, daß ich die Domuhr bequem ablesen kann. Es ist genau 10.30. Die Turmuhr schlägt nicht mehr. Nun steht der Dom hoch und frei über dem Main, über der Alten Brücke, vor uns zwei ganz allein hier auf der Brücke. Noch niemand hat ihn so gesehen.«

Lübbecke überkam eine völlige Ruhe in diesem Augenblick. Sogar ein Glücksgefühl will er empfunden haben, als er mitten im Inferno stand und seiner Frau in die Augen schaute. Sie waren vollkommen im Hier und Jetzt angekommen und kannten nur einen Gedanken: Wir leben. Sie hatten es hinter sich. Nach jahrelanger Angst und Hoffnung, dass es sie schon nicht treffen wird, hatte es sie getroffen und sie hatten überlebt. Sie hatten den Abgrund übersprungen und waren in einer neuen Zeit angekommen.

Hans Erich Nossack beschreibt in seiner Chronik des Untergangs von Hamburg diese Wochen, die den Beginn des Nachkriegs-Deutschlands charakterisieren, als zeitlose Zeit. »Wir hatten keine Vergangenheit mehr. Wir hatten keine Zeit mehr, wir waren aus der Zeit heraus. Das kalte trennende Fensterglas war zersprungen und durch die weiten Öffnungen wehte ungehemmt die Unendlichkeit hinter dem Menschen ins Unendliche vor ihm und heiligte sein Antlitz zum Durchgang für Ewiges.«

Meine Großmutter und meine Urgroßmutter hatten derweil den Graben noch nicht übersprungen. Die Friedberger Landstraße hatte die Märzangriffe überstanden. Und so saß meine Mutter wieder bange am Radioapparat, als die Alliierten Ende April noch einmal die erschöpfte, demoralisierte Stadt mit Bombenteppichen bedeckte. Diesmal blieb der beruhigende Anruf aus Frankfurt am nächsten Tag aus. Abend für Abend, zehn Tage lang, ging meine Mutter an den Heppenheimer Bahnhof, um zu schauen, ob ihre Mutter und ihre Großmutter vielleicht bei den Flüchtlingen dabei waren, in einer quälenden Ungewissheit schwebend, ob ihre Familie noch lebte. Dann kam endlich das erlösende Telegramm. »Haben alles verloren – Leben noch – Holen dich ab.«

Meine Familie war somit offiziell obdachlos, sie waren, wie viele Millionen in Europa in jenen Jahren, Flüchtlinge. Beinahe sechs Jahre sollte es dauern, bis sie wieder ein Zuhause hatten, ein Zuhause, das sich nie mehr so anfühlen würde wie jenes, das sie verloren hatten. Sie machten die Erfahrung, die Siegfried Lenz in seinem Nachwort zu Nossacks *Untergang* so beschreibt: »Alle Sicherheit ist trügerisch, in einem Augenblick kann zerstört werden, was uns anscheinend trägt, das Unversicherbare ist der Zustand, der uns zutiefst entspricht.« Ein existenzielles Grundgefühl der Obdachlosigkeit, der Unmöglichkeit von Heimat, machte sich breit, ein Gefühl, das ganz zweifellos an meine Generation weitergegeben wurde.

In Heppenheim angekommen, nahm meine Großmutter meine Mutter umgehend aus der Schule und sie stiegen in den nächsten Zug nach Oberbayern, wo die Urgroßmutter bereits bei Tante Änne untergekommen war, die mittlerweile in einem Gasthaus im Örtchen Unterwössen nahe der österreichischen Grenze arbeitete. Tante Änne tat ein leerstehendes Ferienhaus einer Familie aus Gotha auf, das sich die drei mit einem untergetauchten Marineoffizier und einem französischen Zwangsarbeiter teilten. Hier wartete man nun, unter königsblauem Bayernhimmel und vor malerischer Bergkulisse, das Kriegsende ab.

Bis auf die Flüchtlinge und die Bomberverbände, die mit Kurs auf München über das Landidyll brummten, blieb das Dorf bis zum Schluss vom Krieg verschont. Doch als im April 45 die amerikanischen Panzer heranrollen, sollen die vierzehnjährigen Schulkameraden meiner Mutter den Ort verteidigen. Alle haben Angst, im Nachbardorf hat man den Bürgermeister erhängt, weil er mit der weißen Fahne den US-Soldaten entgegengelaufen ist.

Viele der Jungen versteckten sich im Wald. Meine Mutter erinnert sich, dass drei ihrer Klassenkameraden bei ihnen an der Haustür klopften und um Hilfe baten. Sie hatten die Volkssturmuniform ausgezogen und waren auf der Flucht. Meine Mutter griff kurz entschlossen in die Geheimkasse der Familie in der Küche, entnahm 250 Mark, die sie den Jungs zusteckte, und ging dann noch ein Stück mit ihnen über das Feld. »Wir haben gelacht und uns umarmt und uns gegenseitig versprochen, dass wir überleben.«

Und dann kam die Kapitulation. Die amerikanischen Truppen standen einen Kilometer vor dem Ort, eine sinnlose Schlacht wurde dem Dorf erspart. Die Panzer rollten still die Dorfstraße hinab, die Soldaten gingen mit den Waffen im Anschlag von Tür zu Tür, um sich zu versichern, dass sich keine Partisanen mehr verstecken.

Das Leben im Dorf, das aus wenig mehr als der Hauptstraße, dem Gasthaus, der Kirche und einem Dutzend Gehöfte bestand, normalisierte sich rasch. Der Nicht-Fraternisierungsbefehl der Besatzer wurde von Anfang an kaum ernst genommen. Die Unteroffiziere, die im selben Haus wie meine Mutter untergebracht waren, ließen sich von meiner Großmutter die Uniform nähen und Abzeichen anbringen und brachten dafür Schokolade. An dem hübschen, frechen Mädchen Erika fanden sie Gefallen, riefen ihr »Hey Blondie« hinterher und ließen sie frei im Ort umherziehen.

Bald gab es im Gasthaus Swing-Abende für die Soldaten und meine Mutter durfte von der Empore aus zusehen und zuhören.

Der Groove der Soldaten betörte sie, sie war vom ersten Tag an der amerikanischen Kultur verfallen. Und aus Andeutungen aus ihrem Tagebuch lässt sich erahnen, dass es auch einen verbotenen Flirt mit einem Schwarzen Unteroffizier namens Jimmy gab.

Nachdem mein Großvater im August in Rosenheim entlassen wurde, ist die Familie wieder vereint. Obdach- und heimatlos, aber wenigstens am Leben und zusammen. Ein Foto aus der Zeit zeigt meine Großeltern Arm in Arm auf einem Felsen vor der Kulisse der Chiemgauer Alpen sitzend, mein Großvater bereits wieder im gebügelten Anzug. Sie sehen auf eine Art gelöst und froh aus, wie sie das seit Jahren nicht mehr sein konnten.

Doch die Gedanken an die Heimatstadt, die nun nie mehr so sein würde, wie sie einmal war, nagen. Als ein amerikanischer Unteroffizier meine Mutter fragt, woher sie komme und warum sie hier in Bayern sei, sagt sie ihm ins Gesicht: »Weil ihr mein Haus zerbombt habt.« Dem Offizier laufen daraufhin die Tränen das Gesicht herunter. Es ist ein rührender Augenblick, in dem Sieger und Besiegte gegenseitig ihre Menschlichkeit anerkennen und gemeinsam von dem monströsen Geschehen schockiert sind, in das das Schicksal sie hineingeworfen hat. Der Offizier erkennt genauso, dass meine Mutter für all das nichts konnte, wie sie erkennt, dass auch er keine Schuld daran trägt, dass ihre Heimat ein Schutthaufen ist, unter dem Tausende von Leichen begraben sind.

Mit jeder Woche auf dem Land wächst unterdessen die Sehnsucht nach der Stadt. Der tägliche Blick auf die Chiemgauer Berge erinnert nur daran, was sie nicht sind – Heimat. Man ist fremd hier, nur geduldet, und das wird sich auch nie ändern.

Doch der Zuzug in die Stadt ist auch für Einheimische noch immer eingeschränkt. Im zerstörten Frankfurt herrscht Wohnungsnot. 1946 erhält mein Großvater Anstellung am Frankfurter Gericht, er darf zurück in die Stadt, weil er bei der Familie seines Bruders in Frankfurt-Seckbach unterkommt. Die Familie darf vorerst nicht mit.

Doch den Sommer 1947 darf meine Mutter bei ihm verbringen, nachdem sie inständig darum gebettelt hatte, in die Ruinen reisen zu dürfen. Sie hielt es nicht mehr aus, inmitten all der Schönheit, die nach dem Erlebten doch nur verlogen wirkte.

7
RUINENLUST

Wenn man von der Frankfurter Innenstadt mit dem Fahrrad nach Osten hinausfährt, um etwa im Sommer das Enkheimer Freibad zu besuchen, gelangt man auf schmalen Wegen durch Schrebergartenkolonien bald auf einen langen Straßenzug, der anmutet wie die triste Hauptstraße einer beliebigen deutschen Kleinstadt. Gut einen Kilometer lang reihen sich einförmig graue Einfamilienhäuser mit schmucklosen Fassaden aneinander, je mit Garage und einem großen, hinter Hecken versteckten Garten versehen. Nichts hier erinnert daran, dass man noch in Frankfurt ist, nicht einmal der raue Charme der typischen Frankfurter Siedlungen ist hier spürbar.

Die Gelastraßen-Siedlung am Rande des Seckbacher Rieds ist eine Ausreißerin unter den Frankfurter Stadtrandsiedlungen der 20er und 30er Jahre. Anders als die Römerstadt, die Siedlungen in Praunheim oder in Westhausen repräsentiert sie so gar nicht die Vision des neuen Wohnens, die Ernst May verkörperte, bevor er 1933 seines jüdischen Glaubens wegen unter dem nationalsozialistischen Oberbürgermeister Fritz Krebs abdanken musste.

Die Gelastraße, 1935 noch vom selben Bauträger wie die May-Siedlungen errichtet – demselben Bauträger, bei dem nach dem Krieg mein Vater in Stellung ging –, ist von einer ganz anderen Vorstellung des neuen Wohnens geleitet. Hier geht es nicht um bezahlbaren Wohnraum mit Licht und Luft, aus industriell vorgefertigten Bauteilen zusammengestellt. Stattdessen wurden an der Gelastraße, an ein Industriegebiet mit Metallfabriken angrenzend, Wohnhäuser mit traditionellen Giebeldächern für den Mehrgenerationenhaushalt gebaut. Zu jeder Einheit gehören große Nutzgärten, für den Obst- und Gemüseanbau. Lauben konnten sogar zur Schweinezucht benutzt werden.

Siedlungen wie jene an der Gelastraße entstanden nach 1933 im ganzen Deutschen Reich. Sie waren eine Reaktion auf den vermeintlichen Kulturbolschewismus des neuen Bauens, dessen Protagonisten, wie May, mittlerweile tatsächlich in Moskau gelandet waren. Der modernen Urbanität der May-Siedlungen wurde ein agrarisches Ideal mitten in der Stadt entgegengesetzt. Der entfremdete moderne Mensch sollte wieder an die »Scholle« und somit wieder direkt an den Mutterboden der Heimat gebunden werden.

Die Familie meines Großvaters war freilich froh, als sie dort unterkam. Man hatte das eigene Haus mitsamt Malerwerkstatt im Nordend in der Wirtschaftskrise der 20er Jahre verloren und konnte hier als Dreigenerationenhaushalt mit bescheidenen Einkommen ein würdiges Dasein fristen. Als noch weitaus größeren Schatz stellte sich das Haus in der Gelastraße nach dem Krieg heraus.

Die Gelasiedlung hatte wie durch ein Wunder die Bomben überlebt, die angrenzenden Metallfabriken entlang der Borsigallee waren vollkommen zerstört. So hatten der Onkel meiner Mutter und ihre beiden Vettern 1945 nicht nur ein begehrtes Dach über dem Kopf im zerstörten Frankfurt. Man konnte sich zudem mit dem Anbau von Tomaten und Kartoffeln und dem Halten von Hühnern und Kaninchen über die Hungerjahre retten.

Im Sommer 47 war die Gelasiedlung eine beinahe idyllische Oase inmitten der Trümmerlandschaft, zu der Frankfurt geworden war. Man kann sich gut vorstellen, wie meine Mutter, siebzehnjährig, bei ihrem ersten Besuch in der Stadt nach dem Krieg, die Nachmittage mit einem Buch zwischen Hühnern, Kaninchen und Brombeerhecken verbrachte, während keinen Kilometer entfernt die Menschen in den faulig riechenden Ruinen ihrer einstigen Existenz hausten und an der Tauschbörse am Frankfurter Bahnhof alles, was in ihnen an Wertgegenständen geblieben war, gegen Lebensmittelzuteilungen einzutauschen suchten.

Doch das agrarische Idyll war nicht das, was meine Mutter in jenem Sommer des Jahres 1947 zurück in die Stadt gezogen hatte. Das hatte sie in Oberbayern zur Genüge. Im Gegenteil, sie hatte genug von Bergwanderungen und von Landwirtschaft. Sie wollte in die Stadt.

Sie war damit nicht alleine. Der Sog der Städte begann in Deutschland schon, als die Trümmer der zerstörten Häuser noch rauchten. Die Stadt Frankfurt konnte sich vor Bewerbungen um Zuzugsgenehmigungen kaum retten und viele Abgewiesene waren verbittert. Kinder von Evakuierten, die im Exil geboren waren, wurden nicht angenommen, heimkehrende Soldaten, die noch einen gültigen Mietvertrag besaßen, wurden nicht in die Stadt gelassen, weil sie keinen lebenswichtigen Beruf nachweisen konnten.

Über diese auf den ersten Blick eigenartig anmutende Sehnsucht, in den Trümmern zu sein, wundert sich schon 1943 Hans Erich Nossack, als er eine »Rückflut von elementarer Gewalt« in das zerstörte Hamburg beobachtet. »Was trieb die Menschen zurück?«, fragt er. »Sie sprechen alle: Lieber in einem Kellerloch unter den Trümmern leben als irgendwo geduldet. Aber das ist doch nur eine verneinende Begründung. Oder meinen sie damit, dass sie hier, wo ehemals ihr Haus stand, Rechte hätten und fordern dürften und nicht zu betteln bräuchten. Ist es das, was uns von dem Begriff Heimat übrig blieb?«

All das wird eine Rolle gespielt haben. Für meine Großmutter stand es jedenfalls außer Frage, dass die Familie nach Frankfurt zurückzog. Doch bis die ganze Familie in die Stadt zurückkehren konnte, sollte es noch zwei Jahre dauern. Mein Großvater war zwar bei seinem Bruder in der Gelasiedlung untergekommen, weil er Arbeit am Gericht hatte, doch meine Großmutter und meine Urgroßmutter konnten noch keinen Wohnsitz nachweisen. Den vermittelte erst meine Mutter bei ihrem Sommer in der Trümmerstadt, als sie die Eltern einer ehemaligen Schulkameradin, die von den Bomben verschont geblieben waren, davon überzeugen konnte, die wohnsitzlose Familie in ihrer großbürgerlichen Wohnung im Nordend unterzubringen.

Einstweilen war meine Mutter jedoch alleine in Frankfurt, und wenn man ihren Aufzeichnungen glauben darf, erlebte sie diesen Sommer als aufregend, beinahe euphorisch. Sie berichtet davon, wie sie mit ihrem Vetter mit der Straßenbahn in das damals schon verruchte Bahnhofsviertel fuhr, wo der Schwarzmarkt und die Prostitution blühten und sich in Amüsierlokalen amerikanische Soldaten mit deutschen Frauen treffen konnten.

Ihr Ziel dort war die Lichtburg, die schon Ende 1945 vom kommissarischen Oberbürgermeister Kurt Blaum persönlich mit einer Vorstellung eines Laurel-and-Hardy-(zu Deutsch Dick und Doof)-Films eröffnet worden war. Meine Mutter und ihren Vetter Theo gelüstete es indes nach ernsteren Filmen. Vor allem französische Streifen wollte meine Mutter sehen, Gérard Philipe und Jean Gabin hatten es ihr angetan. Amerikanische Filme hatte sie bereits bei Vorführungen im Dorfgasthof »Alpenrose« in Bayern gesehen.

Aber auch die ersten Trümmerfilme waren hier zu bewundern, wie *In jenen Tagen* von Helmut Käutner und *Die Mörder sind unter uns* von Wolfgang Staudte, beides Filme mit einem gedämpften Tonfall, aber keineswegs Dokumente der Verzweiflung. Man sieht in den Trümmern rund um einen herum nicht bloß, wie etwa Wolfgang Borchert oder der junge Heinrich Böll, ein Meer der Sinnlosigkeit, in dem das Weiterlebenmüssen zur Bürde geworden ist. Käutner feiert die ewige Menschlichkeit, Staudte hofft auf Gerechtigkeit für das Geschehene und glaubt an die Kraft der Liebe.

Vor allem Staudte setzt jedoch mit unverhohlener Lust die in Trümmern liegende Stadt in Szene. Da ragen Mauerreste wie

Scherenschnitte in den Himmel, an dem dunkle Wolken vorbeiziehen, Familien kauern in modrigen Kellergewölben und ein Liebespaar spaziert vor dramatisch angestrahlten Fassadenteilen durch nächtliche Schuttgassen. Der Regisseur war sich ganz eindeutig der historischen Gelegenheit einer solchen Kulisse bewusst. Jahrzehnte später musste Derartiges mühsam in Studios aufgebaut werden. Staudte brauchte nur ein paar Scheinwerfer.

Natürlich war Staudte nicht der Einzige und Letzte, der der Anziehungskraft der Ruinen erlag. Billy Wilder konnte ebenso wenig ihrem Charme widerstehen, als er 1948 in Berlin *A Foreign Affair* drehte, wie Rossellini, der im selben Jahr in derselben Stadt *Deutschland im Jahre Null* produzierte. Im erstaunlich selbstreflexiven *Film ohne Titel* machte sich Rudolf Jugert bereits 1948 über den zum Klischee geronnenen Einsatz der Trümmerkulisse lustig, als er den von Liebeskummer geplagten Helden zu melodramatischer Musik durch eine besonders düstere Ruinenlandschaft wandern ließ.

Die Regisseure und Kameraleute schwelgten geradezu in der Ruinenlandschaft und entfalteten dabei eine Lust, die man im Amerikanischen »ruin porn« nennt. Es ist eine deutlich abfällige Bezeichnung für einen jenem der deutschen Trümmerfilmer ähnlichen Durst visueller Künstler nach städtischen Ruinenlandschaften. So ist seit nunmehr Jahrzehnten die verfallende Innenstadt von Detroit Objekt schier endloser Faszination für Fotografen und Filmemacher.

Die Sehnsucht nach urbanem Verfall ist in den immer beliebteren und immer stärker durchgentrifizierten Innenstädten der USA allgegenwärtig. Einen Anflug solcher Ruinenlust überkam im Jahr 2020 auch den New Yorker Flaneur Jeremiah Moss, als er begann, tägliche Streifzüge durch die der Pandemie wegen stillgelegte Stadt zu unternehmen. Überall waren Schaufenster geschlossener Geschäfte vernagelt und mit Graffiti bedeckt. Die Obdachlosenbevölkerung, vorher schamhaft an die Ränder und in die dunklen Ecken der Stadt gedrängt, nahm sich Raum in den zentralen Geschäftsbezirken zurück, den man ansonsten vor ihnen schützt, um das ästhetische Empfinden der zahlenden Konsumenten nicht zu beleidigen.

Moss erlebte die Zeit als ausgesprochen befreiend. Er feierte die Wiederkehr des alten, verfallenen New Yorks der 70er Jahre, dessen Sinnbild die Ruinen ausgebrannter Wohnblocks in der Bronx waren, das aber zugleich als Zufluchtsort für all jene diente, die anderswo in den USA nicht hineinpassten. Menschen wie Moss selbst, den als queerer junger Poet die Romantik jener Zeit anzog, die er aber tragischerweise schon verpasst hatte. Er geht in seinen Aufzeichnungen aus dem New York der Pandemie seiner eigenen Ruinenlust auf den Grund und mit jeder Seite fragte ich mich, ob meine Mutter im zerstörten Frankfurt des Jahres 1947 nicht Ähnliches empfunden haben mag. Zudem erkannte ich darin meine eigene Ruinenlust, die mich Ende der 80er Jahre in die wilderen Viertel von New York getrieben hatte und von der ich nun vermutete, sie könne womöglich ein Vermächtnis meiner Mutter sein.

In einem Schulaufsatz aus dem Frühjahr 1949, kurz vor dem Abitur am staatlichen Landschulheim Marquartstein in Oberbayern, schreibt meine Mutter von den Ruinen der Stadt als »Zeichen unserer Zeit«. Sie beschreibt ausführlich die Vögel, die sich in den Trümmern einnisten und fröhlich ihr Lied in die Luft singen, und es ist sicher nicht allzu weit hergeholt, diese Trümmerfreude als Bild für ihre eigene zu lesen.

Für Moss entsteht die Freude an den Ruinen nicht zuletzt daraus, dass sie sein ruinenhaftes Inneres abbilden. Die gebrochene Identität des queeren Mannes findet in der gebrochenen Stadt ihre Entsprechung. Hier fühlt er sich zu Hause. Der australische Philosoph Andrew Benjamin präzisiert diese heilende Wirkung der Ruine. Sie ist für ihn »die Präsenz einer Erinnerung, die unterdrückt wurde«.

Für meine Mutter dürfte es, ohne dass sie es so benennen konnte, ähnlich gewesen sein. Das traumatisierte Mädchen fand in der kaputten Stadt ihre Entsprechung. Hier stellte sich vielleicht tatsächlich so etwas wie Heimatgefühl ein, viel mehr jedenfalls als im aufgeräumten Postkarten-Oberbayern.

Doch der Reiz der Ruine geht tiefer als nur als Spiegelung eines gebrochenen Inneren. Moss zitiert die britische Schriftstellerin Rose MacAuley, die selbst 1940 in London ausgebombt wurde und die daraufhin eine Kulturgeschichte der Ruinenlust schrieb. Die Faszination von der Ruine, so lernen wir aus der Archäologie von MacAuley, ist so alt wie das erste Moos, das über einen antiken Mauerrest gewachsen ist. Eine Faszination, die stellvertretend schon Goethe auf seiner Italienreise artikulierte, als er sich im Angesicht der Ruinen von Rom wunderte, wie es sein kann, dass über zweitausend Jahre lang ein Ding die Spuren der Geschichte und der Natur an sich gesammelt hat und dennoch auf demselben Hügel in derselben Erde steht. Man werde, so Goethe, bei ihrem Betrachten zum »Mitgenossen an den großen Ratschlüssen des Schicksals«.

Es ist diese temporale Eigenart der Ruine, die ihre Beobachter immer wieder gefesselt hat, dieser Moment des gleichzeitigen »Nochnicht und Nichtmehr«, den Georg Simmel in seinem Aufsatz zur Ruine im Jahr 1919 beschreibt. Die Ruine ist wie ein Knick in der Zeit, sie ragt aus einer Entfernung in unsere Gegenwart hinein, ohne dass diese Entfernung sich je wirklich manifestiert. Sie bleibt die Aura einer Spur, wie es Ruinenforscher Walter Benjamin formuliert – eine Ahnung. In der Vorrede zu seiner Dissertation über das barocke Trauerspiel beschreibt Benjamin die Ruine als so etwas wie eine Allegorie für die Zeit selbst. Für Simmel stellt sich nicht zuletzt deshalb beim Betrachter eine vollkommene Ruhe ein, eine kosmische Aufgehobenheit. Goethe hätte es als Muße bezeichnet.

So entbehrungsreich und hart das Leben in den zerbombten

deutschen Städten war, so sehr war es auch von den Ruinen sinnlich aufgeladen. Sie symbolisierten nicht nur die aus den Fugen geratene Zeit, sie hoben die Zeit selbst aus den Angeln. Sie waren die Stümpfe einer Ordnung, die nicht mehr galt, und die Möglichkeit einer endlosen Anzahl neuer Ordnungen, die sich noch nicht etabliert hatten.

Für die, die dafür empfänglich waren, war die Trümmerlandschaft der Raum für eine kostbare Freiheit, einen seltenen historischen Moment, in dem soziale und kulturelle Codes ausgehebelt sind und zur Debatte stehen. Die Schlüpfrigkeit der Ruine als Symbol entsprach der Schlüpfrigkeit der Regeln des Zusammenlebens.

Der Lebenshunger der Überlebenden, die noch immer die Nähe zum Tod spürten, gebar in den Trümmerstädten eine Libertinage wie aus Weimarer Zeiten. Man ging wesentlich direkter aufeinander zu, als dies zu anderen Zeiten üblich gewesen wäre. Deutsche Frauen entdeckten das, was man heute als Sex Positivity bezeichnen würde. Ingrid Lutz landet 1946 mit dem Schlager »SOS – ich suche dringend Liebe, SOS – ich möchte dringend küssen, SOS – ich muss es heute wissen« einen Hit. Marlene Dietrich spielte in *A Foreign Affair* den deutschen Vamp in einem Berliner Nachtclub, der einen krassen Kontrast zur prüden und zugeknöpften amerikanischen Kongressabgeordneten Phoebe Frost gibt. Im *Film ohne Titel* gibt Irene von Meyendorff einen ähnlichen Part, als sie in einer Berliner Bar vom »Schwarzmarkt der Liebe« ins Mikrofon haucht. In Frankfurt tauchen Plakate auf, die amerikanische Soldaten vor »Venereal Diseases« warnen, die Abkürzung VD wird auf der Straße schnell in Veronika Dankeschön umgedeutet.

Laut der Sexualhistorikerin Dagmar Herzog wird Sex in der Übergangszeit zwischen dem Nationalsozialismus zur Demokratie zum Thema Nummer eins. Auf dem Feld der Sexualität wird verhandelt, wie man mit der jüngsten Vergangenheit umgeht und wie die Normen und Codes der Zukunft aussehen können.

Die neue Freizügigkeit und insbesondere die Befreiung weiblicher Sexualität wird wahlweise begrüßt oder verteufelt. Deutsche Frauen, die während des Krieges alleine zurechtkommen mussten, hatten nur wenig Lust, sich wieder in patriarchalische Strukturen zu fügen. Viele Ehen mit Heimkehrern, die mit gebrochenem Selbstwertgefühl und versehrter Männlichkeit aus dem Krieg zurückkamen, hielten nicht. Stattdessen holte man sich immer selbstbewusster, was man brauchte. Unter einem Foto deutscher »Frolleins« auf einer Kirmes mit amerikanischen Soldaten schreibt Harald Jähner in *Wolfszeit*, seiner Chronik der Nachkriegsjahre: »Viele deutsche Männer begriffen erst nach dem Frühjahr 1945, wie sehr sie den Krieg verloren hatten.«

Dabei blieb unklar, inwiefern die Liberalisierung eine Reaktion auf die Nazis war. Eine oberflächliche Geschichtsschreibung behauptete, die Nazis hätten traditionelle, christlich geprägte Familienstrukturen propagiert und die Nachkriegszeit sei eben auch ein Ausbruch aus diesem Korsett gewesen. Dagmar Herzog findet jedoch, dass es bereits die Nazis gewesen seien, welche die klassische Familienstruktur gesprengt hätten. Außerehelicher Sex und Promiskuität waren im Dritten Reich gang und gäbe und in den letzten Kriegsjahren gar von der Führung gebilligt. Die deutsche Frau hatte dem Frontsoldaten nichts zu verweigern. Jetzt verweigerte sie dem amerikanischen Soldaten nichts.

Noch weitaus heikler war die Frage nach dem Zusammenhang zwischen nationalsozialistischer Sexualmoral und dem Massenmord durch die Nationalsozialisten. In einer Auslegung war der Sadismus des Holocaust Folge einer unterdrückten Sexualität. Der Schluss daraus würde die Befreiung der Sexualität als Fortschritt werten. Doch auch die umgekehrte Interpretation war im Schwange. Dass der zügellose Sex der Nachkriegszeit nur eine

Fortsetzung der Nazi-Perversität gewesen sei, behaupteten etwa Anfang der 50er Jahre die Katholiken, die sich anschickten, der deutschen Gesellschaft ihre Moralvorstellungen überzustülpen.

Von erotischen Erlebnissen zwischen den Trümmern berichtet meine Mutter nichts. Doch der in jeder Hinsicht befreite, erotische Geist in der zerstörten Stadt wird seine Wirkung auf sie gehabt haben. Nachdem sie im Jahr danach in Bayern das Abitur bestanden hatte, konnte sie es jedenfalls nicht erwarten, wieder nach Frankfurt zu kommen, wo sie, wegen der Überfüllung der gerade wiedereröffneten Universität zunächst ein Buchhandelspraktikum absolvierte, in dessen Rahmen sie die erste Frankfurter Buchmesse in der Paulskirche mit vorbereiten durfte.

Sollte mein Vater nach dem Kriegsende an einer lädierten Männlichkeit gelitten haben, versäumte er seinerseits wenig Zeit, um sie zu reparieren. Während er in demselben Sägewerk im Schwarzwald, in dem mein Großvater Anstellung gefunden hatte, eine Lehre absolvierte und gleichzeitig sein Abitur nachholte, erwarb er sich im Ort einen Ruf als Casanova. In seinen nun wieder regelmäßigen Briefen an das »Schwesterlein« ist von einer Margarete, einer Getrud, einer Ilse und einer Elfriede die Rede. Auf seinem Nachttisch steht noch immer das Bild von Odette, nach der er sich weiterhin verzehrt.

Vom Dritten Reich und vom Krieg wird in seinen Briefen nicht mehr gesprochen. Man schaute nicht zurück in jenen Jahren, höchstens schreckhaft über die Schulter, wie Günter Grass es in seinen Memoiren beschreibt, nur um sich dann zu schütteln und rasch wieder nach vorne zu blicken.

In Frankfurt wird derweil mit Macht daran gearbeitet, die Ruinen, die als Zeugen der Zerstörung und als täglich mahnende Monumente des Untergangs die Straßen und Trümmergassen säumten, loszuwerden. Der sozialdemokratische Oberbürgermeister Walter Kolb hatte von Anfang an klargemacht, dass er Tabula rasa machen will, und ließ gegen erhebliche Proteste in der Altstadt und anderswo die zahlreichen noch vorhandenen Fragmente historischer Gebäude sprengen. Der Text der Stadt sollte neu geschrieben werden, und zwar ohne dass Allegorien der Vergangenheit und der Vergänglichkeit in ihn hineinragen und ihn aus den Fugen geraten lassen.

Die Ruinenlandschaft, die das Offene, Freie der unmittelbaren Nachkriegszeit symbolisierte, musste weg. Vieles daran war gefährlich, die ständige Präsenz des eben erst erlebten Traumas zum Beispiel, die neue Verhaltensweisen und Formen des Zusammenlebens nicht nur möglich machte, sondern geradezu erzeugte. Dazu gehörte nicht zuletzt die ungezügelte Sexualität, die, durch den Feuersturm in der Stadt entfesselt, die Ruinen bewohnte und sie erotisch auflud.

All das wurde in Frankfurt gleich ab Oktober 1945, mit der Gründung der Trümmerverwertungsgesellschaft, mit den Trümmerbahnen weggeschafft und zu einem Gelände auf dem Fußballplatz des FC Sparta am Riederwald im Osten der Stadt transportiert. Bei ihren Straßenbahnfahrten vom Bahnhofsviertel in die Gelastraße muss meine Mutter hier vorbeigekommen sein, wo mit gigantischen Maschinen Trümmer zermahlen und zu neuen Baustoffen verarbeitet wurden. Mit bewundernswerter Effizienz wurde hier die Vergangenheit recyclet und in den Grundstock für eine Zukunft umgewandelt, deren Konturen derweil im Bauamt verhandelt wurden.

Bis zur Mitte der 50er Jahre waren in Frankfurt keine Ruinen mehr zu sehen. Anders als etwa in Berlin hatte man sich dazu entschlossen, die Spuren der Zerstörung vollkommen zu tilgen. Die deutsche Sexualität wanderte in der Adenauer-Ära wieder in die wohlgelenkten Bahnen katholischer Moralvorstellungen. Vor allem aber erinnerte in Frankfurt kaum mehr etwas daran, was hier mehr als 300 000 Menschen zwischen 1940 und 1945 erlebt hatten. Nicht einmal zu einem Mahnmal für die Bombenopfer, das 1946 geplant war, kam es. Gedenkstätten für die verschleppten und ermordeten Frankfurter Juden entstanden erst mehr als fünfzig Jahre später.

Für die Verarbeitung all dessen, was geschehen war, war das katastrophal. In einer Stadt, die für das Vergessen gebaut ist, findet keine Integration des Erlebten in ein neues Narrativ statt, wie es die Traumatherapie empfiehlt. Nur wenn die schmerzhafte Erinnerung Teil eines neuen Lebens, eines neuen Alltags wird, können die seelischen Narben allmählich heilen. Der Urbanist Andrew Benjamin empfiehlt deshalb für die »post-traumatische Stadt«, dass die ursprüngliche Umgebung sowohl umgewandelt als auch erhalten wird. In den meisten deutschen Städten hat das nicht stattgefunden. In Frankfurt am wenigsten.

Möglicherweise hatte diese Radikalität des vermeintlichen Neubeginns auch damit etwas zu tun, dass er den Plänen der Nazis für das zerstörte Frankfurt entgegenstand. Schon 1943 nach der Zerstörung Hamburgs hatte Hitler Albert Speer mit der Leitung eines Stabes für den Wiederaufbau deutscher Städte beauftragt. Für Frankfurt hatte dieser Stab nach den katastrophalen Märzangriffen des Jahres 1944 ganz besondere Pläne.

In einem Text im *Völkischen Beobachter* schrieb Speer: »Frankfurt am Main, so wie es einmal gewesen ist, modellgerecht wieder herzustellen ist eine monströse Vorstellung.« Man müsse »zu dem radikalen Entschluß bereit sein, das, was gestorben ist, im Grabe ruhen zu lassen.« An die Stelle der mittelalterlichen Altstadt sollten jedoch nicht etwa moderne Betonbauten treten. Stattdessen wollte man die ausgebrannten Wahrzeichen der Stadt, soweit sie im Gerippe noch vorhanden sind, als »ewige Anklage erhebende Ruinen konservieren«.

Nach dem Willen der Nazis wäre Frankfurt ein Ruinenpark geworden, der die Zerstörer beschämt und in der Bevölkerung die Wut wachhält. Die Nazis waren sich durchaus der Macht der Ruine bewusst und dazu bereit, sie hemmungslos zu Propagandazwecken einzusetzen. Und so war die Frankfurter Tilgung der

Ruinen ganz sicher auch davon geleitet, die Schande des Kriegsverbrechens des Bombenkrieges gegen die Zivilbevölkerung zu tilgen. Man wollte in neuen deutschen Städten ganz gewiss keinen Zorn gegen die Siegermächte schüren.

In Berlin, Hamburg und Hannover war man da freilich etwas mutiger, die Kirchen dort wurden als Ruinen stehen gelassen. Die Frankfurter Furcht, Ruinen könnten reaktionäre Emotionen hervorrufen, erfüllten sich dort allerdings nicht. Die Gedächtniskirche in Berlin etwa wird universell als pazifistisches Symbol gelesen, das mehr die deutsche Bevölkerung mahnt, als dass es die Amerikaner oder die Briten anklagt. In erster Linie steht sie heute als Bollwerk gegen jedwede Schlussstrich-Mentalität. In Frankfurt zog man derweil bereits 1948 einen Schlussstrich.

8
HEINZ UND ERIKA

Ich kann mich eigentlich nicht daran erinnern, dass meine Eltern je in meinem Beisein Zärtlichkeiten ausgetauscht haben. Wenn sie im Urlaub einmal Hand in Hand die Straße herunterspaziert sein sollten oder in einem vermeintlich unbeobachteten Moment einen raschen Kuss ausgetauscht hätten, dann muss das in meiner Erinnerung von all den anderen Bildern überlagert worden sein, die für mich die Beziehung meiner Eltern versinnbildlichen. Etwa, dass es, seitdem ich denken kann, in ihrem Ehezimmer getrennte Betten gab. Oder etwa jene Begebenheit, als ein Fotograf einer Jugendzeitschrift zu uns nach Hause kam, um eine Story über mich zu fotografieren, weil ich erfolgreich Leistungssport und Schule verband. Bei meinen Eltern löste der Besuch Panik aus. Man musste fieberhaft versuchen, das blaue Auge meiner Mutter zu kaschieren, bevor die Journalisten kamen.

So war es ein Schock für mich, als ich, zehn Jahre nachdem ich das Würfelhaus ausgeräumt hatte, ein Bündel an Briefen öffnete, die ich bis dahin unangetastet zusammen mit anderen Memorabilien in einer kleinen dekorativen Pappkiste verwahrt hatte. Dort waren Zeilen wie diese von meiner Mutter vom 21. Januar 1954 zu lesen:

»Ich bin einfach nicht vollständig, wenn Du nicht da bist. Das Einzige, was mich hoch hält ist die Gewissheit, dass es Dich gibt und noch mehr, dass Du zu mir gehörst. Ist es sehr schlimm, dass ich dessen so sicher bin?«

Oder jene von meinem Vater vom 9. März 1954:

»Mein Mädel, es wird hier mächtig Frühling. Ich bin ganz durcheinander, weil Du nicht bei mir bist. Ich sehne mich unsagbar nach Dir. Ich komme auch bald und bleibe ganz. Es geht einfach nicht mehr ohne Dich. Es ist schlimm, ich würde Dich in die Arme nehmen und Dich küssen, bis Dir der Atem ausgeht und Du ganz mir gehörst.«

Es fiel mir nicht leicht, solche Zeilen mit meiner Erinnerung zu versöhnen. Dabei hätte es für mich an sich keine große Überraschung sein müssen, dass meine Eltern einmal leidenschaftlich ineinander verliebt gewesen waren. Ihre Lovestory hatte alle Zutaten einer großen Romanze. Zwei Kinder der Apokalypse treffen sich auf den Schutthaufen des Weltenbrands, ekstatisch, dass sie überlebt haben, voller Lebenslust und voller Sehnsucht nach einem Neuanfang.

Beide Eltern schreiben sich zum Sommersemester 1950 an der Universität Frankfurt zum Studium der Betriebswirtschaft ein. Mein Vater hat eine Lehre als Holzkaufmann absolviert, aber er will sich eine andere Perspektive erarbeiten, als ein Leben lang im Betrieb seines Vaters im süddeutschen Raum Bretter zu verkaufen. Meine Mutter trägt als Einzelkind noch immer die Ambitionen des sozialen Aufstiegs ihrer Familie auf ihren Schultern und wird auf die Hochschule geschickt. Eine Entscheidung, die in jener Zeit weit weniger radikal war, als man das heute annehmen mag. Noch hatte der katholisch geprägte Backlash der Adenauer-Jahre nicht voll eingesetzt. Die Frauen hatten die in den männerlosen Kriegsjahren erreichte Autonomie noch nicht wieder an die Heimkehrer übergeben. Mehr als die Hälfte aller deutschen Frauen arbeiteten zu Beginn der 50er Jahre außer Haus.

So begegnete man sich auf dem Campus der Frankfurter Universität, dessen radikal moderner Wiederaufbau durch den ehemaligen Bauhäusler Ferdinand Kramer noch nicht begonnen hatte. Das Obergeschoss des Hörsaalgebäudes wies noch Bombenschäden auf, es gab lediglich im Erdgeschoss und im ersten Stock Unterrichtsräume und im 2. Stock eine Aula. Veranstaltungen waren in Westendvillen, ins Städtische Krankenhaus und sogar in Villen im Taunus, deren Besitzer der Universität gewogen waren, ausgelagert.

Meine Eltern erinnerten sich später gut, dass man wortwörtlich auf Schutthügeln sitzend zwischen Vorlesungen das Pausenbrot aß. Gleichzeitig war es eine aufregende Zeit, um in Frankfurt jung und Student zu sein. Es gab Hunderte von Tanzlokalen und Jazzclubs, in denen sich die Frankfurter Nachkriegsgesellschaft traf. Es klang Swing und Bebop durch die Trümmergassen und nicht weniger als 83 Kinos zeigten amerikanische und französische Filme sowie die ersten Produktionen des jungen deutschen Nachkriegsfilms. Und wöchentlich passierte etwas Neues in der Stadt, die nun mit Verve an den Wiederaufbau ging.

Bei einem Faschingsball der Universität im Jahr 1952 passierte es dann zwischen meinen Eltern. Beide kamen, den Erzählungen nach, mit je anderen Partnern, gingen aber zusammen nach Hause. In den späteren Briefen ist bedeutungsvoll von jener Nacht die Rede, in der sie sich zum ersten Mal eine Zigarette teilten.

Die Studentenromanze hielt bis zum Examen im Sommersemester 1953, getragen von einem sehr ernsthaften intellektuellen Interesse am gemeinsamen Fach. Die Briefwechsel sind voller tiefschürfender Diskussionen über Bilanztheorie und Konjunkturlehre, durchsetzt von zärtlichsten Sehnsuchtsbekundungen.

Was beinahe vollkommen fehlt, ist hingegen das romantische Schwärmen für die großen Ideen, die meinen Vater als Hitlerjungen beseelt hatten. Aus dem Suchenden nach dem Absoluten, dem Letztgültigen war der Betriebswirt geworden.

In Hunderten von Briefen zwischen meinen Eltern kommt die Philosophie nur wenige Male zur Sprache. Einmal empfiehlt mein Vater beispielsweise die Lektüre von Sartre. Offenkundig war er derselben intellektuellen Mode erlegen wie sein Generationsgenosse Günter Grass, der in der Rückschau den damaligen Trend zum Anti-Metaphysischen mit selbstkritischem Sarkasmus beschreibt: »Der mir und meinesgleichen anklebende Hang zum Existenzialismus – oder was jeweils darunter verstanden werden konnte – war ein aus Frankreich importierter den deutschen Trümmerverhältnissen angewandelter Artikel, der sich als Maske tragen ließ und uns Überlebenden der ›dunklen Jahre‹, wie die Zeit der nationalsozialistischen Herrschaft umschrieben wurde, zu Gesicht stand: sie verhalf zu tragischen Posen. Man sah sich je nach trüber Laune entweder am Scheideweg oder vorm Abgrund. In gleichermaßen gefährdeter Position sollte sich die Menschheit insgesamt befinden.«

Tatsächlich war der sich in der Absurdität des Seins einrichtende Existenzialist bei meinem Vater wie bei Günter Grass bis hin zu der an der Unterlippe klebenden Zigarette wohl eher eine Pose, eine Pose, die er in diesen Jahren allerdings perfektionierte. Immer wieder mahnt meine Mutter ihn in den Briefen, doch bitte nicht so viel zu rauchen. Gleichwohl hatte der Affekt der Desillusionierung ganz gewiss einen wahrhaftigen Kern.

In seinem Buch zur Flakhelfergeneration beschreibt Heinz Bude die Grundhaltung der Generation meiner Eltern nach dem Krieg als radikale Skepsis. Als Hitlerjungen zur Hoffnungsgeneration des deutschen Volkes gehypt, fand man sich nach 1945 nicht nur massiv enttäuscht, sondern radikal depotenziert. Man hatte sich von einem Wahnsinnigen verführen und missbrauchen lassen, nun war man geschlagen und schuldbeladen, von Scham geplagt. Jedwede Größenfantasie hatte sich in Luft aufgelöst.

Was folgte, war, laut Bude, ein Rückzug in eine Position der Selbstimmunisierung gegen jegliche weitere Enttäuschung. Totalisierende Gedankengebäude hatten insgesamt ihre Anziehungskraft verloren. Mein Vater las nun statt Nietzsche neben Sartre Bertrand Russell. Logik und Positivismus ersetzten jedweden Idealismus. Lebenspraktisch beschränkte man sich derweil auf das Machen. Man konzentrierte sich darauf, die Existenz zu sichern, anstatt die Welt zu verändern. Mein Vater wurde Buchhalter anstatt Philosoph.

Über allem hing jedoch das große Schweigen über die Vergangenheit. In den Briefen zwischen meinen Eltern kommt sie nur einmal zur Sprache. Mein Vater ärgert sich 1954 nach einem Besuch in dem Ort, in dem er aufgewachsen ist, dass es dort tatsächlich noch überzeugte Nazis gibt. »Kannst Du Dir vorstellen, dass es einen ›Kameradschaftsbrief‹ gibt, in dem Aufsätze veröffentlicht werden, in denen von der absoluten Kraft des jüdischen Finanzkapitals gesprochen wird? Es ist zum Haareraufen. 20.-Juli-Männer sind Verräter, der Krieg wurde nur ihretwegen verloren und Hitler war nur von den falschen Leuten umgeben.«

Mein Vater war offensichtlich weltanschaulich gründlich reformiert. Nur wie und wann das geschehen war, bleibt rätselhaft. Es ist so, als hätte mein Vater denjenigen, der er zwischen dem zehnten und dem achtzehnten Lebensjahr war, einfach ausgeknipst. Die beiden Persönlichkeiten vor 45 und nach 45 bleiben unversöhnlich nebeneinander stehen.

Eben darin sieht Heinz Bude die eigentliche Tragik der »45er«-Generation. Bude beschreibt sie als von einer anhaltenden Sehnsucht nach einer »lebensfähigen Vermittlung« des historischen Risses gequält, einer Sehnsucht, die unerfüllt und unerfüllbar bleibt. So streben die 45er gebrochen vorwärts, unfähig, auch nur in Worte zu fassen, worunter sie leiden. Worüber man nicht sprechen konnte, musste man schweigen. Das Generationsgefühl bleibt, wie Bude es nennt, eine ontologische Ortlosigkeit, eine rastlose, transzendentale Obdachlosigkeit. Es war ein Gefühl, niemals wieder Boden unter die Füße bekommen zu können, gleich, wie sehr man sich bemüht, mit Hausbau und Familiengründung etwa, einen Anker ins Leben zu werfen.

Auch meine Mutter zeigt in den Briefen wenig Neigung, auf die Zeit vor 45 zurückzublicken. Sie taucht nur einmal auf, als Bericht nach dem Besuch des Dokumentarfilms *Bis fünf nach zwölf*, der im Dezember 1953 nach langen Diskussionen und einem zeitweiligen Verbot in die Kinos kommt. Es ist die erste Analyse des Aufstiegs Hitlers zur Macht, ein Vorläufer von Joachim Fests *Hitler – Eine Karriere*.

Meine Mutter ist von dem Streifen jedoch wenig beeindruckt. »Heinz, Du hast nichts versäumt«, schreibt sie. »Es ist immer wieder dasselbe. Krieg und Schießen und Bomben und KZ und Hitlers Fratze, während seiner Reden etwas ungünstiger beleuchtet als man ihn während des Dritten Reiches zu sehen bekam. Die Bilder an sich hätten noch die Wirkung einer normalen Wochenschau, wenn nicht der Text wäre: belehrend und mahnend und mit viel Pathos – wie aus der Zeit der Kontrollratsgesetzgebung. Alles in allem waren die ganze Aufregung und das Tamtam hinsichtlich des Erfolges sinnlos.«

Meine Mutter wollte nicht zurückblicken, sie wollte nicht mehr an Krieg und Bomben erinnert werden und auch nichts von den KZs wissen und schon gar nicht belehrt werden. Sie wollte das hinter sich lassen und in der Gegenwart bleiben, einer Gegenwart mit der sie reichlich zu schaffen hatte.

Meine Mutter ging kurz nach dem Examen bei der Neckermann Versand KG am Frankfurter Ostbahnhof in Stellung, einem der ikonischen Wirtschaftswunderunternehmen schlechthin. Josef Neckermann, schon 1933 Mitglied der Reiterstaffel der SA, hatte während der Nazizeit vorwiegend durch die Arisierung jüdischer Unternehmen ein Textilversandimperium aufgebaut. Er musste zwar nach dem Krieg ein halbes Jahr Zwangsarbeit in einem Arbeitslager verrichten, ironischerweise als Näher für den eigenen Betrieb, wurde aber 1948 dennoch als Mitläufer eingestuft. Im gleichen Jahr eröffnete er in Frankfurt die Neckermann Textilgesellschaft. Gegen Entschädigungsforderungen der arisierten Unternehmen wehrte er sich eisern.

Als meine Mutter 1952 in die Abteilung »Organisation und Statistik« eintrat, war Neckermann eines der am schnellsten wachsenden Unternehmen Deutschlands. Der erste Neckermann-Katalog von 1950, der auf zwölf Schwarzweißseiten Mode anbot, war ein Blockbuster. Die Firma verdiente mehr als 10 Millionen Mark an den Bestellungen daraus. Mitte der 50er Jahre war Neckermann zu einem Konzern mit einer Warenhauskette angewachsen, bis zum Jahr 1959 machte Neckermann 540 Millionen Umsatz. Im selben Jahr wurde in der Hanauer Landstraße die Neckermann-Versandzentrale eröffnet, die als ikonischer Wirtschaftswunderbau mit seiner luftigen Transparenz und strengen Funktionalität heute unter Denkmalschutz steht.

Als meine Mutter 1953 in den Betrieb eintritt, befindet er sich in einer Phase rasanten Wachstums. So rasant, berichtet meine Mutter, dass die Manager die Kontrolle verloren hatten. Nun sollte ein Team junger Betriebswirte aufräumen und es richten.

Doch das war nicht die einzige Front, an der meine Mutter zu kämpfen hatte. Solange meine Eltern noch Studenten waren, wurde in ihrem Elternhaus die Liebelei mit meinem Vater toleriert. Mein Vater ging in der Wohnung der Justizbaugenossenschaft, die meine Großeltern 1950 nach sechs Jahren der Wohnsitzlosigkeit zugewiesen bekommen hatten, ein und aus. Offenbar wurde trotz streng christlicher Gesinnung darüber hinweggesehen, dass es aller Wahrscheinlichkeit nach eine voreheliche körperliche Beziehung gab. Doch nun, da es ernst wurde, wandelte sich die Einstellung meiner Großeltern drastisch.

Mein Vater war nach dem Examen zunächst in den Schwarzwald zurückgekehrt, um dort meinem Großvater dabei zu helfen, seinen Holzhandel in Schwung zu bringen, in dem er schon während des Studiums stetig mitgearbeitet hatte. Mit mäßigem Erfolg. Immer wieder wird trotz des emsigen Bauens in ganz Deutschland über karge Umsätze geklagt, obwohl mein Vater rastlos mit Holztransporten im ganzen süddeutschen Raum und in Vorarlberg herumkurvt. Dafür verantwortlich macht mein Vater nicht zuletzt das mangelnde kaufmännische Bewusstsein seines Vaters. Belege über Geschäftsvorgänge auszustellen oder schriftliche Verträge abzuschließen sind die Sache des alten bayrischen Holzhändlers, der Handschlaggeschäfte gewöhnt war, nicht. Der frisch beurkundete Diplom-Kaufmann rauft sich derweil die Haare.

Mein Vater hatte sich wie viele Männer seiner Generation nach der jugendlichen Rebellion der Nazi-Jahre zunächst einmal wieder in den Schoß der Familie sinken lassen. Er übernahm Verantwortung, schlüpfte mitunter gar in die Patriarchenrolle.

Bude beschreibt in seinem Buch, wie die gebrochenen Väter, deren einziges Vermächtnis ein Trümmerfeld ist, den Flakhelfer-Söhnen leidtun. Deshalb ordnet man sich ein und hilft, aus Solidarität und ein wenig auch aus Mitleid. Die Familie meines Vaters hatte alles verloren und mein Großvater war nach der Niederlage im Ersten Weltkrieg zum zweiten Mal von einem falschen Idealismus betrogen worden. Was blieb, war die große Desillusionierung, in der sich die Generationen wiederfanden. Mein Vater nahm den unter den Nazis begangenen ödipalen Vatermord zurück und kam nach Hause.

Doch mein Vater bleibt gleichzeitig auch rastlos. Er wollte weg vom Land, zurück in die Stadt. Er suchte eine Stelle im pulsierenden Wirtschaftszentrum der jungen BRD und wollte meine Mutter heiraten. Doch bei beiden Bewerbungen ist er zunächst glücklos.

Nachdem er beim Vater meiner Mutter vorgesprochen hat, schickt dieser an meinen Großvater eine ebenso knappe wie harsche Depesche. »Ihr Herr Sohn besuchte mich heute auf meiner Dienststelle«, heißt es da. »Dabei erfuhr ich zum ersten Mal die Absicht Ihres Sohnes, meine Tochter zu heiraten. Eine Heirat kommt niemals in Frage.«

Dass mein Vater überhaupt bei meinem Großvater um die Hand meiner Mutter bitten musste, wirkt aus heutiger Sicht befremdlich. Noch mehr, dass mein Großvater die Zustimmung verweigert und damit seiner Tochter, die den Bruch mit ihren Eltern scheut, das Leben schwer macht. Nach abgeschlossenem Studium und mit einer verantwortungsvollen Position bei einem Großunternehmen hatte sie sich dem Schicksal zu fügen, das zwei Männer am Verhandlungstisch für sie vereinbaren.

Wenn das unzeitgemäß wirkt, dann deshalb, weil es das ist. Doch es ist mittlerweile 1953, die Adenauer-Jahre haben mit Macht begonnen. Günter Grass beschreibt sie als von »sich christlich gebender Heuchelei« geprägt. Sowohl von den Medien als auch von der Politik werden mit Eifer konservative Vorstellungen von Geschlechterrollen, Familienbeziehungen und Sexualmoral verbreitet. Der deutsche Spießer wendet sich laut der Sexualhistorikerin Dagmar Herzog einer zusammenfantasierten Vision vergangener Sicherheit und Stabilität zu, die es so nie gegeben hatte – weder im Dritten Reich noch in der Weimarer Republik, noch im Kaiserreich.

Dazu passt das emsige Aufräumen der Stadt. Die lüsterne Ruinenlandschaft, Symbol der Freizügigkeit und des moralischen Relativismus, konnte nicht schnell genug verschwinden. An den glatten neuen Fassaden der 50er Jahre konnte sich keine erotische Fantasie festmachen.

Herzog beschreibt die Versuche, das Privatleben zu domestizieren, als zentrale Strategie des Umgangs oder besser der Vermeidung der Erinnerung an die Nazizeit und den Holocaust. Es wird einer Gesellschaft, die kein moralisches Fundament mehr hat, ein künstliches moralisches Fundament gegeben. Der Zivilisationsbruch der Nazis wird fälschlicherweise als Abkehr von christlichen Werten konstruiert, die Rückkehr zu solchen als Prophylaxe gegen faschistische Impulse.

Die Vision eines gemeinsamen Lebens meiner Eltern stellte freilich die von meinen Großeltern eingeforderte Spießigkeit in Frage. Mein Vater wünscht sich ein gemeinsames geistiges und kulturelles Leben sowie eine moderne Ehe, in der man sich gegenseitig in seinen beruflichen Anstrengungen unterstützt. Vor allem wünscht er sich einen offenen Austausch von Gefühlen und Gedanken, der nicht von mechanischer Konvention und Ritualen erstickt wird.

Doch vorerst wird meine Mutter, die sich davor scheut, einfach durchzubrennen, von ihren Eltern als Geisel gehalten. Die angegebenen Gründe – dass mein Vater wirtschaftlich nichts zu bieten habe und überhaupt ein unsteter Halodri aus einer nicht standesgemäßen Familie sei – stimmen dabei nur zum Teil. Die wahre Motivation tritt zutage, sobald meine Mutter ihre ersten Neckermann-Gehälter nach Hause bringt. Die Großeltern fordern, dass das ganze Gehalt in die gemeinsame Haushaltskasse fließt. Das Studium war für die Großeltern ganz wörtlich eine Investition, deren Dividende sie nun einfordern. Meine Mutter sollte erfolgreich sein, aber nicht eigenständig.

So wächst die Anspannung im Elternhaus meiner Mutter ins Unerträgliche, bis mein Vater im Juni 1954 bei der Frankfurter Aufbau AG eine Stelle als Betriebsassistent ergattert und zurück in die Stadt kommt. Dort hilft er mit, den Bedarf an Wohnraum in der Wirtschafts- und Finanzmetropole der jungen Republik zu stillen, die rascher wächst, als man mit dem Bauen nachkommt. Es ist ein respektabler Posten, mein Vater wird in den Augen meiner Großmutter langsam zur attraktiven Partie, zumal er nun möglichen Zugriff auf eine heiß begehrte Wohnung hat.

Als im Frühjahr 1956 Verlobung gefeiert wird, haben sich die Wogen geglättet. Meine Großmutter gibt sich geschlagen und bereitet sich nun emsig auf ihre Rolle als Schwiegermutter vor. Es wird eine Aussteuer genäht und die Hochzeitsfeier organisiert. Am 3. Oktober 56 geben meine Eltern sich dann im wiederaufgebauten Frankfurter Rathaus das Ja-Wort. Von der Hochzeitsfeier gibt es ein Foto, auf dem sich meine Großmutter und mein Vater lachend zuprosten. Es ist eine Geste der Sportlichkeit, wie wenn zwei Boxer sich nach einem harten Match die geschwollenen Hände schütteln.

Das frisch verheiratete Paar fährt an diesem Abend nach der Hochzeitsfeier in der Justizwohnung meiner Großeltern in Sachsenhausen nach Hause in die nach heutigen Maßstäben bescheidene Zweizimmerwohnung der Frankfurter Aufbau AG im Ostend, das, an die alte Judengasse angrenzend, bis 1938 ein vorwiegend jüdisches Viertel gewesen war. Keine hundert Meter entfernt, auf der Vorderseite der Häuserzeile in der Uhlandstraße, wo jetzt noch ein massiver Hochbunker an die Bombenzeit erinnerte, hatte einst die größte Frankfurter Synagoge gestanden. Doch daran dachte 1956 niemand.

Meine Eltern richteten sich den nüchternen Neubau nach dem Zeitgeschmack ein. Es gab ein großes Ecksofa mit Blumenmuster, Gardinen mit abstrakten geometrischen Formen und den unausweichlichen Nierentisch. Ein Zimmer blieb vorerst als »Gymnastikzimmer« leer, weil man sich die Einrichtung noch nicht leisten konnte.

Das Leben als dynamisches junges Paar im beschwingten Frankfurt der 50er, nach dem meine Eltern sich drei Jahre lang gesehnt hatten, konnte beginnen. Meine Mutter war der Neckermann-Hölle entkommen und hatte eine Stelle als Redakteurin bei einem Wirtschaftsverlag gefunden. Mein Vater kletterte in der Wohnungswirtschaft, der, neben der Finanz, wichtigsten Branche in Frankfurt, rasant die Karriereleiter empor. Die Zukunft gehörte meinen Eltern, es ging nur noch vorwärts und das in atemberaubendem Tempo.

Die Stadt spiegelte meinen Eltern diesen Geist. Überall in der Innenstadt schossen Bauten aus dem Boden, die erst vorsichtig, dann immer selbstbewusster eine neue Zeit verkörperten. Heute ikonische Gebäude wie das Junior- oder das Bayer-Haus in der Innenstadt oder die hochmoderne neue Einkaufsmeile Berliner Straße, brachial durch die ehemalige Altstadt gesprengt, bedeuteten den neuen Menschen der neuen Stadt vor allem eines: Aufbruch.

Der Architekturkritiker der FAZ beschreibt acht Jahre später in einem berühmt gewordenen Merian-Band zur Frankfurter Nachkriegszeit den Geist jener Epoche so: »Die Innenstadt ist eine Mischung von Konsum, Nervosität und Geist, die sich am Nadelkopf einer City sammelt. Alles ist neu – der Maßstab, die Wände, Glas und Metall.«

Sein Nachfolger Dieter Bartetzko ergänzt rund siebzig Jahre später: »Von 1945 an Drehscheibe für Menschen und bald auch Waren aus aller Welt, Magnet für Flüchtlinge, die hier ein neues Leben beginnen und ihr altes vergessen wollten, neben Berlin die erste deutsche Großstadt, in der sich wieder eine nennenswerte jüdische Gemeinde bildete, katapultierte Frankfurt sich mit einem halsbrecherischen Salto in die Moderne – und damit aus dem Treibsand schlechten Gewissens.«

Schriftzeugnisse aus dieser Aufschwungszeit sind mir von meinen Eltern nicht zur Hand, doch nach den Fotoalben zu urteilen, war es eine glückliche Zeit. Es gibt Partys mit Freunden, bei denen die einstige Flakhelfergeneration jetzt smart, cool und selbstbewusst wirkt. Meine Eltern fahren mit ihrem VW Käfer nach Paris und Venedig oder zum Shopping in die Schweiz. Die Outfits sind immer von überzeugender Stilsicherheit. Auf Bildern aus dem Berufsleben meiner Mutter bewegt sie sich selbstsicher in den ausschließlich männlichen Machtzirkeln der deutschen Wirtschaft – sich in jeder Hinsicht ihrer Wirkung bewusst.

Sollte es damals schon Risse in dem Bild des perfekten jungen Paares gegeben haben, auf den Bildern sind sie nicht zu erkennen. Und doch muss sich unter dieser Oberfläche schon etwas gerührt haben, das später dann, im Würfelhaus der Vorstadtsiedlung, mit zerstörerischer Kraft sein Recht forderte.

9
DAS NEUE NEUE FRANKFURT

An einem bedrückend grauen Januarmorgen des Jahres 2023 stieg ich die Treppen der abgesenkten Terrasse rund um die alte Frankfurter Polizei-Hauptwache hinunter, um mir einen U-Bahn-Fahrschein für die Linie 1 zu kaufen. Es ist ein Gang, den ich gewiss Tausende Male gegangen bin in den vergangenen fünfzig Jahren, ohne je sehr bewusst diesen Platz wahrzunehmen. Selten kam mir in den Sinn, wie isoliert der rekonstruierte Barockbau der Hauptwache inmitten dieser Betonwüste steht, wie hart und absurd der Kontrast zu dem Hades an gekachelten Untergrundgängen ist, die zu den Bahnlinien an alle Ecken der Stadt und hinaus ins Umland führen. Und selten dachte ich darüber nach, was es über diese Stadt sagt, dass dies ihr Zentrum ist, der Mittelpunkt der Metropole auf den sich alle Bahnlinien und Magistralen und alle Stadtviertel beziehen.

Doch an diesem Tag fuhr ich ganz bewusst mit der Rolltreppe von der abgesenkten Terrasse hinunter in die sogenannte B-Ebene, die noch in meiner Jugend wegen der vielen Obdachlosen und Drogenabhängigen, die hier Wärme, Almosen und Schutz suchten, in Verruf war. Ich hatte eine Pilgerfahrt mit der U1 geplant. Sie war hier am 4. Oktober 1968 als allererste U-Bahn-Linie der Stadt eingeweiht worden.

Die U1 sollte damals das City-Zentrum mit der Nordweststadt verbinden und beide – die neue alte Hauptwache und den Endpunkt der Fahrt, das Einkaufszentrum in der Mitte der Trabantensiedlung Nordweststadt – wurden unter großer Anteilnahme der Bevölkerung an jenem Tag zusammen mit der U1 feierlich ihrer Bestimmung übergeben.

Heute sind Hauptwache und Nordwestzentrum zwei Pole, die all jenen, die Frankfurt für eine hoffnungslos verbaute Ausgeburt einer erbarmungslosen Nachkriegs-Moderne halten, in ihren

Ansichten bestärken. Hier das unsentimentale Verkehrszentrum unter dem dekorativen Barockbau, der inmitten der Kaufhäuser und Bürogebäude der Innenstadt kontextlos und verloren wirkt. Dort die Satellitenstadt aus den 60er Jahren, die gemeinsam mit ihren Zeitgenossinnen Neue Vahr in Bremen, Gropiusstadt und Märkisches Viertel in Berlin und zahllosen anderen deutschen Trabantenstädten jener Epoche zu Symbolen eines »pervertierten Funktionalismus« geronnen sind, wie der Frankfurter Architekturkritiker Dieter Bartetzko in den 90er Jahren schrieb.

Doch seinerzeit, vier Jahre nach meiner Geburt, waren die Linie 1 und ihre Endstationen noch stolzes Symbol des Fortschritts, ein weiterer Meilenstein Frankfurts auf dem Weg zur Stadt der Zukunft. Zehntausende kamen an jenem Tag an die Hauptwache und ins Nordwestzentrum, die Prinzessinnen-Garden der Karnevalsvereine marschierten die Bahnsteige auf und ab, Ministerpräsident, Oberbürgermeister und sogar der Bundesverkehrsminister hielten Reden und die Hessenschau berichtete live mit einer Sondersendung. Es war der Geist dieses Tages, dem ich an jenem grauen Januarmorgen nachspüren wollte, schauen, ob sich unter dem Beton noch etwas von der Euphorie dieser Zeit regt.

Die Nordweststadt war seinerzeit das ehrgeizigste Projekt der Planer des Neuen Frankfurt nach dem Krieg. Eine Wohnstadt auf der grünen Wiese am Stadtrand für 25 000 Menschen, durchsetzt von großzügigen Grünflächen und komponiert aus vielfältigen Haustypen, vom Einfamilien-Eigenheim bis hin zum 13-stöckigen Wohnhochhaus. Alle sozialen Schichten sollten hier harmonisch zusammenleben, reichlich versorgt mit Licht, Luft und vor allem Raum (nicht einmal den Begriff »Lebensraum« scheute man damals in der Bewerbung des Neubaugebiets). Die direkte Anbindung an die Innenstadt mit der U-Bahn vervollständigte die Vision der modernen Stadt, in der Wohnen, Arbeiten und Freizeit voneinander getrennt und doch praktisch miteinander verknüpft sind. So war die Einweihung der U1 der endgültige Triumph über das schmuddelige Chaos der mittelalterlichen Stadtanlage, die von den alliierten Bombern praktischerweise weitestgehend beseitigt worden war.

Teil des visionären Großbauprojektes war die Klinik Nordwest, sie eröffnete schon 1963 am Rand des Baugebietes. Das Gebäude steht bis heute wie eine Zitadelle aus Beton und Stahl auf der Anhöhe über der Nordweststadt, dem Niederurseler Hang, das strenge Raster der Außenfassade macht sie zu einem Monument der wissenschaftlichen Rationalität, die ja nun, nach der Herrschaft des Wahnsinns während der NS-Zeit, in ganz Frankfurt, ja im ganzen Nachkriegsdeutschland, das Leben und Zusammenleben bestimmen sollte.

Ebendort kam ich 1964 – die Nordweststadt war erst in Abschnitten fertig – zur Welt. Sicher hatten meine Eltern diese Einrichtung gewählt, weil sie das Neueste und Fortschrittlichste war, was die Region zu bieten hatte. Zudem hatte mein Vater, wie man sagt, Beziehungen. Seit 1959 war er bei der »Nassauischen Heimstätte« beschäftigt, einem der größten gemeinnützigen Wohnungsbauunternehmen des Landes Hessen und einem der Hauptbauträger des Großprojektes Nordweststadt.

Mein Vater war zweifellos beseelt vom Idealismus des Siedlungsbaus rund um die Frankfurter Innenstadt, dem sich seine Firma verschrieben hatte. Schließlich hatte er gerade unser Einfamilienhaus, das soeben rechtzeitig zu meiner Geburt bezugsfertig war, in einer Siedlung der Heimstätte gebaut. Und wenn ich später an den gemeinsamen Samstagen mit ihm unterwegs war, um meiner Mutter für ihre Arbeit den Rücken freizuhalten, fuhren wir oft durch andere Heimstätten-Siedlungen, die er mir stolz vorführte. Ein Mittagessen im Wienerwald-Restaurant der Fritz-Kissel-Siedlung in Frankfurt Sachsenhausen, der ersten Nachkriegssiedlung der Heimstätte, gehörte zu meinen Lieblingsritualen jener Vater-Sohn-Samstage.

Die sozialpolitische Programmatik des damaligen Siedlungsbaus ist wunderbar nachzulesen in der Broschüre des Frankfurter Bau- und Planungsdezernats zur Eröffnung der Nordweststadt. Dort schreibt Planungsdezernent Hans Kampffmeyer, der von 1956 bis 1972 im Amt war und – mit einer ungewöhnlichen Machtfülle ausgestattet – das Gesicht des neuen Frankfurt prägte wie kein anderer: »Städtebau hat die Aufgabe, allen Daseinsäußerungen Raum zu geben. Er muss den verschiedenartigen Auffassungen von Sinn und Inhalt menschlicher und gesellschaftlicher Existenz und damit ebenso vielfältigen Bedürfnissen Rechnung tragen und Entwicklungsmöglichkeiten eröffnen. [...] Aus der Differenziertheit der heute bereits feststellbaren Bedürfnisse, den vielfältigen oft noch nicht genau bestimmbaren Trends unserer sich wandelnden Gesellschaft und aus der Idee der ›offenen Gesellschaft‹ ergibt sich die Forderung nach entsprechenden entwicklungsoffenen Stadträumen.«

Das also war die vermeintliche Utopie, in die ich wortwörtlich hineingeboren wurde. Die Nordweststadt sollte, stellvertretend für die 35 Frankfurter Wohnsiedlungen und mehr als 215 000 Wohnungen, die zwischen dem Kriegsende und dem Beginn der 60er Jahre entstanden waren, einen neutralen Nährboden für eine neue Gesellschaft bieten. Vom Bau vorgegeben war nur die soziale Durchmischung. Professoren in den Einfamilienhäusern und Bauarbeiter in den Wohntürmen sollten auf engstem Raum miteinander zurechtkommen. Die Ausformung des Miteinanders sollte hingegen Platz haben, sich möglichst frei und organisch zu entwickeln.

An jenem bedrückend grauen und empfindlich kalten Januarmorgen des Jahres 2023 also machte ich mich auf den Weg in die Nordweststadt, um zu schauen, was aus der Utopie geworden war. Die Erwartung war nicht eben groß. Der Betonwahn der 50er und 60er Jahre war schließlich spätestens seit den 80er Jahren in Verruf. Und die Trabantenstädte, zu vermeintlichen sozialen Brennpunkten verkommen, galten als Inbegriff gescheiterter sozialdemokratischer Wohnungspolitik.

Anstelle der Ausbildung neuer Sozialformen war in den Siedlungen, so die einhellige Meinung der Kommentatoren, seit den 80er Jahren Isolation und Verelendung getreten. In seinem Rundgang durch die Nordweststadt konnte Kritiker Bartetzko nur »verödete« und »klägliche« Treffpunkte wie Trinkhallen und trostlose Jugendzentren entdecken. Visuell verlor er sich in einer Einheitslandschaft aus normierten Bauformen, die ihn orientierungslos machte.

Auf den Besucher des Jahres 2023 wirkte die Utopie der 60er Jahre freilich nicht ganz so gescheitert und trostlos. Das Nordwestzentrum, jenes Einkaufs-, Freizeit- und Kulturzentrum, das den Kern der kleinstadtähnlichen Großsiedlung darstellen sollte, ist am frühen Vormittag eines gewöhnlichen Werktags überaus belebt. Wenn man aus der U-Bahn-Station unter dem Zentrum die Rolltreppe hinaufkommt und die Kolonnaden entlangläuft, stellt sich durchaus ein Boulevardgefühl ein. Die Cafés und Restaurants sind voll, in den Boutiquen wird munter geshoppt. Allein bestimmte Marker dessen, was im bürgerlichen Sinn Städtisches ausmacht, darf man nicht erwarten. Es ist eine Mall, so wie es sie in Vorstädten der USA, aber auch in Mitteleuropa zu Tausenden gibt, und in dem Sinn »gesichtslos«. Es gibt keine individuellen Fassaden aus erkennbaren historischen Perioden und der Einzelhandel repräsentiert vornehmlich multinationale Ketten. Doch als Sozialzentrum der nördlichen Frankfurter Vororte funktioniert es durchaus.

So gesteht der kurdisch-deutsche Rapper Azad, selbst in der Nordweststadt aufgewachsen, dass er bis heute ins »Zentrum« geht, um sich mit seinen Freunden zu treffen, obwohl er schon lange nicht mehr in der »Nordi« lebt. »Klar, Du gehst morgens als Erstes mal aufn Kaffee ins Zentrum, um zu sehen, was abgeht.«

Überhaupt funktioniert für Azad die Nordweststadt offenbar als Heimatstadtteil, obwohl er zu einer Gruppe von Künstlern gehört, welche die »Nordi« in der Popkultur zum Inbegriff vom harten Ghettoleben gemacht hat. Für Azad und seine Kollegen D-Flame, A-Bomb, Combad oder Cold-N-Locco nimmt ihr Heimatviertel »Nordi« den Platz ein, den die Bronx, Compton oder die South Side von Chicago im amerikanischen Hip Hop besetzen. Ihr Deutsch-Hip-Hop benutzt die musikalische Sprache des Schwarzen Hip Hop, um das Lebensgefühl der Marginalisierten in vergessenen, vernachlässigten Bezirken zu artikulieren, in denen Hoffnungs- und Perspektivlosigkeit und Gewalt vorherrschen.

»Sehe graue Bauten, blicke in den Himmel, sehe graue Wolken, das ist meine Welt«, rappt Azad, der sich wechselweise »Sohn des Betons« oder »Faust des Nordwestens« nennt. »Es ist krank und traurig in den grauen Bauten, Homie, es gibt viele krumme Wege aber selten einen Ausweg. [...] Du fließt in meinem Blut und ich bin bei Dir groß geworden«, adressiert Azad dann weiter die Nordi. »Meistens bist du kalt, doch ich fühl mich in deinem Schoß geborgen.«

So ist für Azad die Nordi paradoxerweise beides. Hartes, menschenfeindliches Pflaster (»Der Fahrstuhl ist kaputt, alles ist beschissen, nehm die Treppe alles riecht wieder nach Pisse in dem Scheißloch«) und Heimat zugleich. Bei einem Rundgang mit einem Musikjournalisten erinnert er sich nostalgisch an die Tage in den Wohnungen und Jugendzentren, in denen die Nordi-Jugendlichen komponiert, gesampelt und getextet haben. »Das Schöne daran war«, so Azad, »dass es vollkommen egal war, woher Du kommst. Wir waren Türken, Kurden, Syrer, Libanesen, Deutsche, vollkommen egal.«

Das klingt im Grunde ganz danach, als wäre die Kampffmeyer'sche Utopie am Ende doch geglückt. Der rational-neutrale Raum hat neue Sozialformen, neue Formen des Miteinander hervorgebracht. Auch wenn sich die Planer der 50er Jahre sicher nicht vorgestellt haben, dass die Bevölkerung, die hier die offene Gesellschaft ausprobiert, zu einem großen Anteil das besitzt, was man heute »Migrationshintergrund« nennt.

Das waren die Gedanken, die mir durch den Kopf gingen, während ich durch die verschlungenen Pfade der Nordweststadt wanderte. Gerade war die Schule vorbei und die Kinder strömten lärmend aus dem Schulzentrum aus gekachelten Flachbauten in die schmalen Wege, die sich entlang der kubischen Reihenhäuser schlängelten, hinüber ins Zentrum, um abzuhängen oder in die U-Bahn nach Hause zu steigen.

Das alles erinnerte mich stark an meine eigene Siedlungskindheit und es durchflutete mich ein Gefühl der geordneten Geborgenheit. Die Nordi kam mir beinahe idyllisch vor, auch wenn am Horizont stets der riesige Schornstein des Heizkraftwerks Rauch in den ohnehin schon trüben Himmel stieß und den Ausblick auf den Taunus vernebelte. Für ein Kind der 60er Jahre verstärkte dieser Anblick auf gewisse Weise sogar den Anflug von Heimeligkeit. Das Frankfurter Wintergrau, die Spaziergänger am künstlichen Teich des Martin-Luther-King-Parks und am Horizont der rauchende, Wärme spendende Betonkoloss der Stadtwerke, lila bemalt, um ihm ein wenig die Härte zu nehmen. Das waren Szenen, mit denen wir groß geworden waren.

So rückte die Pilgerfahrt in die Nordweststadt auch ins Bewusstsein, wie sehr solche Umgebungen uns geprägt haben müssen. Ich musste nicht nur an die Vorstadtsiedlung denken, sondern beispielsweise auch an die Universität in Frankfurt Bockenheim, an der ich mich nach meinem Militärdienst 1983, zunächst im Fach Volkswirtschaft, später in der Amerikanistik und Philosophie immatrikulierte. Der Bockenheimer Campus, an dem nach dem Umzug der Geisteswissenschaftler in das einstige IG-Farben-Haus an der Bremer Straße nur noch Juristen und Betriebswirtschaftler verblieben sind, gilt als Inbegriff der brutalistischen Bauweise der 50er Jahre, die Frankfurt so sehr prägte.

Der Hauptcampus zwischen dem alten Hauptgebäude an der Jügelstraße und der neuen Stadt- und Universitätsbibliothek an der Bockenheimer Warte war die Vision von Ferdinand Kramer, der, wie viele, die nach dem Krieg das neue Neue Frankfurt mitgestalteten, bereits in den 20er Jahren an der Seite des legendären Stadtbaurates Ernst May gearbeitet hatte. An Mays Vision des Neuen Frankfurt wollte man wieder anknüpfen und sie verspätet verwirklichen.

So war May selbst, aus dem Exil in Moskau und später Kenia zurückgekehrt, nicht zuletzt Vorsitzender des Komitees, das die Wettbewerbsbeiträge für die Nordweststadt zu begutachten hatte. Schließlich ging die ursprüngliche Vision der funktional ausdifferenzierten Stadt mit einem Gürtel an Siedlungen rund um den kommerziellen Stadtkern auf ihn zurück. Die Kette von Siedlungen im Niddatal, die unmittelbar an die Nordweststadt anschließen, waren sämtlich Gründungen aus seiner Zeit als Stadtbaurat.

Kramer kehrte erst zu Beginn der 50er Jahre aus den USA nach Frankfurt zurück und wurde, nicht zuletzt auf Empfehlung seines Freundes Max Horkheimer, zum Leiter des Universitätsbauamtes bestimmt. Als solcher suchte er eine Bildungseinrichtung zu verwirklichen, die Rationalität als Grundlage für Freiheit und Demokratie verkörpert.

Als Resultat standen wir, wenn wir aus einer Vorlesung im Hauptgebäude traten, in einer gnadenlosen Betonwüste. Das Juridikum zur Rechten war ein Musterbeispiel des sachlichen Rasterbaus, eine antlitzlose Fassade aus kleinteiligen Rechtecken, die als nichts anderes lesbar ist denn als reine Abstraktion. Am Eingang des im Krieg nur teilzerstörten Hauptgebäudes selbst wurden Säulen und neobarocke Ornamente abgetragen und durch ein schlichtes Glasportal ersetzt. Die Bibliothek ähnelt derweil einem gigantischen Büchercontainer. Von allegorischen Verweisen auf höhere Werte des Geistes, die in der Vormoderne an ähnlichen Einrichtungen üblicherweise angebracht wurden, ist keine Spur.

Doch auch innerhalb dieser vermeintlichen Landschaft der reinen Vernunft fand ich eine Heimat, sowohl geistig als auch sozial. Als ich 1986 begann, am Institut für England- und Amerikastudien an der Ecke Kettenhofweg und Senckenberganlage zu studieren, wusste ich schon nach wenigen Wochen, dass ich hierhergehöre.

Das IEAS war eine intellektuelle Nische Gleichgesinnter, eine kleine Oase damals junger Leute mit einer Leidenschaft für amerikanische Hoch- und Populärkultur. Die Tatsache, dass amerikanische Kultur in den Augen der deutschen Akademie häufig nicht wirklich als Studiengegenstand ernst genommen wurde, schweißte uns zusammen. Man war vereint in der Rebellion gegen den Hochmut der bürgerlichen Intelligenz und in der Überzeugung, dass die amerikanische Kultur, die auch unser Nachkriegsleben in Deutschland durchdrang, sehr wohl der geistigen Versenkung würdig ist.

Im Nachhinein bemerkenswert ist sicherlich auch der Bau, an den wir damals nicht viele Gedanken verschwendeten. Das Haus im Kettenhofweg war ebenso von Kramer geplant worden und war eine Aktualisierung seines letzten Baus vor dem Krieg. Der weiße Kubus, den er 1930 in der Hans-Sachs-Straße errichtet hatte, wurde als Kubus mit einer gekachelten Fassade neu gedacht. Durchbrochen war die abwaschbare Fassade allein durch eine Fensterwand zur Lobby im ersten Stock, in der wir nicht selten auf Plastikstühlen mit Zigarette und Automatenkaffee in der Hand die Nachmittage verplauderten.

Die Bedeutung der Kachel als Baustoff in der deutschen Nachkriegsarchitektur kam uns damals gewiss nicht in den Sinn. Die wurde mir erst bewusst, als mir kurz vor meinem Frankfurt-

Besuch 2023 ein Freund das Bändchen *Bauformen des Gewissens* des Medientheoretikers Markus Krajewski empfahl. Auf knapp hundertfünfzig Seiten und durch einen fantastischen Foto-Essay begleitet, philosophiert Krajewski darüber, warum in Deutschland die vormals Badezimmern und Schwimmbecken vorbehaltene Feinkeramik nach 1950 so ubiquitär an die Außenmauern wanderte.

Dahinter, so Krajewskis These, steckte ein tiefsitzendes Bedürfnis nach Hygiene, sowohl innerer als auch äußerer. »Die Seelenhygiene der Nachkriegszeit«, schreibt Krajewski, »wird mobilisiert durch eine unscheinbare Form, die Keramik am Bau, mit ihrem lobbyistisch verbreiteten Selbstreinigungseffekt, einem Prozess der Auto-Katharsis, der die Bewohner im Inneren sorgfältig abschirmt, alle externen Vorwürfe bereits außen an der Fassade abperlen lässt, um sie auf diese Weise allmählich reinzuwaschen von den in den 50er Jahren gehäuften, aber auch noch darüber hinaus andauernden Anwürfen.«

Hinter gekachelten Fassaden, die neben Schmutz genauso die noch gut erinnerte Feuersbrunst der Bombenjahre abzuweisen versprachen, fühlte sich Nachkriegsdeutschland sicher. Ausdruckslose Sauberkeit und rationale Ordnung der geometrisch angeordneten Keramik-Rechtecke stellten einen Schutz davor dar, was wohl passieren könnte, wenn man sich tatsächlich einmal der jüngeren Geschichte gegenübertrat. Das Versinken in Melancholie, welches das Ehepaar Mitscherlich 1967 in der *Unfähigkeit zu trauern* den Deutschen prophezeite, sollten sie sich einmal wirklich dem stellen, was sie angerichtet hatten, wird hier durch abwaschbare und feuerfeste Oberflächen symbolisch vermieden.

Die Applikation der Kachel an der Außenmauer des Amerika-Instituts erscheint in diesem Zusammenhang besonders prägnant. Die Einführung der Amerikanistik als Schul- und Studienfach im Deutschland der Nachkriegszeit stand klar im Zeichen der Re-Education-Anstrengungen durch die Besatzer. Das Erlernen amerikanischer Kultur und Geschichte sollte dabei helfen, eine neue Generation von Deutschen – uns – zu guten Demokraten zu erziehen. Was hinter den Kacheln des Vergessens im Kettenhofweg dann auch trefflich gelang. Die Tatsache, dass das »Amerika Haus« am Rothschildpark in Frankfurt, eine Bildungs- und Kultureinrichtung der US-Regierung, deren Bibliothek wir häufig nutzten, ebenfalls eine Kachelfassade aufwies, verwundert da kaum.

Natürlich hatten wir in den 80er Jahren, mit dem Eintritt in das Erwachsenenalter, nach einer Kindheit und Jugend zwischen Kacheln und Rastern ebenso wie unsere Vorgängergeneration, die 68er, erst einmal Sehnsucht nach dem, was man »Charakter« am Bau nennt. Die erste eigene Wohnung sollte nach Möglichkeit Stuck, hohe Decken und Parkett haben. Kaum jemand, der in den Siedlungen groß geworden war, blieb da.

Mit dem Zeitgeschmack wandelte sich auch die amtliche Bauphilosophie. In Frankfurt brach mit dem neuen Messegelände, der Kunsthalle Schirn und dem Museum für Moderne Kunst die Postmoderne an. Unter dem CDU-Oberbürgermeister Walter Wallmann wurde endlich das noch immer bombengeschädigte neoklassizistische Opernhaus saniert, das sein Vorgänger Rudi Arndt, genannt »Dynamit-Rudi«, noch in die Luft jagen wollte.

Doch in den letzten Jahren schleicht sich bei uns Boomern eine Nostalgie für die zwischenzeitlich als unwirtlich empfundene menschengemachte Umwelt unserer Jugend ein. Die Siedlungen sind nicht länger eine No-go-Area und das zunehmende Verschwinden der Nachkriegsarchitektur aus dem Stadtbild Frankfurts wird lautstark bedauert. Als im Jahr 2014 der 116 Meter hohe Pädagogenturm der Universität gesprengt wurde, weinte man dem Bildungssilo mehr als eine Träne nach: »Nun, nach gut vier Jahrzehnten im Dienst der Aufklärung und der Versorgung des Schulwesens mit Sozialkundelehrern, steht der Turm leer. Die Studenten, die wissenschaftlichen Mitarbeiter und Professoren, die Bibliotheken, Sekretariate und vermutlich auch der immerfort die ›Bild‹-Zeitung lesende Pförtner sind von Bockenheim auf den Westend-Campus der Universität gezogen. Geblieben ist das Bauwerk und doch weit mehr als Stahl und Beton. Gerade jetzt, wo die Bücher und Menschen fehlen, weht durch die verlassenen Flure und Treppenhäuser etwas, das Walter Benjamin vielleicht als Aura bezeichnet hätte. Die Ahnen der heutigen Studenten haben mit Sprühdose und Edding ihre Spuren hinterlassen, getreu der Devise, die an der Flurwand im 26. Stock prangt: ›Wer den Turm liebt, malt ihn an.‹ Daran gemessen, wurde der graue Koloss sehr geliebt. Genau wie die Theorie, über die ein Unbekannter mit Filzstift hinterlassen hat, sie sei ›keine Leidenschaft des Kopfes, sie ist der Kopf der Leidenschaft‹«, schrieb die FAZ kurz vor der Sprengung.

Für mich ist die Rückwendung und Wiederentdeckung der Nachkriegsmoderne jedoch noch mehr als bloße Nostalgie für die Welt, die wir kannten. Sie ist auch Teil eines Reifungsprozesses, der mit dem mittleren Lebensalter ein neues Stadium erreicht. Die Rebellion gegen die Eltern ist nun endgültig vorbei und das Interesse an dem, was sie angetrieben und geleitet hat, wächst. So wird bei dem Spaziergang durch die Nordweststadt trotz des bröckelnden Putzes an den weißen Wohnkuben und den Graffiti auf den Kachelwänden des Schulzentrums jene Ekstase des Aufbruchs spürbar, die mein Vater als Mitgestalter der neuen Stadt empfunden haben muss.

Als mein Vater 1954 seine erste Stelle nach dem Examen bei der Frankfurter Aufbau AG antrat, war der Frankfurter »Sprung in die Moderne« längst nicht mehr aufzuhalten. Zwei Jahre zuvor war die teilrekonstruierte Fassade des alten Rathauses »Römer« um zwei maßstabgerechte Neubauten ergänzt worden. An der zur Braubachstraße gewandten Außenfassade des neuen »Salzhauses«, unmittelbar gegenüber der Paulskirche, wurde ein Mosaik angebracht, das einen aus der Asche aufstrebenden Phoenix darstellt.

Kurz zuvor hatte sich Oberbürgermeister Walter Kolb in die Diskussionen um die Rekonstruktion der Altstadt eingemischt und klar Position bezogen: »Manche von uns klammern sich an das Alte mit seinen Erinnerungen, weil es uns in eine ruhigere, friedlichere Zeit zurückversetzt. Aber diese Zeit kommt nicht zurück. Für uns ist es unerlässlich, dass wir unseren Blick auf die Zukunft gerichtet lassen, denn das ist die Richtung, in die wir schreiten.«

Kolb fasste den Stand der Debatten um die Rekonstruktion der Frankfurter Innenstadt zusammen, die im Jahr 1952 bereits entschieden war. Die Nostalgiker rund um den »Altstadtvater« Fried Lübbecke hatten verloren. Gesiegt hatten die Städteplaner, die einen unsentimentalen Sprung nach vorne befürworteten.

Der Kern dieser neuen Planungselite, von Kolb bestellt, bestand aus einstigen Mitarbeitern des Vorkriegs-Planungsdezernenten Ernst May. Erster Planungsdezernent nach dem Krieg wurde Eugen Blanck, der zwischen 1926 und 1929 mit May im Frankfurter Hochbauamt gearbeitet hatte. Blanck holte die einstigen Kollegen Werner Hebebrand, Adolf Miersch, Herbert Boehm und Theodor Derlam an Bord. Alleine May selbst wehrte sich vorerst noch dagegen, zurückzukehren. Auf ein Schreiben von Boehm mit dem Gesuch der Mitarbeit in Frankfurt aus dem Jahr 1948, das May in Kenia erreichte, antwortete er: »Die derzeitige Wiederaufbauarbeit erinnert mich an einen Termitenhügel. Wenn ein Elefant auf diesen Termitenhügel trampelt, machen sich die Termiten sofort daran, alles wieder aufzulesen und wieder so zusammen zu flicken, wie es vorher war.«

Gerade in Frankfurt sollte sich jedoch Mays Pessimismus nicht bewahrheiten. Sein ehemaliger Mitarbeiterkreis stellte sicher, dass ein sentimentaler Rekonstruktionismus keine Chance hat. So attestiert Dieter Bartetzko den Sprengkommandos der neuen Frankfurter Städteplaner einen »pathologischen Feuereifer«. Obgleich auch in der katastrophal zerstörten Innenstadt noch reichlich Bausubstanz für Teilrekonstruktionen vorhanden war, wurde radikal alles, was an Historischem übrig war, dem Erdboden gleichgemacht: »Das Gros auch gut erhaltener Fassadenornamentik, steinerner Dekorationen fiel den Sprengungen zum Opfer; mit ihnen die standfesten Ruinen der barocken Deutsch Reformierten Kirche, die der gotischen Weißfrauenkirche, des Empire-Palais ›Zum großen Korb‹, der gotisch barocke Nürnberger Hof, die spätbarocke Klosteranlage des Arnsburger Hofes, die spätgotische Bernhardskapelle, der gotische Trakt des Saalhofes am Römerberg.«

Bloß zwei Gebäude der Altstadt wurden, wenn auch nach langen Debatten, der Rekonstruktion für würdig befunden: Die Paulskirche und das Goethe-Haus. Sie passten gut in die neue Geschichte, die Frankfurt von sich erzählen wollte: Die Paulskirche, Ort der Nationalversammlung von 1848, als Wiege der deutschen Demokratie; und das Goethe-Haus, das belegte, dass Frankfurt, nicht Weimar, die wahre Heimat des deutschen Dichterfürsten und großen Humanisten ist.

Nicht zuletzt weil seine ehemaligen Mitarbeiter ganze Arbeit leisteten, kehrte May schließlich doch nach Deutschland zurück. Nach einem Gastspiel als Städteplaner in Hamburg unterrichtete er ab 1957 an der Technischen Hochschule in Darmstadt. Von dort aus konnte er aus der Nähe mit Genugtuung beobachten, wie eifrig sich die Stadt Frankfurt daranmachte, seine Visionen vom neuen Bauen und vom neuen Wohnen aus den 20er Jahren zu verwirklichen.

So veröffentlichte der spätere Nachfolger Mays als Planungsdezernent, Hans Kampffmeyer, schon im Jahr 1947 in der zweiten Ausgabe der Zeitschrift *Die neue Stadt* einen langen Essay über die Charta von Athen des Jahres 1933. Die Charta war seinerzeit ein Manifest der internationalen Vereinigung moderner

Architekten CIAM, der neben May auch Le Corbusier und Walter Gropius angehörten.

»Der Städtebau wird hier beinahe zur Sozialwissenschaft«, schreibt Kampffmeyer. »Der Mensch in der Gemeinschaft steht am Anfang und am Ende. Die Stadt als Lebensbereich wird im Zusammenhang der tragenden Lebensfunktionen und ihrer Verbindung mit dem Umraum richtig gesehen.«

Kampffmeyer, zu dessen stolzesten Hinterlassenschaften die Verwirklichung der Nordweststadt gehört, macht hier keinen Hehl daraus, dass er beim Wiederaufbau Frankfurts an den Utopismus Mays anknüpfen möchte. Ein Utopismus, der, ganz im Geist der klassischen Moderne, stark ideologische Züge trug.

So verweist der Katalog der Ausstellung »Neuer Mensch, Neue Wohnung« im Frankfurter Architekturmuseum im Frühling 2019 darauf, dass Frankfurts damaliger Oberbürgermeister Ludwig Landmann im Jahr 1926 in Ernst Mays Zeitschrift *Das Neue Frankfurt* einen Aufsatz über Friedrich Nietzsche veröffentlichte. Der Essay sowie die Zeitschrift skizzierten eine schöne neue Welt, in der ein neuer Mensch in einer neuen Stadt ein neues Leben führt, unbelastet von den Fesseln der alten hierarchischen Gesellschaft und – wie Nietzsches Übermensch – ausgestattet mit einem unbändigen Kultur- und Stilwillen.

Avantgarde dieser schönen neuen Welt war Mays Team im Hochbauamt, das laut dem Ausstellungskatalog mit einem »demiurgischen Elan« daranging, eine neue Stadt zu bauen. Unter diesem Team sollte Frankfurt zu einer »City upon a hill« werden, zu einer in die ganze Welt strahlenden Zitadelle eines neuen Zeitalters.

Man kann leicht sehen, dass es für Planer des Jahres 1946 attraktiv war, an diesen Geist wieder anzuknüpfen. Mays »Neues Frankfurt« war eine Blaupause für die Stunde null, er hatte eine Tabula rasa bereits in den 20er Jahren gedacht und geplant. Die Tatsache, dass man damit an das Werk eines jüdischen Stadtbaurates anschloss, machte das Projekt noch verlockender. So, wie man mit der selektiven Rekonstruktion der Paulskirche und des Goethe-Hauses die Geschichte und die Identität der Stadt Frankfurt neu zu schreiben versuchte, konnte man mit der Vollendung von Mays Werk ungeschehen machen, dass man ihn und 30 000 seiner Glaubensgenossen vertrieben oder ermordet hatte.

Die Jahre 1933 bis 1945 wurden auf diese Art und Weise einfach gelöscht. Die Tatsache, dass Frankfurt, wie die Ausstellung »Eine Stadt macht mit« im Historischen Museum im Jahr 2022 schmerzhaft klarmachte, alles andere als eine Mitläuferstadt war, konnte unter den Teppich gekehrt werden. Die Fiktion, die unserer Generation noch in der Schulzeit aufgetischt wurde, dass Frankfurt nur widerwillig in den Nazi-Sumpf hineingezogen wurde, im Grunde jedoch stets seiner liberalen, weltoffenen Tradition treu blieb, wurde von Anfang an eifrig geschürt und geschmiedet.

Natürlich hatte dieser Mythos von der Stunde null allein schon städtebaulich von Anfang an Risse. Der Wiederaufbau der deutschen Städte, wobei das Präfix »Wieder« nicht eng ausgelegt wurde, begann nämlich, lange bevor der Krieg überhaupt zu Ende war. Schon im Oktober 1943 berief Hitler unter dem Eindruck der Bombenangriffe und der wachsenden Wohnungsnot einen »Arbeitsstab Wiederaufbauplanung zerstörter Städte«.

Einer der Protagonisten in dem von Albert Speer geleiteten Arbeitsstab war Ernst Neufert, einstiger Büroleiter von Walter Gropius. Schon Neufert entwirft in jener Zeit den Wiederaufbau deutscher Städte, wie er sich dann nach 1945 vollzogen hat. Neufert ist ein Verfechter von Normierung und Serialität und befürwortet den Siedlungsbau zur raschen Bereitstellung dringend benötigten Wohnraums.

Auch wenn die Nazis das Bauhaus schließen ließen, hatten sie mit der architektonischen und städtebaulichen Philosophie der neuen Sachlichkeit weit weniger Probleme als mit der entarteten Kunst. Die architektonische Moderne schritt, den grandiosen Fantasien Albert Speers zum Trotz, über die Zeit des Dritten Reiches hinweg recht ungestört voran. So schreibt der amerikanische Historiker Andrew Demshuk in seinem Buch zum Wiederaufbau deutscher Städte, *Three Cities after Hitler*, dass die Zeit von 1900 bis 1970 im Grunde eine ununterbrochene Ära modernistischer Städteplanung in Deutschland darstelle.

Bei der Kapitulation 1945 liefen die Anstrengungen zum Siedlungs- und Wohnungsbau in Zusammenarbeit mit den lokalen Bauämtern und Planungsbüros dann bereits auf Hochtouren. Markus Krajewski berichtet in seinem Buch zu den *Bauformen des Gewissens* von einer bemerkenswerten Kontinuität in diesen Ämtern über das Kriegsende hinaus. So erzählt ein Mitarbeiter des Bauamts in Krefeld, er habe zwischen dem 17. April und dem 1. Mai 1945 gerade einmal zwei Wochen Urlaub gehabt.

Auch in Frankfurt war es mit dem harten Bruch mit der Vergangenheit letztlich nicht so weit her, wie Kampffmeyer und Walter Kolb das im Nachhinein glauben machen wollten. So war der einstige May-Mitarbeiter Eugen Blanck während des Dritten Reichs Planungsleiter in Brandenburg und später in Prag, wo er auf einem Hügel über der Prager Altstadt ein nie gebautes nationalsozialistisches Forum errichten wollte. Herbert Boehm, der maßgeblich den Wiederaufbau der Paulskirche als Gedenkstätte deutscher Demokratie entwarf, gestaltete die Pommer'sche Hafenstadt Gdynia nach der Vertreibung der polnischen Bevölkerung für den Einzug der Volksdeutschen um.

Was Blanck als Stadtrat für Architektur und Planung und Boehm als späterer Baudirektor der Stadt offenbar neben ihrem modernistischen Idealismus über die Zeitenwende gerettet hatten, war auch ihr Führungsstil. So beschreibt Andrew Demshuk die Städteplanung in Frankfurt nach dem Krieg, die er mit jener in Leipzig und Breslau vergleicht, als zutiefst undemokratisch. Die Camarilla der einstigen May-Mitarbeiter setzte mit der Rückendeckung des Oberbürgermeisters ihre Vorstellung vom neuen Wohnen und neuen Leben rücksichtslos durch. Das Baugesetz von 1948 erlaubte Enteignungen im großen Stil durch die Frankfurter Aufbau AG, bei der mein Vater arbeitete. Die in Stadt und Land regierende SPD und die von ihren Genossen durchsetzten Wohnungsbaugesellschaften stellten einen totalitären Planungs- und Durchführungsblock dar, der gegen Bürgerbegehren weitgehend immun war und bis in die 70er Jahre ungehindert walten konnte. Einen nennenswerten Unterschied zu den Prozessen in der DDR und in Polen kann Demshuk nicht erkennen – ein schreiender Widerspruch zu den demokratischen Idealen, welche die städtebaulichen Prinzipien des neuen Wohnens doch verkörpern sollten.

Die Tatsache, dass sich die Verfechter des städtebaulichen Modernismus und Visionäre des »neuen Menschen« anscheinend bestens mit praktisch jedem Regime arrangieren konnten, demonstriert laut Demshuk trefflich deren »ideologische Anpassungsfähigkeit«. Ihre Vision ließ sich nahtlos an die Nazi-Ideologie, die westdeutsche soziale Marktwirtschaft und den Sozialismus des Warschauer Pakts andocken.

Für die Generation meines Vaters barg die Mitarbeit an dieser Ausprägung des visionären Wiederaufbaus eine enorme Anziehungskraft. Sie bot innerhalb des betont pragmatischen Westdeutschland ein Feld, in dem man sich wieder als Teil von etwas Größerem begreifen konnte. Mit dem Eintritt in die Frankfurter Aufbau AG im Jahr 1953 hatte er, acht Jahre nach der Entlassung aus der britischen Kriegsgefangenschaft und dem Selbstmord Hitlers wieder etwas, woran er glauben konnte. Er arbeitete nun an einer Utopie eines neuen Menschen, einer neuen Stadt, eines neuen Lebens mit, auch wenn seine Aufgaben, laut Lebenslauf, eher trockene Felder wie »Kapital- und Kreditbeschaffung, Siedlungsverwaltung und Statistik sowie Eigentumspolitik« beinhalteten.

Sollte es bei dem einst fanatischen Hitlerjungen und Marinekadetten nach dem Krieg jene »Ich-Verarmung« gegeben haben, welche die Mitscherlichs den Deutschen nach dem Verlust des Führers als narzisstischen Identifikationsobjekts attestieren, so konnte er diese Verarmung durch die Arbeit an der Utopie des kompromisslos modernen Frankfurt zweifellos kompensieren.

Es ist in diesem Zusammenhang bemerkenswert, dass sich sowohl die modernistischen Ideologen des »neuen Menschen« als auch die Nazis auf Nietzsche beriefen. Sowohl Mays neuer Mensch der Weimarer Republik, ein demokratisches, soziales und gleichzeitig ästhetisch hoch empfindsames Wesen, als auch der neue Mensch der Nazis waren Resultat jener nietzscheanischen »Empor-Menschlichung«, die der Mystiker und Nietzsche-Exeget Willy Schlüter 1909 beschrieb. Hinter beiden steckte die moderne Fantasie der Selbst-Erschaffung.

Für die Mitscherlichs ist diese eher amerikanische Praxis des ästhetischen Individualismus, der grenzenlosen Möglichkeit der Selbst-Neuerfindung, zuvorderst eine Vermeidungsstrategie. Bevor es im Nachkriegsdeutschland einen Neustart geben konnte, glaubten sie noch im Jahr 1967, musste erst eine langwierige und gründliche Trauerarbeit stattfinden. »Was unter einer über zwei Jahrzehnte andauernden Zensur unseres Bewußtseins nicht als schmerzliche Erinnerung eingelassen wird, kann ungebeten aus der Vergangenheit zurückkehren, denn es ist nicht ›bewältigte‹ Vergangenheit geworden: Vergangenheit, um deren Verständnis man sich bemüht hat. Trauerarbeit kann nur geleistet werden, wenn wir wissen, wovon wir uns lösen müssen; und nur durch ein langsames Ablösen von verlorenen Objektbeziehungen – solchen zu Menschen oder zu Idealen – kann die Beziehung zur Realität wie zur Vergangenheit in einer sinnvollen Weise aufrechterhalten werden.«

Mein Vater hat sich sicherlich an irgendeiner Form der Trauerarbeit abgemüht. Die Beschäftigung mit dem Dritten Reich in seiner Kellerkammer, unter dem bis in die Literatur- und Musikauswahl durchweg modern ausgestatteten Wohnzimmer unseres Siedlungshauses, war unermüdlich und hatte besessene Züge. Ob sie je zu einer »Ablösung der verlorenen Objektbeziehungen«, um im analytischen Slang der Mitscherlichs zu bleiben, geführt hat, vermag ich nicht zu sagen.

Wirklich geredet wurde darüber nie, die Diskussion über das Dritte Reich zu Hause war – wie in der Schule – stets intellektuell und akademisch. Das erste Mal, dass mein Vater in meiner Gegenwart Kriegserlebnisse erinnerte, war, nachdem er einen Schlaganfall erlitten hatte. Die versagende Blutversorgung hatte anscheinend wirkmächtige Filter im Gehirn ausgeschaltet, die es beinahe fünfzig Jahre lang vermocht hatten, traumatische Erinnerungen zu unterdrücken. Plötzlich lag er hilflos, weinend und desorientiert in seinem Bett im Pflegeheim und sah »überall Leichen auf dem Wasser«.

Wie er damit umging, wer er bis 1945 gewesen war und woran er geglaubt hatte, bleibt für mich bis heute unerschlossen. Die beste Theorie, die ich aufgrund der wenigen Erinnerungen und Anhaltspunkte dazu habe, ist, dass die Nazizeit und die Kriegserfahrung ihn emotional noch immer gefangen hielten. Die Lektüre des Romans *Das Boot* von Lothar-Günther Buchheim sowie dessen Aufzeichnungen und Fotos als Kriegsberichterstatter im U-Boot-Krieg etwa schlugen ihn tagelang und immer wieder im Sessel seines Leseraums im Keller in den Bann. Intellektuell hatte er den Schritt zum neuen Menschen, zum guten Sozialdemokraten, der etwa gegen die Wiederbewaffnung Deutschlands unter Adenauer auf die Straße ging, hingegen vollzogen.

Als entschlossener Verwalter der Utopie des neuen Menschen und der neuen Stadt blieb er für mich im Privaten derweil ebenfalls weitestgehend unsichtbar. Er streifte ihn mit der Krawatte ab, wenn er abends zur Tür hereinkam. Höchstens ein halbes Dutzend Mal nahm er mich mit ins Büro. Am denkwürdigsten für mich war dabei der Besuch im Rechenzentrum mit den monströsen Computern der 70er Jahre, deren Einsatz für die Mieterverwaltung mein Vater zu übersehen hatte. Wohl aufgrund dieser Sonderaufgabe gab es bei uns zu Hause immer stapelweise Lochkarten, die als Notiz- oder Einkaufszettel genutzt wurden.

Für mich war er jedoch wenigstens bis in die Pubertät der kumpelhafte Vater, mit dem es allerlei Abenteuer zu erleben gab. Dazu gehörten die samstäglichen Einkaufsausflüge in die Stadt. Sie begannen stets mit dem Besuch der 1954 gebauten Kleinmarkthalle, die mit ihrer Glasfassade und dem schrägen Dach bis heute als Klassiker der Frankfurter Nachkriegsarchitektur die Innenstadt ziert.

Manchmal ging es dann, nach einem Mittagessen, noch in die Siedlung am Atzelberg, einen Mix aus Hochbauten und dreigeschossigen Mietshäusern am Hang zwischen Frankfurt-Seckbach und Bergen. Auch das war damals für mich ein Abenteuer, wie die Streifzüge durch die Wälder rund um unsere Siedlung oder das Schwimmen durch österreichische Bergseen.

Die Wohnung der jungen Assistentin meines Vaters, die wir dort besuchten, hatte einen großartigen Ausblick über die Stadt. Ich erinnere mich vage an Möbel aus Glasfaserschalungen mit orangen und braunen Tönen. Und ich erinnere mich, dass ich zusammen mit den beiden ein kleines Glas Sekt trinken durfte.

10
DIE WIEDERKEHR DES UNTERDRÜCKTEN

Wer zu Beginn der 60er Jahre, wie damals üblich, mit dem Auto kommend, in die Frankfurter Innenstadt fuhr, der erlebte ein eigenartig gebrochenes Stadtbild. Die Berliner Straße, die recht brutal als Ost-West-Trasse durch die Reste der zerstörten Altstadt gesprengt worden war, präsentierte sich als Vorzeigeboulevard der modernen Stadt. Dort konnte man denkmalgeschützte Musterbauten der Epoche wie die luftig leichte, an Corbusier angelehnte Göppinger Galerie bewundern oder die Zeile an der Kleinmarkthalle, in der sich horizontale und vertikale Betongruppen zu einem hochmodernen Ensemble aus Wohnhäusern und Ladengalerien verquicken.

Wenn man dann jedoch an der Paulskirche vorbei auf den Römerberg, seit Zeiten der Kaiserpfalz das geografische und ideelle Zentrum der Stadt, einbog, stand man vor der großen Ironie der Frankfurter Nachkriegsstädteplanung. Bei aller frenetischen Bautätigkeit im Gürtel rund um die Stadt war das Zentrum leer geblieben. Der Platz zwischen dem Rathaus »Römer« und dem Kaiserdom bestand aus festgetretenem Lehm. Zwischen geparkten Opel Rekords und Borgward-Limousinen spielen auf Fotografien der Zeit die Kinder Fußball.

Es war eine Verlegenheit, die bis ins Jahr 2018 andauerte, als hier die immer noch leidenschaftlich umstrittene neue Altstadt gebaut wurde. Bei allem Eifer, Tabula rasa zu machen und eine moderne Stadt zu errichten, hatten die Stadtplaner an diesem Platz, der seit 1200 Jahren identitätsstiftend für Frankfurt war, gezögert. Wenigstens hier traute man sich nicht, die Geschichte dauerhaft auszuradieren. Welcher Geschichte an diesem Platz gedacht werden sollte, war jedoch unklar.

Mit der sicherlich prägendsten Geschichte dieses Ortes war

man jedenfalls nach dem Krieg zurückhaltend. Wo jetzt Kids zwischen Autos kickten, waren mehr als fünfhundert Jahre lang die Neugierigen aus dem ganzen Reich zusammengekommen, um der Wahl und Krönung des deutschen Kaisers beizuwohnen, der, nachdem er im Dom das Schwert Karls des Großen und die Reichsinsignien empfangen hatte, in einer mehrstündigen Prozession die zweihundert Meter zum Festmahl im Römer geleitet wurde. Für die nach vorne blickende junge Bundesrepublik war dieses Erbe freilich zu imperial, als dass man es mit einer Rekonstruktion hätte hervorheben wollen.

Jetzt saß im wiederaufgebauten Römer eine demokratisch gewählte Stadtregierung. Doch Ende des Jahres 1963 mussten die Stadtverordneten ihren Sitzungssaal vorübergehend räumen. In Frankfurt begann der Auschwitz-Prozess, in dem erstmals Mittäter des Holocaust vor ein deutsches Gericht gestellt wurden. Der eigens dafür geplante Neubau des Bürgerhauses Gallus, ein transparenter Glas-Kubus mit Exo-Skelett im rationalen Stil der Zeit, war jedoch nicht rechtzeitig fertig geworden. Und so wurden Nazimörder wie der Adjutant von Rudolf Höß, Robert Mulka, oder der notorisch sadistische SS-Oberscharführer Wilhelm Boger im Römer dem vorsitzenden Richter Hans Hofmeyer vorgeführt.

Die Prozesse waren eine Heimsuchung für die emsige deutsche Nachkriegsgesellschaft. Der heroische Generalstaatsanwalt Fritz Bauer hatte Gespenster geweckt, die man lieber hätte ruhen lassen. In fünf Jahren Vorbereitungszeit hatte er 300 Stunden an Zeugenaussagen und 7000 Seiten an Beweisen zusammengetragen, in denen mit schonungsloser Deutlichkeit das Grauen von Auschwitz ans Licht gezerrt wurde. Noch heute ist die Lektüre unerträglich. Allein durch die Seiten des Theaterstücks *Die Ermittlung* von Peter Weiss, ein Kondensat der Zeugenaussagen, durchzukommen, bringt den Lesenden an seine Grenzen. Mehr als ein paar Seiten am Stück sind nicht zu verdauen, ohne dass einen die Wut, die Trauer und die Scham überwältigen.

Was es für die Opfer bedeutet haben muss, das alles vor einem deutschen Publikum und im Angesicht ihrer Peiniger noch einmal zu durchleben, ist unermesslich. Unsagbares sagen zu müssen in einer Umgebung von Protokollanten und Verteidigern, die nach exakten Uhrzeiten und Daten und Plausibilitäten von Blickwinkeln fragen, war mehr als ein erneutes Erleben des Schrecklichen.

Am 18. Juli 1964 schilderte die *Frankfurter Neue Presse* in einem Text mit dem Titel »Die Sprache, die niemand versteht« eindringlich, wie furchtbar der Auftritt vor Gericht für die Opfer war. Beschrieben wird der Zeuge Simon Gotland, der zum Arbeitseinsatz an der Selektionsrampe abkommandiert worden war, um die ankommenden Waggons zu räumen und den Eingetroffenen das Gepäck wegzunehmen. Gotland spricht kein Deutsch und kein Englisch, lediglich gebrochenes Französisch sowie Brocken von Polnisch und Jiddisch, an die er sich aus seiner Kindheit erinnert. »Die Hände um die Stuhllehnen gekrallt sitzt der schwere Mann dem Gericht gegenüber, als müsse er in jeder Sekunde bereit sein, aufzuspringen und zu fliehen. Hilflos blickt er von Zeit zu Zeit im Kreis, offenbar versteht er die meisten Fragen nicht, die ihm die vielen schwarzrobigen Männer in wohlgesetzten Worten präsentieren. Erschrocken fährt er manchmal zusammen, wenn ihm aus dem Lautsprecher sein eigener Wortschwall in dreifacher Lautstärke entgegenrollt. Und je intensiver die Erinnerungen aus ihm hervorbrechen, desto weniger verstehen ihn wiederum die übrigen Prozeßbeteiligten, es ist, als umgäbe ihn eine Mauer. Die Sprache Simon Gotlands scheint einen Augenblick lang ein Symbol für das Schicksal vieler Auschwitz-Häftlinge zu sein. Wenn sie überlebten, fanden sie sich in einer fremden, äußerlich so intakten und kultivierten Welt wieder, in der für die dunklen Tage kein Platz mehr war und keine Möglichkeit, sie in der Sprache zu artikulieren.«

Doch Fritz Bauer wollte damals, dass das vermeintlich intakte und kultivierte Deutschland hinhört. Der jüdische Sozialdemokrat hatte mit der Anklage seinen Grund dafür gefunden, nach dem Krieg aus dem Exil zurück nach Deutschland gekommen zu sein. Er begriff, dass es ein echtes Vorwärts für Deutschland nicht würde geben können, ohne dass man diese Gespenster aus ihrer Gruft entlässt. Deshalb organisierte er zusätzlich zu den Prozessen auch eine Auschwitz-Ausstellung in der Paulskirche für all jene, die den Weg ins Gericht nicht fanden, und trug sich damit harsche Kritik der Verteidigung ein. Eine Kritik, die nicht einmal ganz ungerechtfertigt war. Sicher ging es Bauer nicht bloß um die Verurteilung der Mörder von Auschwitz unter deutschem Strafrecht, das sich ohnehin im Angesicht des Holocaust als unzulänglich erwies. Die anklagefähigen Delikte und die Strafen waren ein Spott für die Opfer, die den Mut gehabt hatten, ihre Traumatisierungen zu offenbaren. Nur Einzeltaten, die exakt bezeugt, dokumentiert und datiert werden konnten, waren justiziabel. Der Barbarei der Todesfabrik Auschwitz konnte das nicht gerecht werden. Der Holocaust ließ sich einfach nicht in die zivile Nachkriegsordnung integrieren, er war zu sperrig. Die Institutionen waren nicht darauf ausgelegt, ihn zu absorbieren. Niemals würde die Ungeheuerlichkeit von Auschwitz sich in einem Gerichtsprotokoll wiederfinden können.

So war es in gewissem Sinne auch ein Schauprozess. Und der Wille des Publikums, hinzuschauen sowie sich von den Gespenstern der Nazizeit erschrecken zu lassen, die man doch mit so viel Mühe unter Verschluss gehalten hatte, hielt sich in Grenzen. Die seriöse Presse, die *Welt*, die *FAZ*, die *Frankfurter Rundschau* und die *Süddeutsche*, druckte zwar zwischen 1963 und 1965 pflichtschuldigst 933 Artikel zu den Prozessen. Der Boulevard hingegen blieb fern. Die *Bild* berichtete lediglich darüber, dass der Prozess die olympische Segelkarriere des Sohns von Robert Mulka gefährdete.

Das Institut für Demoskopie Allensbach ermittelte, dass eine Mehrheit der Deutschen keine weiteren Auschwitz-Prozesse wünschte. Zudem verfolgten die meisten Deutschen die Prozesse nicht sonderlich aufmerksam. Die wenigsten Befragten konnten die Namen der Angeklagten nennen oder gar nur den Gerichtsstand des Verfahrens. Und wenn, dann war die Konfrontation des Wirtschaftswunderdeutschlands mit seiner Vergangenheit nur bedingt erfolgreich. So bemängelte Martin Walser die Tatsache, dass der Prozess das Geschehen in Auschwitz zu einer Serie von Gruselgeschichten mache, die man ebenso fasziniert wie abgestoßen in der Zeitung konsumierte, nur um sie bei der nächsten Sensation dann wieder zu vergessen. Die Monstrosität des Holocaust in seinen historischen Dimensionen sei dadurch nicht greifbar geworden.

Der Schriftsteller Horst Krüger, der auf Einladung von Fritz Bauer selbst den Prozess begleitete, sah das ähnlich. »Es ist wie ein Zeitstück, das zehn Jahre zu spät zur Premiere kam: Schon bei seiner Uraufführung veraltet. Ein Fortsetzungsroman, der sich seit Monaten spröde dahin quält, ein Roman des Schreckens, der in der Öffentlichkeit Langeweile auslöst: KZ Greuel – wer kann das noch hören, wen soll das noch interessieren? Wir wissen doch alles. Pflichtreport der großen Zeitungen, Pflichtlektüre für niemanden. Als ich neulich so beiläufig sagte: ›Ich geh zum Auschwitz Prozess‹ entstand unter den Abendgästen für einen Augenblick ein verlegenes, betretenes Schweigen. ›Ja ja furchtbar‹, sagte jemand im Hintergrund. ›Sie Ärmster‹, fügte eine Dame hinzu, und die Gastgeberin schenkte neuen Whiskey ein und versuchte von diesem Wort abzulenken. Auschwitz sagt man in unserem Land nach Dienstschluss nicht gern; es ist ein verpöntes Wort.«

Das Wort, der Gedanke fanden keinen Platz in der deutschen

Nachkriegsgesellschaft, jedenfalls noch nicht, sosehr sich Bauer das auch gewünscht hatte. Es passte nicht hinein in das atemlose Aufbauen, in den blinden Sturm nach vorne, dem Deutschland sich mit Verve hingegeben hatte. Wie quer der Holocaust zu diesem Treiben saß, beschreibt Horst Krüger, als er in der Prozesspause auf die Braubachstraße trat. »Ich gehe zur Paulskirche hinüber, betrete den Paulsplatz und mit einem mal schlägt mir dieser rasende, hastende Mittagsverkehr einer lebendigen deutschen Großstadt entgegen. Es ist wie ein Orkan der Technik, ich fühle mich in ihm verloren. Jetzt kannst Du nicht an Erschießen und Vergasen, an Kamine und Krematorien denken, du musst sehen, wie du heil über die Straße kommst. Das ist Frankfurt zwölf Uhr fünfundfünfzig, kommerzielles Zentrum des freien Deutschlands, das ist Bundesrepublik jeden Mittag. Und alle Autofahrer scheinen meiner Altersgruppe anzugehören, Herren Mitte Vierzig, die jetzt Krieg auf der Straße im Geschäft, an der Börse spielen.«

Die Hauptangeklagten des Prozesses, die Mulkas, Bogers, Klehrs und Kaduks, die in Auschwitz mit leidenschaftlichem Sadismus gewütet hatten, das will Krüger in dieser Mittagspause nicht aus dem Sinn, fügen sich nahtlos in dieses Bild. Allesamt wohlgenährt und gut gekleidet, allesamt brave Buchhalter und Kaufleute, die, wie alle anderen, die das Dritte Reich erlebt hatten, ihre Vergangenheit vor 1945 einfach ausgeknipst hatten, irgendwo in den Tiefen ihres Unterbewusstseins so verkapselt abgelegt, dass sie nicht mehr zugänglich war. Günter Grass vergleicht diese Art der Archivierung mit dem Bernstein, in dem die Fossilien bis in alle Ewigkeit unveränderbar erhalten bleiben, sorgsam geschützt vor den Elementen der Gegenwart. Wenn das Nachkriegsdeutschland den Auschwitz-Prozess aufmerksam verfolgt hätte, hätte es in den Angeklagten viel von sich selbst wiedererkannt, auch das, ganz sicher, ein Grund, nicht so genau hinzuschauen.

Mein Vater gehörte gewiss zu der hetzenden, hastenden Masse in der Frankfurter Innenstadt, die den verstörten Horst Krüger umspülte. Er hätte gut hier ein Power Lunch mit einem Kollegen bei der Hessischen Landesbank haben können oder kurz in die Kleinmarkthalle springen, um etwas für das Abendessen zu besorgen. Oder ein verstohlenes Mittagessen mit seiner jungen Assistentin, der er zu jener Zeit wohl schon zugetan war.

Es ist wohl anzunehmen, dass er als geflissentlicher Zeitungsleser den Auschwitz-Prozess wahrgenommen hat. Wie tief das Interesse bei meinen Eltern reichte, vermag ich nicht zu sagen. Sollten sie gar aus Neugier einmal in den Römer oder später ins Haus Gallus gegangen sein, war davon später nie die Rede. Wie überhaupt der Holocaust bei uns zu Hause nicht thematisiert wurde, obwohl zumindest mein Vater unablässig über das Dritte Reich brütete. Doch es war die Figur Hitlers, die ihn vor allem ungebrochen faszinierte. Die TV-Serie *Holocaust*, die 1978 die Welt aufrüttelte, wurde bei uns zwar geschaut, gemeinsam sogar. An eine Diskussion kann ich mich aber nicht erinnern.

Dafür forderten bei meinen Eltern mit dem Einzug in das Würfelhaus und praktisch zeitgleich mit dem Beginn des Frankfurter Auschwitz-Prozesses andere Gespenster ihr Recht. Mit dem Bezug des Reihenhauses und mit meiner Geburt in der Nordweststadt, die noch stattfand, bevor im Haus Gallus die Schlussplädoyers gesprochen wurden, begann für meine Eltern ein neues Leben. Eines, das sie fest entschlossen waren dezidiert modern anzugehen, so, wie die Anlage der Siedlung und die Einrichtung des Wohnzimmers. Doch es spukte im Würfelhaus.

Der Entwurf der jungen Familie sah es vor, dass beide Partner ihre Karrieren weiterverfolgen. Meine Mutter hatte einen progressiven Arbeitgeber, der es ihr erlaubte, oft von zu Hause aus zu arbeiten. So konnte sie sich mit Hilfe einer Haushaltshilfe unter der Woche um mich kümmern, nur ab und zu musste ich mit ins Büro, wo ich auf den glänzend gewienerten Parkettbohlen einer einstigen Villa an der Taunusstraße mit meinen Autos spielen durfte. Die Wochenenden verbrachte ich mit meinem Vater, der dann auch Haushaltsaufgaben übernahm, um meiner Mutter Zeit für ihre Arbeit zu verschaffen.

Doch das ganze moderne Konstrukt bekam bald Risse. Auf einem Diagramm, das meine Mutter dreißig Jahre später in der Therapie anzufertigen hatte, begannen die Kurven für ihre Beziehung zu meinem Vater sowie die zum Alkohol um das Jahr 1965 abzustürzen. Das Würfelhaus machte sie von Anfang an unglücklich.

Dazu trugen auch zwei harte biografische Einschnitte bei, die meine Mutter 1965 zu verkraften hatte. Zuerst verstarb ihre Mutter, plötzlich und unerwartet an den Folgen einer an sich trivialen Magenoperation. Dann musste sich meine Mutter einer Hysterektomie unterziehen, einer Prozedur, die weiland Frauen weitaus zu leichtfertig und mit wenig Rücksicht auf die Konsequenzen für Hormonhaushalt und Gefühlsleben zugemutet wurde.

Für sie begann ein langes, langsames Abrutschen in eine tiefe Einsamkeit, aus der sie wohl bis zu ihrem Lebensende nicht wirklich herausfand. Mein Vater jedenfalls war gegenüber ihren seelischen Nöten immun, er konnte das nicht an sich heranlassen. Stattdessen verfolgte er immer offener die Affäre mit seiner Assistentin.

Ich weiß nicht, warum ich dieses Bild erinnere, ich war eigentlich noch zu jung, als dass es in aller Klarheit im Gehirn abgespeichert werden konnte. Und doch ist sie da, die Nacht, irgendwo auf einer Umgehungsautobahn von Frankfurt. Ich sitze neben meinem Vater in unserem blauen VW Variant und wir fahren vom Krankenhaus in die Wohnung seiner Geliebten oder umgekehrt, das weiß ich nicht mehr, aber ich bin mir ganz sicher, dass meine Mutter im Krankenhaus liegt und wir gleichzeitig seine junge Liebhaberin besuchen und ich mitkomme, vermutlich, weil es nicht anders geht, weil er niemanden gefunden hat, der auf mich aufpasst, solange meine Mutter im Krankenhaus ist.

Eine andere Erinnerung setzt sich aus Fotografien zusammen und aus Gesprächen mit meiner Mutter in den letzten Tagen vor ihrem Tod, als endlich, zur letzten Gelegenheit, Dinge ausgesprochen wurden, die vorher jahrzehntelang unaussprechlich waren. Ich bin vier, vielleicht fünf Jahre alt, meine Mutter hat mir zu Fastnacht mit Liebe ein elaboriertes Clownskostüm genäht und mich bunt geschminkt. Ich gehe mit meinem Vater zum Faschingszug nach Frankfurt, doch meine Mutter kommt nicht mit, es ist Wochenende, sie muss arbeiten, aber sie weiß ganz genau, dass wir uns dort mit seiner Liebhaberin treffen.

Und da ist noch eine Erinnerung, die mehr ein Gefühl ist als ein Bild. Es sind lange Abende, an denen ich mit meiner Mutter zu Hause sitze, der Vater muss angeblich arbeiten, doch meine Mutter weiß genau, dass dies nicht stimmen kann. Der Schmerz des Verlassenseins zerreißt sie, ich kann ihn selbst spüren, wenn ich daran denke, allein der Whiskey aus einem immer vollen Glas, das nach jedem Schluck wieder im Küchenschrank verschwindet, lindert ihn ein wenig.

Waren es Gefühle wie jene, die meine Mutter in Heppenheim empfunden haben muss, als sie nicht wusste, ob ihre Mutter und ihre Großmutter im Inferno der Stadt noch lebten, die sie in solchen Stunden beschlichen und die sie ertränken musste? Beklemmungen, die den Hals zuschnüren, die sie zwanzig Jahre nicht gespürt hatte, die jetzt aber so frisch wieder da waren wie in jenen Märztagen des Jahres 1944?

Je tiefer die Nöte der Mutter sind, desto mehr wendet sich mein Vater von ihr ab und seiner Geliebten zu. Mit atemberaubender Grausamkeit ersetzt er meine Mutter, die nach ihrer Operation ihre Attraktivität als Geliebte, als Frau verliert. Sie ist sozusagen beschädigt. Dabei reicht es jedoch nicht, dass er untreu ist, es ist wichtig, es möglichst offen zu tun, es ist ein unmissverständlich sadistischer Akt. Der Wille, sie zu quälen, ist nicht zu übersehen.

Der »weiße Terror« Klaus Theweleits kommt in den Sinn. Der soldatische Mann meldet sich zu Wort, der zu Mitgefühl nicht in der Lage ist. Mehr noch, ihre Nöte haben etwas Bedrohliches für ihn, sich darauf einzulassen ist eine Gefahr für seine Ich-Grenzen. Die Reaktion darauf ist Aggression, sie hilft ihm dabei, nach eigenem Empfinden, nicht unterzugehen. Ich spiele dabei die Rolle des Komplizen, es gibt keine Grenze zwischen ihm und mir. Mehr noch, ich werde Werkzeug seines Sadismus. Ich gehe mit ihm und seiner Geliebten zum Faschingszug, während meine Mutter zu Hause bleibt.

Wenn ich heute in Frankfurt bin, führt mich mein Weg vom Einkauf an der Konstablerwache hinunter zur »Schönen Aussicht« am Main, die Kurt-Schumacher-Straße hinunter, vorbei am Börneplatz unter den Kollonnaden eines monströsen Verwaltungsgebäudes der Stadt hindurch. Es ist kein angenehmer Spaziergang, zur Rechten brüllt der Verkehr von der vierspurigen Straße herüber, der Weg an der langen Kachelwand des Stadtplanungsamtes, das hier residiert, ist kalt und unwirtlich. Die wenigen Stadtangestellten, die zum Rauchen hier stehen, machen es kaum freundlicher.

An einer Fensterwand des Gebäudes ist eine Art Bildtapete in einem bläulichen Schwarzweiß aufgeklebt. Gezeigt wird, wie es im 19. Jahrhundert hier aussah, als dieses Stück Straße in der Mitte der Judengasse lag, die sich seit dem 15. Jahrhundert an der Außenseite des Grabens um die Altstadt entlangzog. Da ist die große prachtvolle Synagoge zu sehen, die 1938 abbrannte, eingezwängt zwischen schmale, dicht aneinandergequetschte Wohnhäuser. Auf der engen Gasse herrscht ein reges Markttreiben.

Niemand bleibt hier stehen, um sich dieses lieblos angeklebte Bild anzuschauen, schon allein deshalb, weil jeder, der es vermeiden kann, nicht zu Fuß hier entlangläuft. Und so folgt wohl auch kaum jemand der Beschilderung, welche die Battonstraße hinunter zum Hintereingang des Stadtplanungsamts führt, wo man über eine kleine Treppe in eine hohe gläserne Halle gerät. Der Schweizer Architekt Ernst Gisel hat dem postmodernen Klinker-Bau unter einem wellenförmigen Dach diese Halle verpasst, die wohl Offenheit und Transparenz symbolisieren soll.

Gisel hatte die unmögliche Aufgabe, die damals geplante Funktion des Gebäudes als Kundenzentrum der Stadtwerke mit dem zu verbinden, was hier beim Aushub des Fundaments zutage trat und was heute verschämt über den Hintereingang zugänglich gemacht wird: die Ruinen der Judengasse, eines der ältesten und wichtigsten jüdischen Ghettos Europas, zu denen man über eine weitere Treppe wie in eine finstere Katakombe hinabsteigen kann.

Es war nicht so, dass man es nicht hat erwarten können damals, dass hier die Zeugnisse jüdischen Lebens zutage gefördert werden, sobald die Bagger ihre Arbeit beginnen. Schon vor Baubeginn gaben Mitglieder der jüdischen Gemeinde und engagierte Bürger wie die Schriftstellerin Eva Demski ihre Bedenken zu Protokoll, auf das einstige Zentrum jüdischen Lebens in Frankfurt einen Zweckbau zu setzen, in dem Menschen nicht zuletzt ihre Gasrechnung begleichen können. Doch als im Mai 1987 die Grundmauern des »Steinernen Haus«, eines der größten Wohnhäuser der alten Judengasse, sowie einer Mikwe, zutage traten, wuchsen sich die Bedenken zu lautstarkem Protest aus. Die Baustelle wurde von Demonstranten besetzt, immer mehr Frankfurter von Salomon Korn und Michel Friedman bis hin zu Dieter Bartetzko und Walter Boehlich meldeten sich zu Wort.

Die Diskussion um die Ruinen der Frankfurter Judengasse weitete sich zu einer der ersten wirklich tiefschürfenden Debatten um Erinnerung und Erinnerungskultur in Deutschland aus. Das nach dem Krieg manisch auf die Zukunft fixierte Deutschland begann nun endgültig, sich mit der Vergangenheit zu beschäftigen. Es war unmöglich, sich mit den Überresten jüdischen Lebens in Frankfurt auseinanderzusetzen, ohne über dessen Tilgung zu sprechen, auch wenn der CDU-Oberbürgermeister Wolfram Brück dies versuchte, als er behauptete, man müsse die Geschichte jüdischen Lebens in der Stadt losgelöst vom Holocaust würdigen.

So infizierte schon damals die Behauptung von der historischen Einzigartigkeit des Holocaust, um die bis heute der Streit um die deutsche Erinnerungskultur kreist, die Diskussionen um die Erinnerung. Brück brachte das Argument gegen diejenigen in Stellung, die fanden, der zentrale Ort ausgelöschten jüdischen Lebens in Frankfurt müsse auch ein Ort des Andenkens an die Auslöschung sein. Brück wollte stattdessen die Judengasse als Zentrum eines produktiven und glücklichen jüdischen Bürgertums gewürdigt sehen. Das Ghetto sei allein zum Schutz seiner Bewohner da gewesen und religiöse Segregation müsse nun mal im Zeitzusammenhang gesehen werden, behauptete Brück. Ignatz Bubis erinnerte hingegen an die wiederholten Pogrome über die Jahrhunderte in Frankfurt, die menschenunwürdigen Zustände in der überfüllten Judengasse und entgegnete Brück, dass »jede Art von Ghetto Diskriminierung und Ausgrenzung« bedeute. Bubis bestand darauf, das Frankfurter Ghetto als »Vorstufe der Ghettos des 20. Jahrhunderts zu sehen«, die ausschließlich der Vernichtung dienten.

So kehrten am Frankfurter Börneplatz 1987 unausweichlich die Gespenster der Vergangenheit zurück, die vierzig Jahre geschlafen hatten. Sie verbreiteten sich wie ein Virus nach einer langen Inkubationszeit im Organismus des Gemeinwesens. Das vermeintlich Getilgte meldete sich zu Wort, ähnlich jenem Manuskript des Archimedes, das, ausradiert und mit einem kirchlichen Text überschrieben, durch die Oxidation der alten Tinte tausend Jahre später wieder sichtbar wurde. Am Börneplatz leuchtete die bei postmodernen Denkern so beliebte Metapher von der Stadt als Palimpsest unmittelbar ein. Sosehr man nach dem Krieg versucht hatte, die Geschichte auszuradieren und eine reine Stadt der Zukunft zu bauen, so widerborstig wehrte sich die Vergangenheit dagegen, einfach zu verschwinden.

Man einigte sich schließlich auf einen Kompromiss, den Viele als faul ansahen. Die gefundenen Fundamente der vier Wohnhäuser sowie der Mikwe wurden von Archäologen abgetragen, gereinigt, studiert, katalogisiert und zu einer Art Erlebnispark neu zusammengesetzt. Was man heute unter der Halle – die einst die Schalterhalle des Kundenzentrums werden sollte – zu sehen bekommt, ist ein begehbarer Archäologiegarten, in dem das Leben in der Judengasse nachvollziehbar gemacht werden soll. Man erfährt mit Handbüchlein und Tondokumenten etwas über die Bewohner, die Nutzung der Räume und die Art, wie man sich den Alltag hier vor drei- oder vierhundert Jahren vorzustellen hat.

Architekturkritiker Bartetzko bezeichnete das Museum als »Geschichtsentsorgungs-Park«. Wie viele Kritiker hatte er sich gewünscht, die Ausgrabungen in ihrem Originalzustand zu belassen und nicht dem Stadtwerke-Bau einzuverleiben, als sicht- und spürbare Narbe im geglätteten modernen Stadtgefüge. So schrieb er im September des Jahres 1987 in der *Frankfurter Rundschau*. Doch da konnte er noch nicht wissen, wie sich der Ort heute, fünfunddreißig Jahre später liest.

Dem Ort ist heute seine ganze Geschichte eingeschrieben, die Geschichte der Judengasse, ihrer Auflösung im 19. Jahrhundert, ihrer Auslöschung im 20., ihrer Wiederkehr, des Versuchs, diese zu unterdrücken, und, als dies nicht gelang, des Versuchs, die Wiederkehr zu zähmen.

All das wird besonders deutlich, wenn man in die Halle des Stadtplanungsamtes tritt. Denn heute ist hier ein enormes maßstabgetreues Modell der Stadt Frankfurt zu bewundern, nebst einer Sonderausstellung zum Bau eines modernen Stadions. Es ist wie eine weitere Schicht des Palimpsestes, das über die Fundamente der Judengasse geschrieben wird, eine neueste Vision von Zukunft, die ebenfalls von vorneherein infiziert und von der Wiederkehr des Gewesenen bedroht ist. Die Schichten beleuchten sich gegenseitig, das Neue ist nicht anders zu lesen, als der hilflose und hoffnungslose Versuch, das Alte immer wieder auszuradieren.

Als ich um das Modell herumlaufe und versuche, vertraute Gebäude und Straßenzüge zu identifizieren, drängt sich mir die Frage auf, wo meine eigene Geschichte hier hineinpasst und was passiert, wenn ich versuche, sie aufzuschreiben. Ich spüre, ganz deutlich, dass dieser Ort hier dabei eine Rolle spielen wird. Bis ich hinaus auf die Straße trete und die Gedanken im Verkehrslärm ertrinken.

11
NOWHERE MAN

Als ich Dr. Ruth endlich gegenüberstand, verschlug es mir die Sprache. Nichts von all dem, was ich ihr so gerne gesagt hätte, wollte mir über die Lippen, während ich hilflos in ihrem Wohnzimmer im dreizehnten Stock eines Apartmenthauses im oberen Manhattan saß und über den Hudson blickte, der tief unter uns der Freiheitsstatue entgegenrollte.

Ich zog mich auf meine Reporterrolle zurück und stellte meine vorbereiteten Fragen. Wie das in den 50er Jahren war hier im Viertel, das damals Zufluchtsort für Zehntausende deutscher Juden war. Ob man auf der Straße Deutsch gesprochen habe, ob in den Haushalten deutsche Sitten gepflegt wurden. Was für ein Verhältnis die Menschen zu ihrer einstigen Heimat hatten.

Dr. Ruth war ungeduldig, sie hatte viel zu tun. Journalisten riefen bei ihr an, weil gerade ein Dokumentarfilm über sie als Symbolfigur der sexuellen Revolution in den USA erschienen war. Außerdem hatte sie eben erst ein Kinderbuch geschrieben, in dem sie ihre Lebensgeschichte erzählte. Wie sie mit dem Kindertransport aus Frankfurt am Main in die Schweiz gebracht wurde, nachdem man 1938 ihre Eltern in die Lager abtransportiert hatte. Wie sie in Palästina als Scharfschützin für den Staat Israel gekämpft hatte, um dann mit Umweg über Paris 1952 schließlich hier in Washington Heights zu landen.

Sie verstand nicht so recht, warum die Details des damaligen Alltags in Washington Heights, den felsigen Anhöhen im Norden von Manhattan, wo die Insel sich zwischen Hudson und Harlem River verjüngt, für jemanden interessant sein können. Ja, es habe Kaffeekränzchen gegeben, man habe bei der deutschen Bäckerei an der Dyckman Street Streuselkuchen gekauft und habe Mozart und Beethoven gehört. Und man habe auch Deutsch gesprochen, in den eigenen vier Wänden jedenfalls. Draußen auf der Straße weniger.

Dr. Ruth sagte all das in jenem charakteristischen Amerikanisch, das ich außer bei ihr noch nirgendwo anders gehört hatte. Amerikaner finden den Akzent exotisch und liebenswert. Er ist Teil ihrer Marke, wie man heute sagt. Ich hörte daraus hingegen Spuren des reinsten Frankfurterisch, die sie niemals hat abschütteln können, obwohl sie gerade einmal zehn war, als sie floh. Sechsundachtzig Jahre ist das her, es war im November 1938, nur Tage nach der Pogromnacht. Das wird schon nicht so schlimm, hatte ihr Vater damals noch zu ihr gesagt. Am nächsten Tag wurde er abgeholt. Sie sah ihn niemals wieder.

Dr. Ruths unverkennbare Tonfärbung erinnerte mich unweigerlich an meine Mutter. Meine Mutter wurde 1930 im Frankfurter Nordend geboren, zwei Jahre nach Dr. Ruth. Die jüdische Gemeinde an der Gagernstraße im Ostend, der Dr. Ruth angehörte, war keine zwei Kilometer von der Wohnung in der Friedberger Landstraße entfernt.

Ich habe mich oft gefragt, ob sie sich vielleicht einmal über den Weg gelaufen sind, die kleine Ruth und die kleine Erika. Ob sie vielleicht zusammen im Huthpark, wo Frankfurt am Wochenende Luft schnappte, Hüpfseil gespielt haben. Oder ob die Familie Siegel vielleicht an der Gerbermühle am Main neben der Familie meiner Mutter beim Ebbelwoi gesessen habe.

Wenn ich solchen Gedanken nachhänge, dann überkommt mich eine tiefe Trauer und ein ebenso profunder Zorn. Eine Trauer darüber, dass ich nicht mit den Kindern von Dr. Ruth in Frankfurt zur Schule gegangen bin. Dass die Siegels nicht unsere Nachbarn waren, sondern dass von ihnen nur ein Kieselstein an der Außenmauer des alten jüdischen Friedhofs am Börneplatz geblieben ist.

Jeder jüdischen Familie, die aus dem Frankfurter Leben herausgerissen wurde, ist dort ein Kieselstein gewidmet worden, der, auf einen Namensblock gelegt, jeweils ein kleines Stückchen aus der Mauer hervorragt. Es ist ein beklemmendes Monument der Abwesenheit, eine letzte Spur all derer, die so brutal aus unserer Mitte gerissen wurden.

All das wollte ich Dr. Ruth seit Langem sagen, seit ich vor fünfzehn Jahren nach Washington Heights gezogen war und zufällig erfuhr, dass das Viertel einst Frankfurt on the Hudson genannt wurde. Wegen der Gemeinde des Rabbis Joseph Breuer, der 1939 an der Bennett Avenue die neoorthodoxe Gemeinde wieder errichtete, die er an der Friedberger Anlage in Frankfurt hatte zurücklassen müssen. Und wegen der vielen deutschen Juden, die hier bis in die 80er Jahre lebten, als die Einwanderergeneration langsam ausstarb und die Kinder und Enkel in andere Viertel oder in die Vororte zogen.

Ich wollte gerne mit ihr über die Fügung sprechen, dass wir beiden Frankfurter jetzt ausgerechnet hier Nachbarn geworden sind. Ich wollte mit ihr über unsere Heimat sprechen, über Straßen und Plätze und ihre Erinnerung daran. An die Börneplatzsynagoge etwa oder an die Breuergemeinde, an deren Stelle heute ein von französischen Zwangsarbeitern errichteter Weltkriegsbunker steht. Noch so ein Palimpsest auf dem Pergament der Stadt Frankfurt.

Er war verwirrend stark, dieser Wunsch, eine Verbindung zu Dr. Ruth herzustellen. So stark und verwirrend, dass er seinen Weg in die Gespräche mit meiner, wohl kaum zufällig, ebenfalls jüdischen Psychotherapeutin fand.

Ich vergötterte Dr. Ruth. Sie war für mich ein Mensch, der etwas am Leben verstanden hat, was wir gewöhnlichen Irdischen vermutlich nie verstehen werden. Jemand, der Grausamkeit und Verlust auf eine solch erbarmungslose Art erlebt und dann ein derart erfülltes Leben gelebt hat, der ist im Besitz von etwas Profundem.

Dieser besondere Mensch, das hoffte ich, würde mich auf gewisse Art befreien können. Ganz insgeheim, das förderte meine New Yorker Therapeutin aus den tieferen Schichten meines Unbewussten zutage, wollte ich von ihr adoptiert werden. Ich wollte eine jüdische Mutter haben, die alles ungeschehen machen kann, was zwischen Deutschen und Juden seit 1938 passiert ist. Eine Mutter, die mich von meinem Deutschsein erlöst. Und irgendwie projizierte ich diesen Wunsch auch auf meine Therapeutin, wobei ich dabei zugleich ein schlechtes Gewissen hatte, mit ihr über die Probleme eines Nazi-Sohns zu reden. Ihre Versicherung, der Holocaust und meine Erfahrung würden sich für sie nicht gegenseitig aufheben, war für mich dann auch ungeheuer wichtig. Er stellte eine Erlaubnis dar, überhaupt darüber reden zu können, die mir keine andere Instanz auf diese Weise hätte erteilen können.

Manchmal glaube ich, dass es dieser Wunsch war, adoptiert zu werden und mein Deutschsein hinter mir zu lassen, der mich überhaupt hierhergebracht hat, nach New York, nach Washington Heights, in jenes Viertel, in dem einst die deutschen Juden Zuflucht gefunden haben. In der Metaphysik der Psychoanalyse gibt es keine Zufälle und manchmal ist die Logik der subliminalen Kräfte, die uns durch die Welt treiben, überaus überzeugend.

Oberflächlich gesehen, bin ich freilich eher aus Zufall in Washington Heights gelandet. Vor knapp achtzehn Jahren brauchte ich dringend eine Bleibe, ich hatte meinen Mietvertrag im East Village verloren. Ich fand an der 157th Street vorübergehend ein Zimmer mit Blick auf den Hudson. Ich dachte, man kann das ja mal ausprobieren, mal eine neue Gegend erkunden.

Die Tatsache, dass dies hier oben einst das Viertel der deutsch-jüdischen Diaspora war, erfuhr ich erst, als ich schon zehn Jahre hier gelebt hatte. Bis ich anfing, auf die Spurensuche nach den deutschen Juden von Washington Heights zu gehen, vergingen weitere zwei Jahre.

Doch dann wurden mir die Begegnungen mit den Menschen, die aus Deutschland verbannt und vertrieben worden waren, und das Aufschreiben ihrer Geschichten zur Obsession. Ich bildete mir ein, ich könne hier etwas gutmachen.

Man trat mir zumeist freundlich und offen entgegen, durchaus bereit, der Enkelgeneration der Täter einer Chance zu geben. In vielen Gesprächssituationen verblasste meine Herkunft, da war ich nur ein New Yorker Journalist. Aber wenn ich naiverweise einen Truth and Reconcilliation Moment erwartet hatte, ein besonderes Zueinanderfinden im Bewusstsein der jeweiligen historischen Rollen, dann hatte ich mich getäuscht.

Manfred (Manny) Kirchheimer etwa, ein im Saarland geborener Filmemacher, der 1938 mit seinen Eltern nach New York kam und in den 80er Jahren einen Film über die Juden von Washington Heights drehte, legte zwar ein dezidiert differenziertes Verständnis für die Ursachen des Faschismus in Deutschland an den Tag. Während des Vietnamkriegs, gegen den er in New York auf die Straße ging, erzählte er, habe er erlebt, wie es sei, auf der Seite der Täter zu stehen. Aber vergessen oder verzeihen, das werde er nie können.

Oder Bill Rudolph, der noch Kindheitserinnerungen an Frankfurt hatte und der als Dreizehnjähriger nach einer Weltreise über Schweden durch Russland bis nach Japan, dann mit dem Schiff nach Kalifornien und mit der Bahn quer über den Kontinent nach New York gekommen war. Er erzählte gerne die Geschichte seiner Familie und war im Umgang mit Deutschen unbefangen. Als Berater der Stahlindustrie hatte er schon zu einer Zeit wieder in Deutschland Geschäfte gemacht, als die meisten amerikanischen Juden sich noch weigerten, ein deutsches Auto zu fahren oder nach Deutschland zu reisen. Doch wie die meisten Juden von Washington Heights oder ihre Nachfahren hatte er kein besonderes Interesse daran, engere Verbindungen nach Deutschland zu knüpfen. Die deutschen Juden von Washington Heights waren Jewish Americans, die deutsche Herkunft war kein Teil ihrer Bindestrich-Identität.

Sie wollten sich, nachdem sie Zuflucht in den USA gefunden hatten, neu erfinden und niemals zurückschauen. Das amerikanische Angebot der Selbsterschaffung, des aesthetic individualism, nahmen sie dankbar an. Die allermeisten von ihnen zogen deshalb auch bald weg. Mit anderen deutschen Juden zusammenzuleben, erinnerte sie zu sehr daran, deutsche Juden zu sein. Und wie bei den meisten New Yorker Juden ist ihre jüdische Identität oft auch nur noch ein »kulturelles« Judentum. Man geht zu den hohen Feiertagen in die Shul, man zelebriert zu Pessach einen Seder, wenn auch oft mit stark abgewandeltem Menü. Ansonsten spielt der Glaube selbst im Alltag kaum mehr eine Rolle, ganz so wie in Deutschland vor 1933.

Auch ich hatte natürlich gehofft, mein Deutschsein hinter mir zu lassen und mich neu erfinden zu können, als ich nach New York kam. Meine ersten Besuche hier Ende der 80er Jahre hatten mir die Augen für diese Möglichkeit geöffnet und in mir diese Sehnsucht geweckt, die zweifellos bereits vorher in mir geschlummert hatte.

Die Erlebnisse, die für mich damals New York zur Sehnsuchtsstadt machten, fanden vor allem im East Village statt, jenem Karree zwischen der Houston Street und der 14th Street, dem East River im Osten und dem Broadway im Westen – in dem noch »die hundert Jahre lange Geschichte der Gegenkultur, beginnend mit den Anarchisten der 1910er Jahre über die Beat Poeten und die Hippies bis hin zu den Punks und den Transsexuellen, die in den achtziger und neunziger Jahren das Bild des Viertels prägten«, wie der Chronist des Ausverkaufs Jeremiah Moss schreibt. Wie für mich war für Moss das East Village das gelobte Land. »Hier fand ich lauter Leute wie mich, die von irgendwoher kamen, wo sie nicht hinpassten, und die versuchten, irgendetwas Interessantes aus ihrem Leben zu machen.«

Auch wenn sie, so wie er damals, noch nicht so genau wussten, wie sie das anstellen sollten.

Moss wurde vor allem von einer Figur angezogen, von dem Beat-Poeten Frank O'Hara, der Anfang der 60er Jahre im East Village wohnte, an der Ninth Street direkt am Tompkins Square Park. Die Gedichte von O'Hara, die danach strebten, die existentielle Unmittelbarkeit des Alltags in Sprache zu fassen, hatten Moss während seiner Schulzeit und seines Studiums begleitet und nun wollte er in das Leben, in die Welt von O'Hara schlüpfen.

Für den Spätankömmling Moss, der Mitte der 90er Jahre ins East Village kam, war das Village von O'Hara ein Paradies. Norman Mailer war damals gerade in das ukrainische und polnische Einwandererviertel gezogen. In einer Wohnung an der First Avenue, die damals unter hundert Dollar im Monat kostete, hatte er seinen Schlüsselroman zur amerikanischen Weltkriegserfahrung, *Die Nackten und die Toten*, geschrieben und die *Village Voice* gegründet, die später bedeutsamste Künstler- und Underground-Zeitung der USA. In der *Voice* schrieben unter anderem auch Allen Ginsberg und Jack Kerouac, die anderen beiden Helden der Beat-Bewegung. Man konnte sie jeden Vormittag in Leshko's Coffee Shop am St. Mark's Place antreffen, die Beats, und mit ihnen Robert Rauschenberg und Jasper Johns, die beiden zentralen Figuren der New York School, jener Künstlerbewegung, die wenig später die Kunst der ganzen Welt auf den Kopf stellen sollte. Abends traf man sich dann im Five Points Jazz Club am Cooper Square, wo Charlie Parker, Thelonious Monk und Charles Mingus gerade mit dem BeBop die Musik neu erfanden.

Es war ein einzigartiger schöpferischer Geist, der durch das Viertel wehte. Die Künstler und Schriftsteller konnten in dem heruntergekommenen Einwandererviertel praktisch umsonst leben und sich ganz dem Leben des Geistes und dem Ausprobieren neuer Lebensformen hingeben. Ada Calhoun, die Tochter des Kunstkritikers Peter Schjedahl, die hier in den 80er Jahren aufwuchs und ein Buch über das East Village geschrieben hat, beschreibt es so: »Es war ein radikaler Gegenentwurf zum Konformismus der 50er Jahre, zum Eigenheim in den Vororten mit Garten und Garage und dem Nine-to five-Bürojob in Midtown.«

In den 70er und 80er Jahren etablierte sich das East Village dann endgültig als Biotop der Boheme, als Nährboden für die amerikanische Avantgarde. Es war eine Zeit, in der in dem Kiez Legenden der amerikanischen Kulturgeschichte geschrieben wurden.

Ich selbst kam zum ersten Mal im September 1988 ins East Village. Ich absolvierte damals gerade ein Verlagspraktikum im braven Boston, doch an den Wochenenden zog es mich immer nach New York. Und dann brachte mich ein Freund zu einer Veranstaltung namens »Wigstock« ins East Village.

Wigstock fand auf der Konzertbühne des Tompkins Square Park statt, der damals zu einem großen Teil eine Zeltstadt für Obdachlose war. Das East Village war das einzige Viertel der Stadt, das die Obdachlosen nicht verscheuchte, die umliegenden Restaurants brachten ihnen Mahlzeiten, freiwillige Nachbarschaftsvereinigungen organisierten hygienische und medizinische Grundversorgung. Nur Wochen vor dem Festival hatte die New Yorker Polizei versucht, die Obdachlosen zu vertreiben und den Park zu schließen. Doch das Viertel leistete Widerstand. In den Straßen rund um den Park entbrannte eine Schlacht, angeführt von Punks und Anarchos, die viele der heruntergekommenen Gebäude in der Gegend besetzt hatten. Nach vierundzwanzig Stunden blutiger Auseinandersetzungen musste sich die Polizei zurückziehen. So war Wigstock einerseits eine Siegesfeier für das Viertel. Andererseits war es eine Zelebration der Queerness. Auf der Bühne gaben sich Drag Queens mit Namen wie Lypsinka und International Chrysis in den exaltiertesten Outfits das Mikro gegenseitig in die Hand und boten unter der heißen Spätsommersonne Gesangs- und Tanznummern dar. Aber nicht nur die

Künstler waren queer, das ganze Viertel schien queer an diesem Tag. Es gab Federboas und dicke Schminke und natürlich schrille Perücken, wo man nur hinschaute, und als braver deutscher Student in meinem Polohemd fühlte ich mich dezidiert als Außenseiter. Doch gleichzeitig war ich betört von diesem Feiern der Andersartigkeit, diesem aggressiven Trotz gegenüber den gesellschaftlichen Normen des Reagan-Amerika. Es war noch immer die Zeit der Aids-Krise, die Pandemie hatte gerade hier in Downtown New York die Leute zu Tausenden dahingerafft und die Politik hatte sich geweigert, die Krise überhaupt nur zur Kenntnis zu nehmen.

Das Zentrum des Protests gegen den Zynismus und die offene Homophobie der Mächtigen war hier mitten im East Village. Im Gay and Lesbian Community Center an der 13th Street hatte die Organisation ACT UP ihren Hauptsitz aufgeschlagen, organisierte Proteste in Washington und New York und forderte laut, dass Amerika aufwacht.

So war Wigstock nicht zuletzt ein lautes »Fuck You« an das Establishment. Aber es war noch mehr als das. Es war auch ein öffentliches Beharren auf dem Recht auf einen experimentellen urbanen Raum. Einen Raum, in dem es okay ist, andere Lebensformen, andere Identitäten auszuprobieren. Und so wusste ich damals, dass ich hierherkommen musste.

Zwei Jahre später hatte mich die New York University als Stipendiat angenommen und ich bezog eine Wohnung an der 11th Street zwischen Avenue B and C unmittelbar um die Ecke des Tompkins Square Park. Es war 1991 und anders als Jeremiah Moss war ich gerade noch rechtzeitig angekommen, um die East Village Boheme mitzuerleben. Iggy Pop lebte ebenso in der Nachbarschaft wie Alan Ginsberg, und der legendäre Punk Club CBGB war noch nicht zur Touristenattraktion verkommen. Im Theatre 80 St. Marks, einer Cabaret-Bühne aus der Prohibitionszeit, konnte man rauchend bis spät in die Nacht schlechte Kopien von

Hollywood-Klassikern sehen, immer eingeleitet von einer zwanzigminütigen Rede zum Werk durch den Theaterbesitzer Lorcan Otway.

Ich versuchte mich als East-Village-Intellektueller neu zu erfinden. In den Amerikanistik-Seminaren der New York University sog ich die erhitzten Debatten um Identitätskonstruktionen auf, die perfekt zu meinem eigenen Ringen um Identität passten. Die Rebellion gegen den weißen männlichen Kanon und um Inklusion war schon damals in vollem Schwang, begleitet von einem Echtweltbezug, wie akademische Debatten es an der deutschen Universität für mich nie gehabt hatten. Es war ein klein wenig so, als könnte ich die 60er Jahre nachholen, die ich an der Frankfurter Universität verpasst hatte, wo das Studium der Frankfurter Schule in den späten 80er Jahren immer rekapitulierend gewirkt hatte. Während ich im East Village lebte, tobten in Crown Heights in Brooklyn Unruhen zwischen Afroamerikanern und chasidischen Juden, nachdem ein jüdischer Student im angrenzenden Schwarzen Viertel Flatbush angefahren worden war. Diskussionen um Segregation, Wohnungerechtigkeit und Schwarzen Antisemitismus waren an der Tagesordnung.

Beinahe zeitgleich wurde die Anklage gegen fünf Schwarze Teenager aus Harlem erhoben, denen man zur Last legte, eine weiße Joggerin im Central Park vergewaltigt und misshandelt zu haben. Der Fall mutierte schnell zu einer Art kollektivem Lynchmord. Mit brutal erpressten Geständnissen wurden die Teenager dem Haftrichter vorgeführt, weil die Politik einen schnellen juristischen Erfolg brauchte, um die erregte Öffentlichkeit zu beruhigen. Donald Trump forderte in einer ganzseitigen Zeitungsannonce die Todesstrafe.

Vor diesem Hintergrund hatten die akademischen Theoriegefechte um *race, class, gender* sowie um Identität und Subjektivität überhaupt, die heute manchmal zu einer Art Theoriekarikatur verkommen zu sein scheinen, echten Biss. Ich schwamm damals mit den cool kids der poststrukturalistischen Theoriefraktion mit, zum Teil aus dem profanen Motiv des sozialen Kapitals, das mir das einbrachte. Zum Teil aber vielleicht auch, weil ich wohl meinte, für mich selbst etwas Brauchbares darin zu entdecken. Angesichts der Tatsache, dass mein Vater mir keinen Raum ließ, eine eigene Identität zu entwickeln, schien dekonstruktive Arbeit ein guter Begriff für das zu sein, was für mich anstand.

Kurz vor meinem Abflug in die USA kündigte er mir die Vaterschaft. Eine solch starke Demonstration meiner Autonomie, die er ohnehin noch nie hatte tolerieren können, konnte er nicht verkraften. Das war bereits so gewesen, als ich mich gegen seinen Willen entschied, meinen Leistungssport zu verfolgen, und später, als ich das Wirtschaftsstudium abbrach, um Geisteswissenschaften zu studieren. Der Schritt nach Amerika brachte dann endgültig das Fass zum Überlaufen.

Um dieser Unabhängigkeitserklärung noch eins draufzusetzen, heiratete ich nur vier Monate nach meiner Ankunft. S. und ich hatten uns beim Studium in Frankfurt kennengelernt und uns entschlossen, uns gemeinsam auf das Abenteuer New York einzulassen. Die Idee, zu heiraten, war eine Schnapsidee, entstanden aus der Euphorie unseres Lebens als Jungintellektuelle in New York. Es war eine Euphorie der Autonomie, die uns so richtig überkam, als wir nach der Zeremonie im Federal Building an der Centre Street mit der kleinen Hochzeitsgesellschaft auf dem Deck der Staten Island Ferry standen und im kalten Dezemberwind an der Freiheitsstatue vorbei auf die Skyline des unteren Manhattan schauten. Das muffige Frankfurt und unsere kleinkarierten Eltern waren in dem Moment Lichtjahre weit entfernt.

Für uns war nun die Bahn frei für die Selbsterschaffung. Doch anders, als manche der heutigen Banalisierungen damaliger Diskurse es haben wollen, bedeutet das Postulat, dass Selbst und Identität Konstruktionen sind, mitnichten, dass anything goes. Es gibt keinen Clean Slate, das Rohmaterial, mit dem man zu arbeiten hat, ist kontingentiert. Auch wenn die tiefer liegenden Konstanten dessen, was uns ausmacht, letztlich nicht intelligibel oder in Sprache zu fassen sind, so gibt es sie doch.

Wir schafften es mit Unterbrechung immerhin rund zwei Jahre, unseren American Dream zu leben. Dann kam der Rückzug nach Frankfurt, bedingt nicht zuletzt durch die schwere Erkrankung meines Vaters, die das gesamte fragile Familiengefüge auf eine harte Probe stellte. Zurück in Deutschland, fehlte uns die gemeinsame Vision, die uns in New York Kraft gegeben und getragen hatte. Die Ehe ging schließlich in die Brüche.

Meine New Yorker Sehnsüchte wichen zunächst einmal einem anderen Selbstentwurf. Ich etablierte mich nach abgebrochener Promotion als Sportreporter und vertiefte mich in ein anderes Milieu, das mir zeitlebens als Safe Space vor dem Zugriff meines Vaters gedient hatte. Doch New York schwelte, abgespalten zwar vom unmittelbaren Haushalt meiner Wünsche und Begierden, in meinem Inneren. Und als sich 2002 dann die Gelegenheit ergab, als Journalist nach New York zu gehen, ergriff ich diese beim Schopf.

Ich mietete mich wie selbstverständlich im East Village ein, in der vagen Hoffnung, wieder dort anknüpfen zu können, wo ich aufgehört hatte. Doch das Village stellte sich zehn Jahre später als Enttäuschung heraus. Obwohl sich die oberflächliche Anmutung nur wenig verändert hatte, war im Grunde alles anders. Dieselben heruntergekommenen Apartments kosteten nun das Fünf- bis Zehnfache. Und die echte Boheme, die hier mit alternativen Lebensformen gespielt hatte, war von einer Bevölkerung von Boheme-Darstellern ersetzt worden. Man arbeitete tagsüber an der Wall Street, um sich abends mit dem Ambiente des Coolen zu umgeben, das jedoch schon längst zur Pastiche verkommen war.

So folgte ich nur zwei Jahre später meiner psychogeographischen Wünschelrute, die Insel Manhattan hinauf nach Washington Heights, wo ich in diesem Jahr seit zwanzig Jahren lebe, am einstigen Zufluchtsort deutscher Juden in der neuen Welt, der heute, links vom Broadway zur ruhigen, fast suburbanen Wohngegend für gut gestellte Familien geworden ist. Ich habe mittlerweile durchaus heimatliche Gefühle hier, so wie jeder New Yorker in seiner Neighborhood zu Hause ist. Ich kenne die Leute auf der Straße und in den Läden und Restaurants, man grüßt sich und plaudert und ich habe Lieblingsorte, wie den Fort Tryon Park über der wilden Mündungslandschaft des Hudson, wo sich prominente Bewohner des Viertels mit Kupferplaketten an den Parkbänken verewigt haben.

Wirklich angekommen fühle ich mich jedoch noch immer nicht, nachdem sich meine ebenso geheimen wie albernen Adoptionsfantasien nicht verwirklicht haben. Ich finde mich zu Beginn des Jahres 2024 erneut am Ende einer turbulenten Beziehung, die Hoffnungen auf eine, die hält, schwinden. Ich habe in Frankfurt wieder einen Anker und pendele zwischen den Welten, Heimat ist jedoch keiner dieser Orte oder beide, je nachdem. So schreibe ich aus der Perspektive der Ortlosigkeit, der Unzuverlässigkeit, der »wobbliness«, wie Memoirist Stephan Wackwitz seine eigene konstitutive Ambivalenz einmal ausdrückte. Ich bin ein Nowhere Man geblieben.

12
ABGRÜNDE

In Roland Barthes' *Die helle Kammer*, seinem Grundsatzaufsatz zur Fotografie, gibt es eine vielzitierte Passage, in der er beschreibt, wie sich ihm das Wesen des Mediums erschlossen hat. Barthes sitzt im Wintergarten des Hauses seiner gerade verstorbenen Mutter und schaut Fotos durch, immer in der Hoffnung, auf einem davon seine Mutter wiederzuerkennen.

Doch die Übung macht ihn nur melancholisch, er erkennt seine Mutter in keinem der Bilder wieder, die er rückwärts chronologisch, von ihrem Tod bis zu ihrer Kindheit, durchforstet. Die Fotos sprechen nicht zu ihm. Erst als er schon beinahe aufgegeben hat, wird er fündig. Er entdeckt ein vergilbtes Bild seiner Mutter als kleines Mädchen, in dem ihn ihr Wesen anspringt, ihre Gestalt, wenn man so will. Die Fotografie hat, durch die Mischung des Ausdrucks und der Haltung von Barthes' Mutter festgehalten, wie sie für ihn wirklich war, gleichbleibend und unerschütterlich, ein Leben lang und darüber hinaus.

Ich habe Barthes immer um diesen Augenblick beneidet und häufig versucht, es ihm gleichzutun. Immer wieder habe ich Bilder meines Vaters in der Hoffnung betrachtet, ich könne etwas darin finden, das mir wiederbringt, wie er für mich war, um somit der Antwort auf die Frage näher zu kommen, wer er war. Vielleicht, so hoffte ich, gäbe es ein Bild, das mir, wie das Bild von Barthes' Mutter als kleines Mädchen, etwas über sein Wesen verrät, das mir bis heute ein Rätsel ist.

Doch ich bin glücklos geblieben. Es gibt Bilder, in denen mir Aspekte seiner Persönlichkeit entgegenschlagen, an die ich mich sehr wohl erinnere. Es gab eine bestimmte Lässigkeit, die er an den Tag legen konnte und die wohl eine tiefe körperliche Selbstgewissheit zum Ausdruck brachte, jene an Überheblichkeit grenzende Selbstgewissheit des Sportlers, von der man mir sagt, ich besäße sie ebenfalls. Sie spricht aus seiner Haltung und seinem herausfordernden Lächeln, gleich, ob er in Tennissachen auf dem Platz steht, einen perfekt geschneiderten Anzug trägt oder ob er zerzaust im Pyjama mit einem Buch in der Hand am Frühstückstisch sitzt.

Ich kann mich an diese körperliche Selbstsicherheit aus unserer symbiotischen Zeit erinnern. Es war eine Selbstgewissheit, an die ich mich anlehnen konnte, wenn wir durch Wälder zogen, in Seen schwammen oder im Regen Fußball spielten. Sie trug mich mit und bescherte uns eine gemeinsame Erfahrung der Grenzenlosigkeit, der Unbesiegbarkeit, so wie jene Grenzenlosigkeit, die mein Vater in der Jugend mit meinem Namensgeber Klaus erlebt haben muss.

Doch es ist keine Konstante im Wesen meines Vaters, so wie die Güte, die das Foto von Barthes' Mutter entbirgt, die, wie er sagt, auch nicht vererbt sein konnte, die also gleichsam etwas Transzendentales hat. Im Wesen meines Vaters kann ich so etwas Zeitloses, Konstantes nicht finden, nicht in Fotos, nicht in Briefen, nicht in der Erinnerung.

Vielleicht ist das auch der Grund dafür, dass ich bis heute, beinahe dreißig Jahre nach seinem Tod, keine Trauer für meinen Vater empfinden kann. Für Barthes ist es die Qualität, die er in dem Foto seiner Mutter entdeckt (er geht so weit, sie Seele zu nennen), das, was ihm für immer fehlen wird, das Einzigartige, Unersetzliche seiner Mutter, dessen Fehlen für ihn keine Trauerarbeit der Welt je wird beseitigen können. Ich kann hingegen so etwas bei meinem Vater nicht entdecken.

So ließ mich schon sein Tod eigenartig kalt. Ich erinnere mich, wie ich ihn nach seiner letzten Notoperation im Krankenhaus besuchte. Er war nicht mehr bei Bewusstsein und er würde es auch nicht wiedererlangen, und ich hatte nur den überwältigenden Drang, dieses Krankenhaus zu verlassen. Ich ging nach Hause und machte einen langen Dauerlauf durch den Frankfurter

Stadtwald und überließ die Totenwache meiner Mutter. Ich habe heute ein schlechtes Gewissen, dass ich sie damit allein ließ, doch ich schaffte es einfach nicht, dabei zu sein und darauf zu warten, bis das Leben aus ihm weicht.

Tage später stand ich mit meiner Mutter in der Kapelle am Südfriedhof, lauschte der Trauerrede der Pfarrerin und versuchte mit aller Kraft, etwas zu fühlen. Ich wünschte mir, weinen zu können, suchte nach Erinnerungen, die in mir Trauer würden aufsteigen lassen, doch es gelang mir nicht. Ich blieb kalt.

Beinahe alles, was meinen Vater angeht, kommt aus einer Entfernung zu mir und verharrt in ihr. Er bleibt mir unscharf. So, wie auch diese Erinnerung, von der ich nicht einmal weiß, wie sie zustande gekommen ist.

Ich weiß nur, dass meine Mutter die Geschichte erzählte, kurz vor ihrem Tod, auf einem Krankenhausflur stehend. Ihre Operation war ein ums andere Mal aufgeschoben worden, jene Operation, von der wir beide wussten, dass die Chance, sie dauerhaft zu überleben, nur beim besten Willen fünfzig Prozent betrug, eine Wette, die sie jedoch einzugehen bereit war. Es war, als hätten wir mit jedem Aufschub einen Tag geschenkt bekommen, um all die Dinge zu sagen, die wir Jahre, manchmal Jahrzehnte nicht gesagt hatten.

Ich weiß aber auch, dass ich, sobald sie diese Geschichte erzählte, wusste, dass sie stimmt. Sie ließ Bilder in mir aufsteigen, wenn auch verwischte, gespenstische Ahnungen, die jedoch unmissverständlich meine eigenen waren.

Eine junge Frau auf meiner Bettkante. Ich, höchstens zwölf, noch kaum pubertierend, darf ihr den Büstenhalter lösen. Mein Vater ist irgendwo im Raum und ermutigt mich, sie zu berühren. Die Mutter steht im Flur und beobachtet das alles. Es ist klar, dass es eine Inszenierung für sie ist, für ihre Augen. Die Gefühle damals irgendwo zwischen Erregung und Schuld, aber selbst das ist nur Spekulation. Wie genau mein Erleben war, bleibt schemenhaft, gedämpft.

Es bleibt die kalte Analyse, der von meiner Therapeutin assistierte Versuch der Bergung und irgendeiner Form der Integration des Unterdrückten, Abgespaltenen (ich erlaube mir, diese komplexen analytischen Begriffe so lose und dilettantisch zu verwenden).

So distanziert, analytisch, unbeteiligt bietet das Tableau gewiss reichhaltiges Betrachtungsmaterial. Es ist, als wäre es eine Szene, die mein Vater komponiert hat, um die Dynamik in unserer Familie zu demonstrieren, eine Art perverse Familienaufstellung.

Alle in diesem Bild sind Marionetten meines Vaters, alle haben von ihm ihre Rolle zugewiesen bekommen. Meine Mutter ist das Publikum, die Betrachterin, die Liebhaberin meines Vaters und ich sind Werkzeuge zur Realisierung seiner sadistischen Fantasien. Ziel ist es, meiner Mutter symbolisch und öffentlich die Mutterschaft wegzunehmen auf eine instinktiv archaische und besonders quälende Art und Weise. Ich gehe vor ihren Augen eine gespielte symbiotische und zugleich quasiinzestuöse Beziehung mit seiner Geliebten ein. Es ist die totale Erniedrigung meiner Mutter, in die ich als Komplize eingespannt werde. Meine »gesunde« Loslösung vom Vater, der ödipale Vatermord, der schon längst hätte stattfinden sollen, bleibt unterbunden. Lebenslange Schuldgefühle gegenüber der Mutter sind hingegen garantiert.

Die Szene war zweifellos nur ein Ausschnitt aus einer andauernden sadomasochistischen Vierecksbeziehung, die meine Mutter immer tiefer in Alkohol und Verzweiflung trieb und der ich mich entzog, so gut ich konnte, indem ich mich in den Leistungssport stürzte. Zum einen sicherlich meine eigene Art, mir einen muskulösen Körper- und Seelenpanzer zuzulegen, zum anderen aber wohl keine völlig dysfunktionale Art, mir einen Familienersatz zu schaffen.

Weitere Szenen geistern noch diffus und verschwommen in meinem Unterbewusstsein herum. Sie zu bergen und zu schärfen, habe ich jedoch weder den Mut noch die Kraft. Es bleibt zu viel, eine lebenslange Überforderung, eine Monstrosität, die verdaubar, Teil meines bewussten Ich zu machen mich kapitulieren lässt.

So ist mir auch die Antwort auf die Frage, wer mein Vater war, versperrt. Die Teile, die mir zugänglich sind, als Bilder, als Erinnerungen, lassen sich nicht mit der Monstrosität in Einklang bringen. Es bleibt nur eine unbeholfene, intellektuelle Suche, aus der vielleicht so etwas wie eine Skizze entstehen kann, die mich jedoch, das ist von vorneherein klar, wird in der Fassungslosigkeit verharren lassen.

Zunächst einmal befrage ich erneut Klaus Theweleit, was er in seiner großen Theorie des faschistischen Mannes zum Thema Sadismus zu sagen hat. In einer Passage im Kapitel »Selbstbegrenzung/Selbsterhaltung« beschreibt er, wie ein SS-Mann im KZ einen Häftling vor den anderen mit entblößtem Gesäß aufbockt und dann mit der Reitpeitsche einer blutigen Prügelstrafe unterzieht. Wichtig dabei erscheint Theweleit der entblößte Anus des Opfers und somit dessen totale Erniedrigung. Lustvoll für den Sadisten ist dabei das Spektakel, erst die Vorführung macht den Vorgang für den SS-Mann geil. Dabei onaniert er unverhohlen durch die Hosentasche, auch hier rührt seine Erregung daher, dass er dies öffentlich tun kann und dabei die Macht über ein Publikum hat, das keine Einwände oder Empörung äußern kann.

Für Theweleit gehen Prügelnder und Geprügelter ein dialektisches Verhältnis ein. Der Geprügelte wird, wie Theweleit es nennt, »verfleischlicht«, der Prügelnde »entfleischlicht«. »Der Geschlagene verliert seine Kontur, der Schlagende gewinnt sie. [...] Er findet sich, die Ganzheit seines Körperpanzers. [...] Er unternimmt etwas, das seinen Körper erhält und das werden Menschen so lange folternd tun, wie sie nicht instand gesetzt werden, ihre Leiber anders vor dem Fragmentieren zu retten.«

Entscheidend für die Ganzwerdung des Prügelnden – und das erscheint mir für das Verständnis der mir diffus in der Erinnerung haftenden Szene wichtig – ist das, was Theweleit als »die entmachtete öffentliche Moral« bezeichnet. Der SS-Mann kann in aller Offenheit ungestraft jedwedes Tabu brechen – prügeln, onanieren, sich an dem blutigen Brei des entblößten Hinterns ergötzen. »Seht her. So sind wir, wir nehmen uns, was wir brauchen«, ist die Botschaft.

Das eigentliche Objekt der Performance ist somit das Publikum. Erst durch seine erzwungene Stummheit macht es den Prügelnden ganz. Erst die Erniedrigung meiner Mutter konnte, insofern sich die Theorie übertragen lässt, meinen fragmentierten Vater zusammensetzen.

Die spektakuläre Selbstermächtigung, der rebellische Tabubruch, der kleine Aufstand gegen bürgerliche Moral wird wiederum verständlich, wenn man mit Hilfe von Theweleit die faschistische Sozialisierung rekapituliert. Theweleit folgt Ernst von Salomon in die Kadettenanstalt, die mein Vater ebenfalls besucht hat und von der ich in meiner eigenen Bundeswehrzeit selbst eine Ahnung bekommen konnte.

Alles am Leben in der Kadettenanstalt zielt darauf ab, Autonomie und Individualität, die Ausbildung eines »Ichs« zu zerstören. Privatsphäre gibt es nicht, selbst bei den Toilettentüren bleiben die Füße sichtbar. Dem Kadetten bleibt nicht eine einzige Entscheidung über sich und seinen Körper selbst überlassen. Er bekommt befohlen, wann und wie er sitzen und stehen darf, essen und schlafen und auf die Toilette gehen, jede Handbewegung ist reglementiert. Zudem ist er einem Regime der Willkür ausgeliefert. Er kann jederzeit aufgrund fabrizierter Vorwände oder auch gänzlich ohne diese schikaniert, bestraft oder belohnt werden.

Der Kadett wird in einen permanenten Zustand der Unlust versetzt, so lange, bis er lernt, die Selbstverleugnung, das Funktionieren, das automatenhafte Gehorchen, die Verwandlung in eine Gehorsamsmaschine als lustvoll zu empfinden. Das Erziehungsziel ist erreicht, wenn der Kadett sich selbst nur noch als Glied innerhalb der Truppe findet. »Die Maschine Truppe produziert zunächst sich selbst; sich selbst als Ganzheit, die dem einzelnen Soldaten einen neuen Körperzusammenhang verleiht und sich selbst als Zusammengefügtes aus lauter gleich geschliffenen Einzelteilen.«

Der geschliffene Soldat erlebt es als ekstatisch, im Gleichschritt zu marschieren, als Teil eines unaufhaltsamen Organismus, der sich anschickt, die Welt zu erobern. Der Kadett wird neu geboren als Teil einer stählernen Kampfmaschine, ohne Triebe, ohne Mutter, ohne Bedürfnisse nach Nähe und Wärme.

So schreibt der von den Nazis wohlgelittene Dichter Rudolf G. Binding:

»Einmal vor Unerbittlichem stehn, wo Gebete entrechtet, Gewinsel zu Gott lächerlich ist, wo keines Mutter sich nach uns umsieht, kein Weib unsern Weg kreuzt, wo alles ohne Liebe ist, wo nur die Wirklichkeit herrscht, grausig und groß, solches macht sicher und stolz. Unvergesslich und tiefer rührt es ans Herz des Menschen als alle Liebe der Welt. Und wir fühlten: dies war das Maß.«

Herbert Grönemeyer rezitiert das Gedicht in der Verfilmung von *Das Boot*, weinend, winselnd fast, als das U-Boot auf Grund gelaufen ist und er sich dem sicheren Tod gegenüberwähnt. »Ganz besoffen waren wir davon«, sagt er.

Die Grönemeyer-Figur fußt lose auf dem Schöpfer des »Bootes«, dem von meinem Vater hoch verehrten Kriegsberichterstatter und U-Boot-Fahrer Lothar-Günther Buchheim. Sie formuliert die große Ernüchterung nach dem Krieg für den soldatischen Mann, der zur Welteroberung gedrillt wurde. Es muss eine tiefsitzende Verlorenheit und Orientierungslosigkeit gewesen sein. Der 1945 Achtzehnjährige hat nichts anderes gelernt, er ist nicht demokratie- und kapitalismustauglich, er kann nicht als autonomes Ich in einer freien Gesellschaft funktionieren.

Er arrangiert sich schließlich, er lernt. Aber das brave Bürgerdasein muss sich für den gelernten Weltenherrscher wie eine Strafe angefühlt haben. »Lebenslänglich Bürostuhl«, beschreibt Theweleit das Lebensgefühl der ehemaligen Weltkriegsoffiziere, die sich deshalb nach 1918 in großen Zahlen zum Freikorps meldeten. Für die Welteneroberer Hitlers war es 1945 nicht anders. Nur dass es die Option Freikorps nicht mehr gab.

Der unterdrückte Zorn darüber, nach einer Jugend des Drills und der Erniedrigungen um den Lohn der Weltherrschaft betrogen worden zu sein, bricht sich dann jedoch nicht selten in der Familie Bahn. Theweleit identifiziert in der neuen Kleinfamilie eine »Terrorherrschaft der gesellschaftlichen Leichen«.

Dabei erfahren mein Vater und viele andere seiner Generation in den 60er und 70er Jahren unverhofften Rückenwind von der sexuellen Revolution. Basierend auf dem Credo, dass der Holocaust nicht zuletzt das Resultat einer unterdrückten Sexualität im Nationalsozialismus war, die sich im Morden Bahn brach, fordern und praktizieren die 68er eine radikale Befreiung. In den Kommunen wird Promiskuität praktiziert, Nacktheit wird enttabuisiert. Im Sog der Studenten entdecken die Magazine, dass »sex sells«, in den 70er Jahren gibt es keine Zeitschriften mehr mit Titelbildern ohne nackte Haut. Pseudowissenschaftliche Aufklärungsfilme wie die Oswald-Kolle-Streifen bedienen unter dem Deckmantel der Befreiung einen kleinbürgerlichen Voyeurismus.

Mein Vater war von Anfang an ein großer Anhänger dieser Liberalisierung. Der gesellschaftliche Trend zur Rebellion gegen kleinbürgerliche Moral, die in Wahrheit eher in die 50er Jahre gehörte als in die Nazizeit, kam ihm zupass. Er lebte offen seine

Lüste, Soft-Porno war überall in unserem Haus zu finden. Wie mit der Beziehung zu seiner Geliebten wurde ich in diese Welt mit einbezogen, explizite Aufklärungsliteratur und pornographisches Material aller Art waren stets zur Hand.

Von besonderem Interesse für meinen Vater dürfte in jener Zeit auch die Enttabuisierung der kindlichen Sexualität gewesen sein. In der antiautoritären Erziehung der Kommunen und Kinderläden von Berlin bis Frankfurt wurden sexuelle Handlungen nicht nur zwischen Kindern, sondern auch zwischen Kindern und Erwachsenen nicht nur toleriert, sondern gefördert. Die sexuelle Enthemmung sollte aus den Kindern gute Anti-Faschisten machen. Das passte meinem Vater wunderbar in den Kram.

Wie nicht zuletzt die Sexualhistorikerin Dagmar Herzog beschreibt, war die Realität der Familie im Nationalsozialismus jedoch komplizierter, als es die Dogmatiker der antiautoritären Erziehung der 70er Jahre darstellten. Die Familie im Dritten Reich war, darin sind sich Herzog und Theweleit einig, doppelt kodiert. Sie wurde einerseits in der Propaganda verherrlicht, die Mutter war zu ehren und dem Vater war zu gehorchen. In Wirklichkeit wurde sie jedoch in der Erziehung des Jung-Nazis radikal entwertet.

Anstatt der gesprengten Familie wird für den heranwachsenden Jung-Nazi der Männerbund der Jugendorganisationen und später das Militär, die Kadettenanstalt, zum Bezugssystem. Hier ist die Sexualmoral jedoch alles andere als repressiv. In der Kadettenanstalt, so beschreibt Theweleit, gibt es gar ein formalisiertes System homosexueller Prostitution. Auf heterosexuelle Prostitution hat der angehende Soldat und später der Soldat ohnehin stets ein Anrecht. Die deutsche Frau hat dem Soldaten nichts zu verweigern. Dem neuen Menschen des Nationalsozialismus, dem Weltenherrscher, steht alles zu, was er begehrt, während diejenigen, die nicht zu jener Kaste gehörten, für die gleichen Begierden ins KZ wanderten.

Der solchermaßen sozialisierte soldatische Mann hat entsprechend große Schwierigkeiten, sich in der Kleinfamilie der Nachkriegszeit zurechtzufinden. Die Familie wird als gesellschaftliche Instanz durchaus hochgehalten, gleichzeitig hat sie etwas zutiefst Bedrohliches. Der ehemalige Soldat ist nach außen Familienmensch, gleichzeitig tut er intern alles, um seine reale Familie zu zerstören.

Hinter all den sauber verputzten Fassaden der geometrisch angeordneten Reihenhaus-Siedlungen brodelt es. Es gibt kaum ein Haus in kaum einem Gürtel einer deutschen Großstadt, in dem diese Dramen nicht stattfinden, in dem sich die psychischen Missbildungen der Kriegskindergeneration nicht ihren Weg bahnen. Und es gibt kaum jemanden in meiner Generation, der dieses Erbe nicht mit in sein Familienleben trägt.

Die Zerstörung der Familie ist dabei nicht notwendigerweise eine körperliche Zerstörung. Es reicht, wenn die Autonomie der Familienangehörigen zerstört wird, ihre Ich-Struktur. Als nichteigenständige Individuen verlieren sie ihre Bedrohlichkeit.

Anita Eckstaedt, die als Schülerin der Mitscherlichs in Frankfurt deren Theorie von der »Unfähigkeit zu trauern« ausgebaut und auf die nächste Generation, uns, ausgedehnt hat, spricht in diesem Zusammenhang von »Ich-syntoner Objektmanipulation«. Der mit einem schwachen Ich und unsicheren Ich-Grenzen ausgestattete soldatische Mann macht, wie Eckstaedt es ausdrückt, den »anderen mit seinen Wünschen schwanger«. »Der andere darf nur insofern wachsen, als er die Trägerfunktion für den Wunsch erfüllt. Der Weg in die Individuation ist damit verstellt.«

Um es aus der trockenen Theoriesprache zu übersetzen, mein Vater konnte uns nicht, weder meine Mutter noch mich, als separate, eigenständige Individuen wahrnehmen oder tolerieren. Wir existierten nur in Bezug auf ihn.

Um Autonomie, die Artikulation eigener Wünsche und Vorstellungen, hatte ich stets zu ringen, sie wurden von meinem Vater grundsätzlich torpediert. Das führte meist zu verwirrenden Erfahrungen. Etwa, als für mich der bundesrepublikanische Wehrdienst anstand. Als Leistungssportler hatte ich mich für die Sportfördergruppe der Bundeswehr qualifiziert, eine Einrichtung, mit deren Hilfe der Bund sicherstellen wollte, dass die Karrieren der besten deutschen Sportler nicht durch die Wehrpflicht unterbrochen oder gar beendet werden. Ich war stolz darauf und fand, dass ich es mir mit der Hingabe an den Sport verdient hatte, mich mit Unterstützung des Bundes ein Jahr lang ganz dieser Laufbahn zu widmen.

Für meinen Vater war das jedoch gleich in mehrfacher Hinsicht bedrohlich. Einmal hatte ich den Sport schon immer benutzt, um mich ihm zu entziehen. Als dieser sich zu einer institutionell legitimierten Karriere entwickelte, wurde die Rebellion für ihn endgültig gefährlich. Zum anderen war er nach dem Krieg in Abspaltung seines soldatischen Selbst, das in seine bundesrepublikanische Nachkriegsidentität zu integrieren ihm nicht möglich war, zum überzeugten Pazifisten geworden. Dass ich zum Militär wollte, war ihm dann auch gleich in mehrfacher Hinsicht nicht geheuer.

Paradoxerweise wurde die Rebellion gegen die Beschneidung meiner Autonomie dann zu einer Übung in Identifikation. Als ich zur Grundausbildung als Infantrist in die Westfalenkaserne in Ahlen einrückte, begann bei mir eine intensive Beschäftigung mit dem Fronterlebnis. Ich las Ernst Jünger, Norman Mailer und Erich Maria Remarque, und wenn wir bei einer Nachtübung in selbst ausgehobenen Gräben in westfälischen Wäldern lagen und auf russische Fantasiepanzer warteten, konnte ich den Terror des Krieges bis ins Mark spüren.

So wurde dieser Ausbruchsversuch, wie viele andere, zu einem Bumerang. Ich war ausgezogen, um mich selbst zu suchen, und fand meinen Vater.

Bevor ich wirklich anfangen konnte, mir selbst, ganz für mich Lebensbereiche zu erobern, musste mein Vater erst sterben. Und selbst jetzt, beinahe dreißig Jahre später, sitzt mir noch oft sein Gespenst im Nacken. In intimen Beziehungen, so scheint es, ist er stets dabei, drängt hinzu, möchte Anteil haben, und ich weiß selbst manchmal nicht, ob ich es wirklich selbst bin, der liebt, der selbst lieben darf.

Als ich im Jahr 2009 das Würfelhaus ausräumte, machte ich in der Nachttischschublade meines Vaters einen Fund, der mich erschaudern ließ und mir einige schlaflose Nächte bereitete. Dort lagen ein Waffenschein zu einer Pistole sowie die Zugangsdaten zu einem Schweizer Bankschließfach.

Ich konnte nie herausfinden, was es mit diesen Gegenständen auf sich hatte. Hatte mein Vater Mord oder Selbstmordpläne? Hatte er womöglich aus dem Unternehmen, bei dem er beschäftigt war, Geld beiseitegeräumt? Es war nicht zu erfahren, der Zugang zu dem Schließfach war fünfzehn Jahre nach seinem Tod nicht zu bekommen. Ich hätte seine Geliebte befragen können, doch ich brachte es nicht über mich, zu ihr Kontakt aufzunehmen.

So hinterließ er mir ein weiteres ungelöstes Rätsel und gleichzeitig die Gewissheit, dass sein abgespaltenes Ich, der Heinz Moll der Jahre vor 1945, den es offiziell schon 1946 nicht mehr gab, bis zum Schluss quicklebendig war.

13
FRANKFURT ALS NICHT-ORT

Wenn ich, wie es mir seit dem Tod meiner Mutter zur Gewohnheit geworden ist, mehrere Wochen im Jahr in Frankfurt verbringe, führen mich meine Wege beinahe täglich durch die ebenso widersprüchlich wie treffend benannte »neue Altstadt«. Meine Wohnung am Main, die ich 2019 angemietet habe, um mir einen Rückzugsraum vom Überlebenskampf in New York zu schaffen, liegt praktisch im Schatten des Kaiserdoms, und wenn ich links an ihm vorbeilaufe, stehe ich mitten auf dem zwischen 2012 und 2018 rekonstruierten Krönungsweg der deutschen Kaiser.

Eine in den Boden eingelassene Kupferplatte in der Größe eines Kanaldeckels erinnert am Platz vor dem Dom an die nahezu totale Zerstörung der Frankfurter Altstadt bei den großen März-Angriffen des Jahres 1944. Bei den meisten Passanten findet sie wenig Beachtung. Die Platte liegt just in der Mitte zwischen zweien der beliebtesten Fotomotive der neuen Altstadt, dem Kaiserdom, der sich gebieterisch über den nun wieder kleinteilig bebauten Römerberg erhebt, sowie dem Prachtstück unter den fünfzehn Rekonstruktionen der wiederauferstandenen Altstadt, dem Haus zur Goldenen Waage.

Der imitierte Renaissancebau eines niederländischen Gewürzhändlers aus dem 14. Jahrhundert mit seinem Wellengiebel, seiner opulenten Ornamentik und dem bunten, die Fassade krönenden Belvederchen drängt sich selbst dem unaufmerksamsten Passanten penetrant auf. Es ist ein provokantes Gegenstück zu jener modernen Zurückhaltung, die nach Wunsch der Nachkriegsstadtplaner das Bild des Neuen Frankfurt hatte bestimmen sollen. Die Fassade ist geradezu geschwätzig, und selbst wer nicht die Muße hat, ihre Geschichten zu lesen, gibt zumindest dem Reflex nach, davor ein Selfie zu schießen.

Danach kann man dann, was nicht wenige der Touristen, die mehrheitlich das Quartier bevölkern, tun, in die Töpferei Bauer nebenan gehen und eine Replika der Goldenen Waage erwerben. Die Töpferei ist selbst eine Sehenswürdigkeit, der Frankfurter Familienbetrieb besteht seit vierhundert Jahren und passte deshalb perfekt in das Vermarktungskonzept der neuen Altstadt, das das »Lokale« und »Authentische« betonen möchte. Allerdings, so gibt der Verkäufer in der Töpferei zu, läuft die Goldene Waage bei den Besuchern aus den USA und aus China nicht so richtig gut. Sie ist wegen der erforderlichen Detailgenauigkeit zu teuer. Der Renner ist vielmehr das für 19,80 Euro zu habende Rathaus von Alsfeld. Es ist hübsch, hat Fachwerk und ist günstig, das reicht als Kaufkriterium. Auch wenn gewiss die wenigsten Käufer mit ihren Tourbussen jemals den Weg ins Oberhessische finden werden.

In die ebenso lange wie leidenschaftlich geführten Diskussionen um die Wiederbebauung des Römerbergs argumentierten die Befürworter der historischen Rekonstruktion, den Menschen in der als hart empfundenen, trotz des postmodernen Zwischenspiels noch immer modern daherkommenden Stadt Frankfurt fehle es an Wärme und einem Gefühl der Aufgehobenheit. Christoph Mäckler, Chef des Gestaltungsbeirats Altstadt argumentierte, die Bürger bräuchten angesichts der »Haltlosigkeit in der globalisierten Welt« eine emotionale Heimat. Oberbürgermeisterin Petra Roth, die sich selbst eine Wohnung in der neuen Altstadt sicherte, hantierte ebenfalls unverblümt mit dem Heimatbegriff.

Im Grunde gehörte ich als Heimatsuchender also exakt zu der Zielgruppe für die historische Rekonstruktion der Altstadt, bei der neben den fünfzehn Replikationen mit Hilfe zwanzig maßstabsgetreuer Neubauten in Raum und Form die Charakteristik eines »typisch kleinteilig strukturierten Quartiers« nachgebildet wurde. Doch mag sich bei mir der gewünschte Effekt wohliger

Geborgenheit beim täglichen Durchqueren des Viertels einfach nicht einstellen.

Ich fühle mich im Gegenteil an kaum einem Ort in Frankfurt fremder als hier. Wenn ich zwischen selbstvergessenen Selfie-Schießern und Tourgruppen im Zickzack durch die Altstadt laufe, entfahren mir nicht selten Boshaftigkeiten, die ich leise durch meine Zähne zischen lasse. Wie alle Einheimischen überall fühle ich mich von den Touristen kannibalisiert, doch gerade an diesem Ort schmerzt es besonders.

Die Wohligkeit, die Mäckler den Frankfurtern gewünscht und für welche die Stadt mehr als 200 Millionen Euro ausgegeben hat, stellt sich vorwiegend bei denen ein, die keinen Bezug zu dem Ort und mutmaßlich auch nicht die geringste Ahnung von seiner Geschichte haben. Die Rekonstruktion bezieht sich vage auf den Baubestand rund um die Mitte des 18. Jahrhunderts, bildet aber mitnichten tatsächliche Lebens- und Wohnverhältnisse irgendeiner Epoche ab. Vielmehr ist sie da, um eine vage Aura des Alten zu verströmen, eine »Historiness«, die sich auf Instagram für ein daheimgebliebenes Publikum in Indiana oder Hongkong gut macht, das damit seine Vorstellungen von »Old Europe« bestätigt bekommt. Für jemanden, der eine schmerzhafte und komplizierte Familiengeschichte mit dem Ort verbindet, fühlt es sich wie Missbrauch an.

Tatsächlich ist die neue Altstadt eine erinnerungspolitische Katastrophe. Träumten die von der Utopie eines neuen Lebens in einer neuen Stadt beseelten Stadtplaner der Nachkriegszeit vor allem von einer anderen Zukunft, so träumen die Städteplaner des 21. Jahrhunderts, wie der Architekturtheoretiker Philipp Oswalt schreibt, vor allem von einer anderen Vergangenheit. Die Rekonstruktionen nicht nur in Frankfurt, sondern auch in Dresden, Potsdam, Hildesheim und anderen deutschen Städten sollen unter dem Deckmantel der »Heilung« Zerstörung und Wiederaufbau mitsamt ihren Gründen und Ursachen vergessen lassen. Eigentlich soll das 20. Jahrhundert ausradiert werden.

Dabei werden Ursprünge rekonstruiert, die es so nie gegeben hat – ähnlich wie ein Donald Trump von einem mythischen heilen Amerika faselt, das er wiederherstellen möchte. So beschreibt der Kunsthistoriker Gerhard Vinken die neue Altstadt als eine Art »Heile Welt Traum«, mit kleinstädtisch dimensionierten Räumen, »die gewachsene Strukturen imitieren, die sicher und überschaubar sind – und auf unbestimmbare Art vertraut wirken«. Solche Quartiere sind angelegt, »Stimmungswerte« zu produzieren. Sie simulieren all das, was Marc Augé als Kennzeichen für authentische Orte beschreibt – Identität, Relation und Geschichte –, ohne diese tatsächlich zu besitzen. Es sind Nicht-Orte, die sich als Orte aufspielen.

Zu alldem passt die Art und Weise, wie Frankfurt sich dazu entschloss, nach siebzig Jahren der Lähmung seinen zentralen Platz als Geschichts-Simulacrum neu zu bebauen. Es ist eine Story, an der sich trefflich der wandelnde Zeitgeist der Stadt ablesen lässt.

Bereits zu Beginn der 90er Jahre begann sich der Unmut am brutalistischen »technischen Rathaus« zu entzünden, das seit den 70er Jahren als Symbol des sozialdemokratischen Nachkriegswillens zur Moderne über dem Römerberg dräute. Es war die sichtbarste Hinterlassenschaft des sozialdemokratischen Planungsdezernenten Hans Kampffmeyer, der nicht selten mit autokratischem Selbstverständnis der Stadt seinen Stempel aufgedrückt hatte.

Zwanzig Jahre nach seinem Abdanken im Jahr 1972 war man sich nun in Frankfurt einig, dass seine Ära endgültig vorbei sei. Selbst seine eigenen Parteigenossen fanden, man solle »das Ding einfach sprengen«, wie der SPD-OB-Kandidat Achim Vandreike sagte. Als die CDU-Politikerin Petra Roth 1995 Oberbürgermeisterin wird, wurde die Diskussion um die Beseitigung des Baus und die neue Nutzung des Areals dann ernst.

Nicht zuletzt aus finanziellen Gründen dauerte es weitere zehn Jahre, bis der Wiederaufbau konkret wurde – die Stadt musste erst das Geld aufbringen, um das technische Rathaus von der Betreibergesellschaft zurückzukaufen, bevor sie es in die Luft jagen konnte. Als es dann so weit war, preschte sofort der rechtspopulistische Politiker Wolfgang Hübner, der einzige Stadtverordnete der »Bürger Für Frankfurt«, mit einem Antrag vor, »die Altstadt in einem Erscheinungsbild neu zu bebauen, das sich am Zustand vor der Zerstörung 1944« orientiert. Der Antrag wurde abgelehnt, doch der Geist wollte nicht zurück in die Flasche. Die öffentliche Meinung begann sich dezidiert in Richtung Rekonstruktion zu wenden.

Hübners Einlassung kam keineswegs aus dem Nichts. Dem Willen zur Rekonstruktion wurde bereits seit Jahren in rechtspopulistischen Publikationen der ideologische Boden bereitet. Der Kulturtheoretiker Stephan Trüby nennt vor allem das Magazin *Cato*, das unermüdlich gegen die Moderne Stimmung machte und mit Polemik gegen »modernistischen Pluralismus« etwa für den Wiederaufbau des Berliner Stadtschlosses agitierte. Trüby spricht angesichts der sich »kultiviert« gebenden Reaktion von einer »Einstecktuchifizierung einer verrohten Bürgerlichkeit«. Als ideologischen Urvater der Bewegung nennt Trüby den Holocaust-Leugner David Irving, der in seinen Dresden-Büchern seinen englischen Landsleuten einen kulturellen Vernichtungskrieg gegen Deutschland vorwarf, den es nun zu revidieren gelte.

In diesem theoretischen Umfeld bewegte sich auch der Frankfurter Publizist Claus Wolfschlag, der in rechtsextremen Blättern wie der *Jungen Freiheit* und in Götz Kubitscheks *Sezession* publizierte. Wolfschlag war es dann auch, der seinem BFF-Parteigenossen Wolfgang Hübner den Antrag zur Rückbildung der Altstadt vorformulierte und zusteckte.

In der Kommunalwahl 2006 wird die Altstadt dann zum Reizthema. Entgegen jeder architektonischen Expertenmeinung und einem bereits beschlossenen modernen Bebauungsplan schreibt sich die CDU das Bürgerrecht auf Fachwerk und Nostalgie auf die Fahne. Die grünen Koalitionspartner schwenken nach internen Diskussionen ein. Der grüne Stadtverordnete Stefan Majer, selbst nicht frei von nostalgischen Anwandlungen, behauptet, dass die moderne Städteplanung der Nachkriegszeit bei den Bürgern einen »Phantomschmerz« hinterlassen habe.

Zur gleichen Zeit, zu der Christoph Mäckler den Gestaltungsrat für die neue Altstadt leitete, bekam der Frankfurter Architekt, der sich gerne als betont unideologisch gibt, den Zuschlag für ein anderes Projekt in der Frankfurter Innenstadt. Mit dem Umzug des Börsenvereins des Deutschen Buchhandels an den Rand der neuen Altstadt wurde das Nachbargrundstück des Goethe-Hauses frei. Der Trägerverein des Goethe-Hauses, das Freie Deutsche Hochstift, sah die Chance, einen lange gehegten Traum zu verwirklichen: Ein deutsches Romantik-Museum.

Das Hochstift, das sich als Statthalter der 48er-Revolutionsideale bereits zur Mitte des 19. Jahrhunderts gründete, besaß einen reichen Fundus an Manuskripten und Briefwechseln von Brentano, Tieck, Novalis, Eichendorff und Karoline von Günderrode, die mit der Öffentlichkeit zu teilen die Stiftdirektoren seit Langem brannten. Nun war die Gelegenheit da.

Der Bau im Großen Hirschgraben, einer schmalen Gasse, die die geschäftige Berliner Straße mit dem eher kahlen Goetheplatz verbindet, schmiegt sich bescheiden an das unmittelbar nach dem Krieg rekonstruierte Goethe-Haus an. Es verströmt Intimität und nimmt sich selbst zurück. Die dreiteilige Fassade wird lediglich durch idiosynkratische Lichtdurchlässe individualisiert, die sich ganz nach den Gegebenheiten des Innenraums und der Exponate richten. Allein ein verspielter, schmaler blauer Glaserker, in der Sehnsuchtsfarbe der Romantik gehalten, macht ein Statement.

Der postpostmoderne Bau, den man seiner eigenen Logik gemäß durchaus als gelungen bezeichnen kann, verstärkt im Großen Hirschgraben, nur wenige Schritte von Norman Fosters Commerzbank-Wolkenkratzer entfernt, das Gefühl der Intimität und Heimeligkeit. Man könnte die Gasse auch als Satellit der neuen Altstadt begreifen, zumal die drei in menschlichen Dimensionen gehaltenen Eingänge zu einer Reise ins Schwärmerische einladen.

Die beginnt mit dem »Romantik-Garten«, auf welchen der Blick unmittelbar nach dem Eintritt ins Foyer fällt und dessen Eindruck der abgeschirmten Beschaulichkeit durch die im Hintergrund in den Himmel ragenden Bankentürme nur noch verstärkt wird. In seiner Mitte steht die Skulpturengruppe »Faust und Gretchen«, die beide Häuser, das Romantik-Museum und das Goethe-Haus, ideell sowie räumlich verbindet und für den weiteren Besuch den Ton anschlägt. Man ist eingestimmt auf das Ringen zwischen der Vernunft und der tragischen Macht großer Gefühle, das sich in der Romantik entfaltet.

Immerhin hat Mäckler es sich nicht ganz nehmen lassen, baulich vor der Zerstörung Frankfurts und der unmittelbaren Nachkriegszeit dezent den Hut zu ziehen. Der Architekt hat im Foyer Original-Ziegel der Trümmerverwertungsgesellschaft verbaut, die diese in den Jahren nach dem Krieg am Riederwald aus dem Schutt der zerstörten Stadt gepresst hatte. Doch die Anspielung bleibt den meisten Besuchern verborgen. Auf Anhieb sehen die Ziegel einfach nur aus wie Ziegel.

Von hier aus führt eine sich nach oben hin verjüngende Treppe empor in die erhabenen Gefilde der deutschen Romantik. Ganz im Geist jener Zeit hat der Besucher das Gefühl ins Unendliche aufzusteigen. Unterwegs kann er dann abbiegen, um die Gemäldegalerie aus der Goethezeit zu bewundern oder sich an den Manuskripten von Novalis, Schlegel, Brentano und Eichendorff zu ergötzen. Um sie herum erzählen Schautafeln, Videos und Hörinseln die Geschichte jener Epoche, die sich gegen die Rationalität der Aufklärung auflehnte und die Welt wieder zu verzaubern suchte.

Dabei wird unmissverständlich Frankfurt als bedeutsamer Standort der Romantik stark gemacht. Man erfährt, dass Hölderlin hier in unmittelbarer Nachbarschaft Hauslehrer bei einer Bürgerfamilie war, dass die zwischenzeitlich mittellos gewordene Karoline von Günderrode im Damenstift Cronstetten am Roßmarkt unterkam und man wird auf die romantische Reise Achim von Armins und Clemens Brentanos von Frankfurt aus den Rhein hinauf im Sommer 1801 mitgenommen.

Beinahe vollständig abwesend in den Ausstellungsräumen ist hingegen eine kritische Rezeptionsgeschichte der Romantik. Der nicht unbedeutende Diskurs, der das romantische Suchen nach letzten Gründen sowie die völkischen Untertöne etwa bei Fichte als Wegbereiter des Nationalsozialismus positioniert, wird hier schlichtweg unterschlagen.

Bevor auch er auf Linie einschwenkte, nachdem Fakten geschaffen worden waren, kritisierte der Leiter des Stadtplanungsamtes Dieter von Lüpke, dass die Rekonstruktionspläne für die Frankfurter Altstadt ein »Zeichen der Mutlosigkeit« seien, »die vor den Herausforderungen der Globalisierung zurückweicht«. Er hätte sich damals für die Innenstadt etwas Weltstädtischeres gewünscht, so etwas wie ein Centre Pompidou für Frankfurt, wie es der frühere Kulturdezernent Hilmar Hoffmann immer wieder ins Spiel gebracht hatte.

Doch solche Vorstellungen von Weltstädtischkeit verkennen, wie urbane Globalisierung heute funktioniert. Das neue Frankfurter Innenstadtpaket, das Romantik und Mittelalterbeschaulichkeit feilbietet, passt trefflich in den Zusammenhang eines globalen Städtewettbewerbs. Wenn die Zielgruppe internationale Firmen und deren Angestellte sowie Touristen sind, dann ist das nichts anderes als smartes Branding. Trüby nennt es den

Versuch »das Lokale mittels historisierender Referenzen in den Dienst einer globalen Standortpositionierung zu bringen«.

Ich kenne das aus New York nur allzu gut. Auch hier werden seit vielen Jahren zentrale Stadtbezirke auf eine benennbare und vermarktbare Identität festgelegt und danach geformt. East Village – Center der Coolness, Harlem – Wiege der Schwarzen Kultur, Hell's Kitchen – schwuler Partybezirk, West Village – europäischer Charme und geschmackvoller Luxuskonsum, usw. Die Einheimischen, die Dauerbewohner, laufen dabei nebenher, sie sind nicht die Zielgruppe solcher Kommodifizierung der Stadt zum »Citytainment«. Anderen europäischen Großstädten ergeht es nicht besser.

So ist es nicht leichter geworden, in dieser Stadt Gespenster aufzuspüren und sie zum Leben zu erwecken. Es scheint, als legten sich immer neue Schichten der Verschleierung über die Vergangenheit, die sich immer mehr entzieht, je mehr man nach ihr zu greifen sucht. Man kommt sich bisweilen wie beim Anblick eines Gerhard-Richter-Gemäldes vor. Die Überlagerung der Medien macht das Signifikat zugänglich und unzugänglich zugleich. Erst durch die Doppelung der Repräsentation wird die Unzugänglichkeit evident. Die Abwesenheit als Bedingung der Möglichkeit der Anwesenheit. Dialektik von Aura und Spur.

Irgendwann im Herbst des Jahres 2023 beschließe ich bei einer Radtour durch die weiten Wälder rund um Frankfurt, einen Abstecher in die Wohnstadt Oberlinden zu machen und dem Würfelhaus einen Besuch abzustatten. Schon als ich von der Hauptstraße in die schmalen Gehwege einbiege, die durch die Gartenanlagen zu den Häusern führen, merke ich, wie mein Herz schneller schlägt. Als ich dann davorstehe, werde ich von Beklemmungen übermannt, es schnürt mir den Hals zu.

Das Haus hat sich verändert, der rosarote Putz ist einem neutralen Weiß gewichen. Durch das Wohnzimmerfenster kann ich erkennen, dass die neuen Bewohner die Wand zwischen Küche und Wohnzimmer durchbrochen und einen Teil der Terrasse in einen Wintergarten umgewandelt haben. Der große Ahorn hinter dem Haus, der mit mir aufgewachsen ist und den ich zahllose Male gegen die ausdrückliche Weisung meiner Eltern bestiegen habe, ist abgeholzt worden. Er hat sicher dem Ikea-Wohnzimmer das Licht genommen.

Der Geist der Siedlung, der neuen Sachlichkeit und des neuen Wohnens, hat sich ganz offensichtlich der Familie, die hier eingezogen ist, nicht mitgeteilt. Sie haben versucht, etwas daraus zu machen, was es nie sein sollte. Es macht mich traurig, ein wenig so wie die neue Altstadt.

Doch wie in der Altstadt vermochte es das *Do Over* nicht, dem Haus seinen Spuk auszutreiben. Der Blick durch die Schutzgitter in den einstigen Kellerraum meines Vaters, jene abgekapselte Kammer, die sein unaufgeräumtes Unterbewusstes behauste, lässt in mir dieselbe Übelkeit aufsteigen, die ich schon empfunden hatte, als ich vierzehn Jahre zuvor Landserhefte und Pornos aussortieren musste.

Ich setze mich auf mein Fahrrad und fahre mit hastigem Tritt zurück in Richtung Wald. Ich möchte nie mehr hierherkommen, beschließe ich. Und werde ganz plötzlich von einer unwiderstehlichen Sehnsucht nach New York überwältigt.

DANKSAGUNG

Zu tiefstem Dank für ihre Unterstützung bin ich verpflichtet:

Nina Sillem, Sabine Baumann und Simon Lörsch, die von Anfang an an dieses Projekt geglaubt haben. Für die wohlwollend kritische Lektüre und Begleitung Libby Garland und Brigitte Morgenroth. Und für die Hilfe bei der Bergung und dem Verständnis der Story hinter der Story Masha Mimram.

AUSGEWÄHLTE LITERATUR

Dieter Bartetzko, *Sprung in die Moderne – Frankfurt am Main, die Stadt der 50er Jahre,* Campus, 1994.

Michael Best (Hrsg.), *Der Frankfurter Börneplatz – Zur Archäologie eines politischen Konflikts,* S. Fischer, 1988.

Heinz Bude, *Deutsche Karrieren – Lebenskonstruktionen sozialer Aufsteiger aus der Flakhelfer-Generation,* Suhrkamp, 1987.

Andrew Demshuk, *Three Cities After Hitler – Redemptive Reconstruction Across Cold War Borders,* University of Pittsburgh Press, 2021.

Sarah Dillon, *The Palimpsest – Literature, Criticism, Theory,* Bloomsbury, 2014.

Deutsches Architekturmuseum, Katalog zur Ausstellung »Die immer neue Altstadt«, 2018.

Günter Grass, *Beim Häuten der Zwiebel,* Steidl, 2006.

Harald Jähner, *Wolfszeit – Deutschland und die Deutschen 1945–1955,* Rowohlt, 2022.

Markus Krajewski, *Bauformen des Gewissens. Über Fassaden deutscher Nachkriegsarchitektur.* Mit Fotografien von Christian Werner. Alfred Kröner, 2015.

Horst Krüger, *Das zerbrochene Haus – Eine Jugend in Deutschland,* Schöffling, 2019.

Rose Macaulay, *Pleasure of Ruins,* Legare Street Press, 2022.

Alexander und Margarete Mitscherlich, *Die Unfähigkeit zu trauern – Grundlagen kollektiven Verhaltens,* Piper, 2009.

Dieselben, *Die Unwirtlichkeit unserer Städte,* Suhrkamp, 1999.

Hans Erich Nossack, *Der Untergang,* Suhrkamp, 1948.

Devin O. Pendas und Klaus Binder, *Der Auschwitz-Prozess – Völkermord vor Gericht,* Siedler, 2013.

Armin Schmid, *Frankfurt im Feuersturm. Die Geschichte der Stadt im Zweiten Weltkrieg.* Frankfurter Bücher, 1965.

W. G. Sebald, *Luftkrieg und Literatur,* S. Fischer, 2013.

Georg Simmel, »Die Ruine« in: *Philosophische Kultur,* Kröner, 1919.

Klaus Theweleit, *Männerphantasien,* Matthes und Seitz, 2019.

Stephan Wackwitz, *Ein unsichtbares Land,* S. Fischer, 2003.

Peter Weiss, *Die Ermittlung,* Suhrkamp, 1965.

INHALT